난 왜 불안한가

나는 왜 불온한가

B급 좌파 김규항, 진보의 거처를 묻다

2005년 9월 15일 초판 1쇄 발행
2010년 6월 5일 초판 7쇄 발행

지은이	김규항
펴낸이	한철희
펴낸곳	돌베개

등록	1979년 8월 25일 제406-2003-018호
주소	413-756 경기도 파주시 교하읍 문발리 파주출판도시 532-4번지
전화	031 955 5020
팩스	031 955 5050
홈페이지	www.dolbegae.com
전자우편	book@dolbegae.co.kr

책임편집	박숙희 · 김희진 · 조건형
편집	이경아 · 윤미향 · 김희동 · 서민경
표지 · 본문 디자인	안상수 · 이임정
본문 조판	김상보 · 이은정 · 박정영
인쇄 · 제본	영신사

ⓒ 김규항, 2005
ISBN 89-7199-219-0 03810

이 도서의 국립중앙도서관 출판시도서목록_CIP는
http://www.nl.go.kr/cip.php 에서 이용하실 수 있습니다.
CIP2005001830

난 왜 불안한가

불안 증상과 긴급함, 진보의 거절를 묻다

긴급함

정의를 가르친 어머니에게
절제를 가르친 아버지에게
그 가르침 탓에 늘 애끓는 그들에게

머리말

이 책에 실린 글들을 쓰는 동안 내 글쓰기도 지식인 노릇도 적이 불편했다. 처음 얼마간은 자못 신념에 차서 썼던 것도 같은데 그렇게 되어갔다. 제도 지면에 글이나 끼적거리는 일로 사회적 허명을 얻어가는 일이 내 자의식을 건드렸고, 내 글을 제 얼마간의 사회의식을 배설하는 데 사용하는 사람들이 거슬렸고, 어느덧 장사꾼의 심성에 물든 어른들에게서 상품으로 길러지는 아이들이 자꾸만 눈에 밟혔다. 그래서 제도 지면을 무대로 하는 활동을 접고 이런저런 나름의 모색을 하면서 어린이 잡지 『고래가 그랬어』도 만들었다.

그럼에도 글쓰기를 아예 멈추지 못한 건 내 소박한 불온함 때문이었다. 민주화의 성과가 자본의 차지로 돌아가고 정직하게 일하는 사람들의 얼굴에서 갈수록 희망의 빛이 사라져가는 현실이 만들어준. 나를 '비현실적인 근본주의자'라 말하는 이도 있지만, 나는 모든 사람이 신념과 원칙에 가득 차 살기를 바라는 몽상가는 아니다. 나는 단지 사람들이 제가 사는 세상의 얼개쯤은 알고 살아가기를 바란다. 이를테면 오늘 우리 사회의 근본 문제는 수구가 아니라 신자유주의라는 것, 세상은 민족이나 국가나 지역이 아니라 계급으로 나뉜다는 것, 아이들을 이렇게 키우면 우리는 곧 공멸한다는 것쯤은 말이다.

나는 여전히 자본주의를 넘어서지 않고는 우리에게 미래는 없다고 믿는다. 생명이든 평화든 생태든 신앙이든 다른 어떤 소중한 차원에서든 말이다. 인간이란 복잡한 존재라서 훌륭한 사회체제가 무작정 인간을 행복하게 만드는 건 아니다. 그러나 훌륭한 사회체제가 보다 많은 인간이 행복하기 위한 최소한의 조건인 건 분명하다. 나는 좀더 훌륭한 사회를 만들기 위해 묵묵히 싸우는 활동가들을 알고 있다. 그들 앞에서, 글쓰기나 지식인 노릇과 관련한 내 부질없는 자의식은 그만 접어야겠다. 내 글이나 생산물이 그들의 활동을 조금이라도 더 거들 수 있도록 애써야겠다.

이 책이 내 활동의 작은 전기가 되길 바란다. 나에게 "정말 희망이 있는가" 물었던 사람들에게 내가 좋아하는 노신 선생의 말을 대신 전한다.

희망이란 본래 있다고도 할 수 없고 없다고도 할 수 없다.
그것은 마치 땅 위의 길과 같은 것이다.
본래 땅 위에는 길이 없었다.
걸어가는 사람이 많아지면 그것이 곧 길이 되는 것이다.

2005년 8월, 임진강과 한강이 만나는 교하에서
김규항

차례

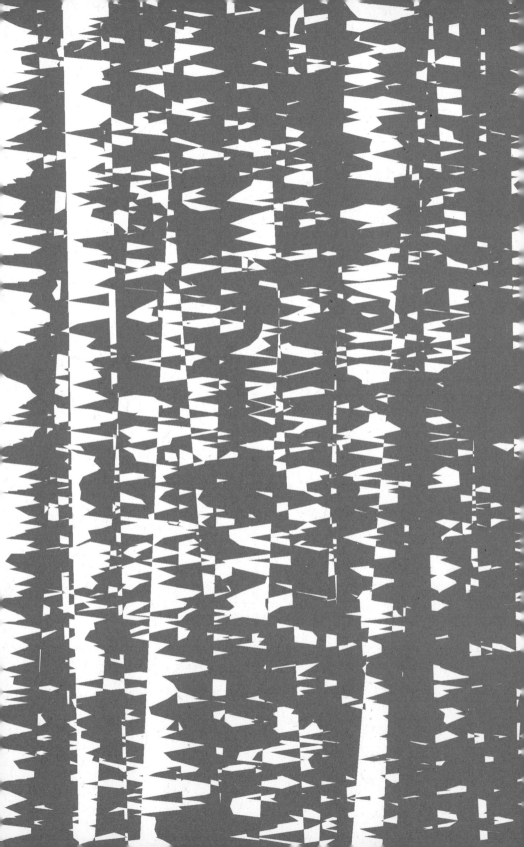

2001년

역사가 보여 주듯, 세상은 '꿈을 꾸는 사람들'로
바뀐다. 그러나 그 꿈은 '실현 가능한 선으로 조정된
꿈'이 아니라 '불가능한 꿈'이다. 모든 크고 작은
역사적 성취들은 그것이 성취되기 직전까지는
언제나 '불가능한 꿈'이다.

친일파?

역사와 관련된 말은 그 역사에 대한 해석과 입장을 담기에(1980년 5
월 광주에서의 사건을 '광주항쟁'이라 하는 경우와 '광주사태'라 하
는 경우가 전혀 다른 해석과 입장을 담듯) 주의 깊고 명료해야 한다.
그런 점에서 '친일파'라는 말은 역사에 대한 부주의와 모호함을 드러
내는 대표적인 예다. '일본과 친한 무리'라는 이 말은 일본 제국주의
부역자라는 정당한 적대 대상을 넘어 일본인(민족)에 대한 뭉뚱그린
민족주의적 적대감을 담고 있다.

　　알다시피, 한국인들이 그런 민족주의적 적대감을 갖게 된 직접
적인 동기는 36년간의 일제 식민지 경험이다. 그 경험은 참혹했으며
그로 인한 적대감은 당연한 것이다. 그러나 분명히 해둘 것은 그 참
혹한 경험과 그로 인한 적대감은 한국인(민족)과 일본인(민족) 사이
에서가 아닌, 일본 제국주의자들과 한국 민중 사이에서의 일이라는
점이다. 대다수 일본 민중들 역시 일본 제국주의의 피해자였으며 한
국의 지배 세력은 일본 제국주의 세력과 이해를 같이했다.

　　그런 분명한 역사적 구분을 모호하게 만든 최초의 필요는 해방
후 일제 부역자들이 한국 지배 세력의 중심을 차지하면서 생겨났다.
요컨대 그들은 한국 민중의 일본 제국주의에 대한 정당한 적대감을
일본인(민족) 전체에 대한 민족주의적 적대감으로 조작함으로써 자
신들의 안전을 확보했다. 그후 50여 년 동안 한국을 장악해 온 그들

은 일본 극우 세력과 철저히 야합하면서도, 민족주의적 적대감을 대중 조작함으로써 손쉽게 자신들의 안전을 유지해 왔다. 이를테면 종군 위안부 문제 같은, 정작 자존과 위엄을 보여야 할 문제엔 비슷한 경험을 한 어떤 나라보다 비굴한 태도를 보일 수밖에 없었던 그들은, 독도 문제에서는 온 나라에 태극기를 휘날리는 민족주의적 선동을 하곤 했다.

자칭 민족 언론의 일제 부역 행적을 폭로 선전하는 등, 일제 부역자 청산을 위한 진지한 노력들이 진행되고 있다. 그런 노력들에서 우리가 주의할 것 역시 민족주의의 함정이다. 흔히 좋은 민족주의와 나쁜 민족주의를 구분해야 한다고들 하지만 민족주의란 인간의 모든 선의를 민족 단위로 한정한다는 점에서 본디 위험하다고 보는 게 바람직하다. 모든 파시즘이 민족주의를 기초로 한다는 사실은 결코 우연이 아니다. 다만 우리처럼 식민지 경험을 가진 나라에서 민족주의는 한정된 차원의 진보성을 갖는바, 그 역시 민족을 단위로 한 전면적인 착취와 억압 상태에서 방어적인 의미의 민족주의에만 해당한다. 태극기를 휘날리는 뭉뚱그린 민족주의는 결국 악용되게 마련이다. 지난 55년의 역사가 그래왔듯 말이다.

그런 역사적 기만의 중심에 친일파라는 말이 있다. 식민지나 피점령의 경험을 가진 나라 가운데 그런 부주의하고 모호한 말을 사용하는 경우는 없다. 이를테면 프랑스인들이 나치 부역자를 표현할 때 사용하는 말은 '콜라보'다. 콜라보는 '콜라보라퇴르'(협력자)에서 나온 말이지만 보통의 협력자를 표현할 땐 절대 사용하지 않는다. '제르마노필'(친독파)은 단지 독일이나 독일 문화를 좋아하는 사람을

15

뜻하는 (독일어의 '프랑코필'과 대응하는) 가치중립적인 말이다.

근래 진행되는 일제 부역자 청산을 위한 여러 진지한 노력들은 매우 고무적이지만, 일제에서 해방된 지 55년이나 지난 우리가 어떤 역사적 혼란에 빠져 있는가를 보여 주기도 한다. 친일파라는 말은, 그 말의 정당한 적대 대상인 일제 부역자들의 안전을 유지하고 그들을 청산하려는 우리를 도리어 그들의 함정에 빠뜨리는 데 사용되어 왔다. 친일파라는 말을 좀더 주의 깊고 명료한 말(일제 부역자? 역사 전문가가 아닌 나는 자격이 없기에, 남겨 둔다)로 바꿈으로써 역사는 우리에게 좀더 주의 깊고 명료해질 것이다.

2001.05.29...『한겨레』

학교

지난해 말부터 혼자 밥 지어먹으며 살고 있다. 한국 춤을 하는 아내는 살날이 얼마 남지 않은 전라도의 선생들에게 배우려, 초등학교에 들어가게 된 김단은 이른바 서울권 초등학교를 피하려, 이도 저도 아닌 김건은 제 엄마와 누나를 따라 전주로 내려갔다. 전주 변두리 초등학교의 소박하고 조용한 입학식 풍경이 내게 얼마간의 안도감을 주었다. 그 풍경엔 서울과 전주가 갖는, 작지만 분명한 욕망의 차이가 담겨 있었다. 그 차이는 김단의 유년 시절이 가질 정신적 유익의, 작지만 분명한 차이가 될 거였다.

입학식을 마치고 교실을 둘러볼 즈음 안도감은 더 큰 낭패감과 겹쳐졌다. 1학년 교실은 모조리 벽이 터져 있었다. 이웃 교실들의 소리가 뒤섞여 교사의 말소리조차 알아듣기 어려운 이 괴상한 구조의 교실은 이해찬 씨가 교육부장관을 하던 시절 '열린교육의 구현'으로 마련되었다 했다. (하긴 운동권 이력 덕에 장관까지 오르고는 전국의 대학 신입생들에게 "운동하지 말라"는 편지를 보낸 인물이니 열린교육을 교실 벽을 트는 일로 구현했다 한들 이상할 거야 없겠다.)

교사들은 대개 반대했다고 했다. 그러나 이미 배정된 교실 벽을 트기 위한 예산을 집행하지 않는 일이 더 어려웠다고 했다. 그리고 열린 식이든 닫힌 식이든 도무지 기본적인 수업 진행이 어렵다는 게 판명된 오늘엔 다시 벽을 만드는 예산이 배정되지 않는다 했다. 저걸 교실이랍시고 드디어 학교에 다니게 되었다는 기쁨에 겨워 앉은 김단과 그 동무들이 안쓰러웠다. 50대 중반인, 사람 좋아 보이는 김단의 담임선생이 겨우 저런 꼴을 보려고 기나긴 파시즘의 시절을 아이들과 보냈을 걸 생각하니 참으로 기가 막혔다.

집으로 돌아오면서 나는 (전교조 운동이라는 빛나는 역사가 있었음에도) 한국에서 학교가 여전히 군대와 더불어 국가의 야만이 가장 충실한 곳이라는 사실을 새삼 떠올렸다. 그리고 그런 국가의 야만을 유지하는 충실한 전위들 또한 여전히 무시 못할 만큼 남아 있다는 것도. "그이가 그렇게 돈을 밝히고 아이들을 차별한다 그래." 아내는 입학식 때 보았던 다른 반 담임선생을 떠올리며 말했다. "단이가 그 선생에게 안 걸린 게 다행이군. 그런데 그 반 아이들은 어째야 하지." "단이도 결국 그런 선생을 만나게 되겠지."

불가항력적인 야만에 자식을 넘겨 준 둘은 쓰게 웃었다. 나는 그제야 내가 학교 문제에 대해 적이 관념적이었음을 깨달았다. 나는 내 자식이 대개의 아이들이 도리 없이 처하는 야만을 피하게 해선 안 된다는 사회적 공정함을 생각했고, 그런 야만이란 단지 한국이라는 국가의 야만의 반영이며 아이가 결국 그런 야만 속에서 살게 될 거라면 사회성은 그 속에서 길러져야 한다고 생각해 왔다. 그러나 그 공정함이란 아비의 관념적인 정당함을 위해 아이를 방치하는 무책임일 수 있으며, 그 야만 속에서 길러지는 사회성이란 단지 아이의 정신만 돌이킬 수 없이 패게 하는 일일 수 있다. 그 사회성이란 남과 더불어 사는 지혜가 아닌 남을 물리치며 사는 비결일 테니 말이다.

아내와 나는 그런 야만과 싸울 구체적인 방안들을 준비하기로 했다. 학교의 야만을 학교 안에서 극복하는 방안을 알아보던 아내는 며칠 전 학교의 야만을 잘 알면서도 그걸 고치려 연대하기보다는 제 자식만 생각해 교사와 거래를 시도하는 부모들의 반동적 이기심이 또 다른 문제라는 첫번째 분석을 내놓았다. 학교의 야만을 학교 바깥에서 극복하는 방안을 알아보던 나는 책장에 꽂아만 두었던 『민들레』 같은 탈학교 관련 자료들을 정독하는가 하면, 교육이나 홈스쿨링에 대한 외국의 이런저런 웹사이트들을 들락거리며 학교가 '교육에 관한 여러 선택 가운데 하나'에 불과하다는 사실을 확증해 가고 있다.

둘은 그런 방안들이 실행되지 않기를 내심 바라지만, 언젠가 닥쳐올 피할 수 없는 전투를 위해 그렇게 준비중이다.

19

2001.07.23...『씨네21』

진리는
쉽다

진리는 쉽다. 쉽게 말할 수 없는 건 진리가 아니다.

 예수는 군중 앞에서 늘 비유(어느 시대나 인민들이 삶의 지혜를 나누는 방법인)로 연설했다. 비유로 전달하는 예수의 진리는 누구에게나 쉽게 이해되었지만, 대단한 학식을 가진 엘리트보다는 오히려 낫 놓고 기역 자도 모르는 무지렁이에게 더 충실하게 이해되었다. 말하자면, 예수는 진리를 가장 쉬운 말로 전함으로써 남다른 지적 능력(혹은 기술)으로 진리에 접근하려는 엘리트들의 특권의식을 박탈했다. 세상의 바닥에서 솟아오른 예수의 진리는 무서운 기세로 퍼져 나가 그가 죽은 지 300여 년이 지날 무렵 그를 죽인 로마제국을 정복했다.

 오늘 한국에서 진리는 여전히 지식인들의 전유물이자, 모종의 특별한 지적 훈련을 통해 달성되는 것으로 여겨진다. 그런 생각은 대개 자신들의 사회적 권위를 확보하려는 지식인들의 끊임없는 노력에 기인하지만, 이른바 좌파 영역에선 '1980년대 지식인들의 독특한 청산'과 관련된 것이다. 90년대 들어 일군의 80년대 좌파 지식인들은 자신들의 실패를 '역사의 최종적인 실패'라 규정했다. 이어 그들은 진리에 대한 자신들의 모자람을 '진리 자체의 모자람'이라 규정하고 다시 새로운 진리를 찾아 나섰다. 프랑스 철학자들의 난해한 이름보다 더 난해한 이론들이 새로운 진리로 채택되었다.

물론, 그 난해한 이론들은 (모든 공인된 이론들이 그러하듯) 나름의 통찰을 가진다. 그러나 그 이론들은 유난히 난해하다는 점만으로도 80년대 좌파들이 일제히 청산하고 자본주의가 고삐 풀린 망아지처럼 날뛰기 시작한 90년대 초반의 한국의 정신 상황엔 걸맞지 않은 것이었다. 인민들의 정신적 근대화가 한국 지식인 평균을 상회하는 프랑스에서조차 난해하게 여겨지는 그 이론들 말이다. 게다가 싱거운 일은 그 이론들이 정작 한국 현실에서 갖는 의미란 굳이 그런 난해한 이론들을 동원하지 않고도 충분히 말할 수 있는 것들이라는 사실이다. (이 점에 대해선 그 이론을 전파한 당사자들의 인터뷰에서 직접 확인하시길 바란다. 이른바 허무개그의 진수를 맛보게 될 것이다.)

진리를 쉽게 전달하기는커녕 쉽게 전달할 수 있는 진리조차 최대한 알아먹기 어렵게 만드는 데 혈안이 된 듯한 지식인들의 회한한 행태는 오로지 그들이 진리에 접근하지 못했음을 방증한다. 책을 통해, 모종의 특별한 지적 훈련을 통해 진리에 접근하는 방법은 진리에 접근하는 지식인들의 방법이다. 그들은 실제 삶보다 책이라는 간접적 삶에 더 익숙하고 책 속의 난해한 개념어들(지식인들끼리의 학술적 소통을 위해 만들어진 임시적이고 전문적인 언어. 지식인들은 바로 이 개념어를 마구 사용하는 방식으로 인민들에게서 그들의 지적 권위를 확보하곤 한다. 요컨대 그들은 인문주의적 개념어를 인문주의 자체라 주장한다)은 그들에겐 당연히 편리하다. 그러나 그렇게 얻은 진리란 진리의 재료인 삶이 빠져 있기에 십중팔구 '가장 어렵게 표현된 무지'에 머물곤 한다. (그들이 끊임없이 진리를 청산하고 재도입하는 이유는 바로 그들이 '진리라 여기는 것'이 언제나 '가장 어렵게 표현된 무지'이기 때문이다.)

지식인들의 그런 희한한 행태는 인민들이 진리를 얻는 일(인민들이 세상의 진실을 파악하는 능력을 갖는 일)을 차단하려는 자본과 권력의 음험한 욕망과 결합하여 강고한 지적 권위주의를 형성한다. 진리에 접근하는 지식인들의 방법은 진리에 접근하는 유일하고 일반적인 방법이라 주장되며, 진리는 지식인들의 이런저런 마스터베이션이나 변태적 놀음의 재료로 추락하고, 급기야 인민들은 진리에 접근하는 자신의 능력을 아예 잊고 살게 된다. 결국 자본과 권력은 지식인들의 품위 유지를 보장하는 수고만으로 자신들의 낙원을 힘차게 일구어 간다.

_추기

하방(下放)을 기억한다. 하방은 중국에서 1942년 마오쩌둥의 『옌안 문예강화』(『옌안 문예좌담회에서의 강화』의 약칭) 이후 바로 지식인들의 그런 희한한 행태를 뜯어고치기 위해 일정 기간 동안 상산하향(上山下鄕), 말하자면 산간벽지와 북방의 광활한 황무지에 보내 노동하게 한 일이다. 오늘 한국에서, 우리는 하방을 기억한다.

2001.08.07...『씨네21』

독사의
새끼들

천대받는 땅 갈릴리 출신의 불한당들, 예수와 그 제자들은 유대 교회 지도자들과 사사건건 갈등을 일으켰다. 결국 예수가 죽음을 맞는 계기가 된 그런 끊임없는 갈등의 핵심에 안식일 논쟁이 있다. 유대 사회의 유일한 법이자 윤리인 율법에는 안식일(말 그대로 쉬는 날)에 일하지 말라 적혀 있다. 그것은 신이 엿새 동안 세상을 만들고 하루 쉬었다는 창세기의 에피소드를 근거로 했다. 신이 쉬었으니 너희도 신처럼 쉬어라. 문제는 안식일에 쉴 수 없는 사람들이었다. 안식일이고 뭐고 하루라도 쉬면 당장 굶게 되는 사람들. 안식일을 '거룩하게' 지키지 못하는 그들을 교회 지도자들은 '죄인'이라 불렀다. 예수는 그런 현실에 분노했고 선언했다. "독사의 새끼들." "사람이 안식일을 위해 있는 게 아니라 안식일이 사람을 위해 있다."

예수는 그 '죄인들'을 사랑했다. 예수는 모종의 기득권을 유지한 채 그 기득권의 일부를 헐어 그들을 돕는 '양심적 행동'을 한 게 아니라 늘 그들과 지내며(알다시피, 예수는 집도 절도 없이 떠돌다 죽었다) 그들과 '한통속'이었다. 예수는 편파적이었다. 못났다는 것, 못 배우고 가난하다는 것이야말로 예수에게 대우 받는 첫째 조건이었다. 잘난 사람들, 많이 배우고 가진 사람들은 잘나고 많이 배웠다는 이유만으로 예수에게 홀대 받았다. 어느 날 한 겸손한 부자가 예수를 찾는다. "선생님, 제가 영생을 얻으려면 뭘 해야 합니까?" "하느님의 계명을 알고 있겠지요." "그건 어릴 적부터 다 지켜 왔습니다만." "그럼 재산을 다 팔아 가난한 사람들에게 나눠 주고 와서 나를 따르시오." 그는 곤혹스러운 얼굴로 돌아간다. 예수가 말한다. "보세요. 부자가 천국에 가는 건 낙타가 바늘구멍을 통과하는 일보다 어렵습니다."

예수 이전, 구약의 신은 유대인의 신이다. ('시오니즘'이라 불리는 이스라엘인들의 배타적 민족주의는 그런 신관을 기초로 한다.) 예수는 무슨 짓을 했든 저에게 극진하다면 축복을 내리는 그런 이기적인 신을 부인한다. 예수 이후의 신은 유대인의 신도 교회의 신도 아닌, 우주만물의 신이다. 모든 인간은 신의 아들딸이며 신 앞에서 인류는 형제자매다. 인종이 무엇이든, 종교가 무엇이든, 신분이 어떻든. 자, 저 아프리카 어느 마을에 이 순간 굶어 죽어가는 아이가 있다. 당신이 기독교인이라면, 그 아이는 바로 당신의 형제다. 굶어 죽어가는 제 형제를 외면한 채 오늘은 무얼 먹어 이 권태로운 창자를 달랠까 고민하는 당신은, 아버지 하느님 앞에 큰 죄인인 것이다.

오늘 대개의 한국 교회는 그런 예수의 메시지를 정확히 뒤집는다. 예수를 빙자하는 한국 교회는 바로 2000년 전 예수가 대결하던 유대 교회와 같고 한국 교회가 제시하는 신은 저에게 극진한 자식만 챙기는 이기적인 신이다. 한국 교회는 예수가 대우하던 사람들을 홀대하며 예수가 홀대하던 사람들에게 늘 편파적이고 그들과 '한통속'이다. 한국 교회에서 형제의 고통을 외면하고 제 안락을 좇는 일은 신의 축복이라고, 그렇게 성공한 사람은 축복받은 사람이라 해석된다. 한국 교회는 교회가 아니라 '교회라 주장되는 상점'이다. 한국 교회에 남은 일은 예수가 성전에서 하느님을 빙자한 장사꾼들을 내쫓았듯 예수를 빙자한 장사꾼들이 내쫓기는 일이다.

최근 『월간조선』 사장 조갑제 씨는 각종 기독교 집회에 단골 강사로 나서고 있다. 한국 교회의 탐욕을 자극하여 오늘 진행되는 일련의 사회 개혁적 노력들을 차단하기 위해서다. "성경에 따르면 사탄은 머리가 좋고, 우상 숭배를 요구하며 예술적이고 남을 속이는 데 천재라고 묘사되어 있다. 김정일은 바로 그 사탄이다. 그런 사탄의 속임수에 넘어간 제자들이 한국에 많다. 이들은 민주투사, 개혁주의자, 민족주의자, 통일주의자, 양심가의 행세를 하면서 사탄의 이익을 위해 수많은 국민들을 속이고 있다." 조갑제 씨의 말은 세계 교회 역사상 가장 탐욕적인 한국 교회를, 넘쳐나는 독사의 새끼들을 역설적으로 드러내 보인다.

논평자들

100인위(운동사회 성폭력 뿌리뽑기 100인 위원회)에 대한 내 주변의 이런저런 '객관적인 논평들'에 답답함이 쌓일 무렵, 오랜만에 만난 ㅅ선생이 물었다. "김규항 씨, 100인 위원회에 대해 어떻게 생각해요?" "물론 지지합니다." "내가 『한겨레』에 쓴 칼럼 봤어요?" "못봤는데요." "지지한다고 썼는데 얼마나 욕들을 하는지 몰라." "100인위의 방법에 문제가 있긴 하지만 비판과 토론으로 고쳐 나갈 일이지 방법상의 문제로 100인위 활동 자체를 부정하는 건 바보들이죠." "그러게." "100인위뿐 아니라…… 늘 그런 식인 것 같습니다."

크든 작든, 역사의 한 켠은 늘 '논평자들'의 차지다. 화사한 진보적·자유주의적 교양인인 그들은 '오늘의 가장 곤란한 문제' 앞에선 늘 '객관적'이다. 논평자들의 관심은 문제나 문제의 해결이 아니라 문제나 문제의 해결에 대한 논평이다. 논평자들의 목적은 실은 '문제에 개입하지 않는 것'이다. 논평자들의 논평은 언제나 같다. "뜻은 좋지만 방법에 문제가 있다." 그 말의 실제는 이렇다. "나는 이 문제에 개입하지 않을 방법을 찾았다!"

논평자들은 이른바 '역사적 해석 공정'으로 말끔하게 정련된 역사에 매우 능숙하고 적극적이지만(그들은 교양인인 것이다), 온갖 군더더기와 비루함이 드러나 보이는 '역사의 일부로서 오늘'은 늘 거슬려 한다. 역사보다 역사의 미감에 집착하는 그들은 역사를 모르는 어떤 사람보다 역사에 무지하고 어리석다. 일본 제국주의 시절, 논평자들은 항일무장 독립운동을 논평했다. "뜻은 좋지만 방법에 문제가 있다. 일본 제국주의자들에게 탄압의 빌미를 주어 조선 독립을 더욱 어렵게 만들 수 있다." 논평의 실제는 이렇다. "일본 제국주의를 이길 수 있다는 건 어리석은 꿈이다. 현실적인 타협만이 살 길이다."

강준만 씨를 필두로 한 『조선일보』 반대운동(강준만 씨 이전에도 민언련 등의 성실하고 조직적인 언론개혁운동이 있어 왔지만 '보수상업언론'이라는 주제를 『조선일보』로 축소 조정한 건 강준만 씨다. '한 놈만 패는' 강준만 씨의 전술은 결국 이 운동에 결정적 전기가 되었다)이 '오늘의 가장 곤란한 문제'던 시절, 다시 말해 『조선일보』에 분명한 반대 견해를 밝힌 지식인이 홍세화, 김정란, 진중권 등 고작 '대여섯'에 불과할 무렵, 논평자들은 그 어느 때보다 융성했다. 논평은 역시 같았다. "뜻은 좋지만 방법에 문제가 있다."

그 운동이 '대통령도 하는 운동'이 되고 '공익 캠페인'이 되자, 논평자들은 짐짓 『조선일보』를 반대하는 편에 점잖게 앉았다. 그들은 홍세화, 김정란, 진중권 등 '대여섯'이 처음에 그랬듯 "이제야 이 문제에 개입한 것을 부끄럽게 생각한다. 강준만 씨에게 감사한다"는 따위 촌스런 말은 절대 하지 않는다. 그들이 오늘 그 자리에 앉은 건 어떤 종류의 실존적 결단도 아닌 그저 오늘 그 자리가 더 편해서다. 강준만이 '무식한 인간'이 되고 진중권이 '성격 파탄자'가 되고 급기야 김정란이 '마녀'가 되어야 했던 이유가 '논평자들의 여백'을 메우기 위해서였다는 사실 또한 그들의 관심 영역 밖이다.

언제나처럼, 논평자들은 '오늘의 가장 곤란한 문제'를 논평 중이다. (이 문제엔 누구도, 앞서 말한 『조선일보』 문제에 가장 올발랐던 이들도 예외가 아니다. 어제의 문제에 가장 올발랐던 사람들은 '오늘의 가장 곤란한 문제'엔 논평자일 수 있다. 『조선일보』 문제를 최종 도착지라 여긴다면, 반드시 그럴 것이다.) 역사의 상당 부분은, 몇몇 몽상가들의 어리석은 꿈이 주변을 둘러싼 논평자들의 훼방을 무릅쓰고 '어느새' 현실이 되는 방식으로 진행한다. 그렇게 얻어진 역사의 열매는 물론 '모두'에게 배분된다.

역사는 늘 그런 식이고, 그럼에도 역사의 한 켠은 늘 논평자들 차지며, 역사가 계속되는 한 빌어먹을 논평도 계속된다. '오늘의 가장 곤란한 문제'는 과연 무엇인가.

2001.08.22...『씨네21』

꿈 이야기

변화가 시작되고 있다. 이를테면, 서준식 씨의 두 가지 행동(이 신문 칼럼을 통해 자신이 사회주의자임을 공식화하고, 국가인권위원회 구성 과정에 항의, 인권운동사랑방 대표직을 사퇴한)은 그 변화의 전조다. 그것은 한국의 한 견결한 사회주의자가 이제 뒤섞임 없이 자신의 길을 가겠다는 선언이자, 청산과 자기모독이라는 오욕의 90년대에 던지는 고별사다.

한국의 80년대는 특별했다. 세계 역사를 통틀어 그렇게 많은 인텔리 진보주의자들이 출현한 일이 있었던가. 80년 5월 광주의 깨달음 덕에, 70년대식 반독재운동은 급격히 진보적 변혁운동으로 전화했고 그 거대한 파도는 10여 년 동안 한국의 인텔리들을 완전히 휘감았다. 거리에서 공장에서 세상을 갈아엎는 일에 투신하겠노라 그들은 다짐하고 또 다짐했다.

90년대에, 그들은 일제히 청산했다. 현실 사회주의의 붕괴와 한국에서 절차적 민주주의(이게 뭐더라)의 진전이 그 이유라 했다. 그러나 좀더 정확한 이유는 그들이 가졌던 진보에 대한 유례없는 열정이란 대개 그들의 적의 포악함에 기대어 유지된 때문이었을 게다. 그들의 애초 목표가 고작 그만큼의 세상은 아니었을 테니 말이다.

남은 사람들이 있었다. 청산한 사람들은 그들에게, 처음에 미안해했다. 그러나 시간이 좀더 지나자 그 미안함은 기꺼이 생략되었다.

청산한 사람들은 이제 여전히 남아 암중모색하는 사람들을 "낡고 어리석은 놈들"이라 부르기 시작했다. 청산한 사람들에게, 80년대는 90년대의 원활한 처세를 위해 사용되는 '훈장'으로, 지독한 자기모독으로 남았다.

80년대의 '유례없는 열정'과 90년대의 '어이없는 청산'의 극단적인 대비는 한국인들에게, 특히 다음 세대 청년들에게 진보적 신념 자체를 회의하게 만들었다. 진보의 우물이라던 대학에서부터 진보는 메말라 갔다. 그런 와중에, 80년대 변혁운동의 정신을 계승한다고 주장되는 '새로운 운동'이 제출되었다. '옳은 것'이 아닌 '가능한 것'을 좇는다는 그 운동은 90년대 중후반 한국의 사회운동을 거의 전적으로 대표했다. 오늘, 그런 운동을 대표할 만한 단체의 건물에 걸린 대형 걸개엔 이렇게 적혀 있다. "시민의 힘이 세상을 바꿉니다."

그것은 분명 심각하게 과장된 것이고 그런 운동이 '변혁운동의 정신을 계승'하는 새로운 방식이 아니라 '변혁운동의 정신을 청산'하는 새로운 방식임을 보여 준다. 생각해 보라. '이미 시민인 사람'이 무엇 때문에 세상을 바꾼단 말인가. 그들은 단지 좀더 편리한 세상을 바랄 뿐이다. 그들의 주식이 제값을 받기를, 그들의 핸드폰 사용료가 좀더 적절하기를 말이다. 세상은 세상을 바꿀 이유가 있는 사람들, 제 정직한 노동으로 세상을 움직이면서도 여전히 억압과 경멸에 처한 사람들, 세상이 달라졌다는 주장을 도무지 실감할 수 없는 사람들이 바꾼다.

청산 이후, 10년이 지났다. 그 10년은 그 10년이라는 시간 속에 끼어 산 우리에게 언제나 '최종적인 결과'처럼 느껴지지만, 역사 속에서 10년은 매우 짧다. 그 10년 동안 우리는 '좀더 선량한' 보수 정치와 '좀더 악랄한' 보수 정치의 차이가 참으로 보잘것없음을 체험했고, '국가 차원의 협조'란 단지 한줌의 지배계급에 봉사하는 꼭두각시놀음임을 깨달았다. 이제 우리에겐 좀더 근본적인 변화가 필요하고, 이미 그런 변화가 시작되고 있다.

역사가 보여 주듯, 세상은 '꿈을 꾸는 사람들'로 바뀐다. 그러나 그 꿈은 '실현 가능한 선으로 조정된 꿈'이 아니라 '불가능한 꿈'이다. 모든 크고 작은 역사적 성취들은 그것이 성취되기 직전까지는 언제나 '불가능한 꿈'이다. 인류는 한치도 쉬지 않고 그 사회체제를 발전시켜 왔다. 자본주의 역시 결국 더 나은 체제로 극복될 것이다. 믿기지 않은가. 그렇다면 잠시 눈을 감고 중세의 암흑 속으로 들어가 보자. 자, 근대 사회가 올 거라 믿기는가?

31

2001.10.08...『한겨레』

저능한
제국

한국에선 많은 게 뒤늦게 발견된다. '제국으로서 미국'이 그렇다. 1980년 5월 24일, 계엄군이 물러난 광주 거리에 대자보가 붙는다. "미 항공모함 코럴씨 호가 부산항에 들어왔습니다. 미국이 신군부에 압력을 넣어 우리를 도울 것입니다." 사흘 후 광주가 잔인하게 진압되고 얼마간 시간이 흐르고서야 비로소 한국인들은 '미 제국주의'를 말하기 시작한다. 한국의 민주화운동은 반독재 투쟁에서 진보적 변혁운동으로 급격히 전화한다. 오늘 우리가 누리는 것의 9할을 가져다 준 80년대는 그렇게, 시작했다.

미국 주도 신자유주의의 총본산이라 설명되는 건물과 미 제국주의 폭력의 집행처라 설명되는 건물이 공격당했다. 이른바 보복작전이 시작되고도, 누구에 의한 공격인지 분명치 않은 가장 큰 이유는 미국에 그런 공격을 가할 만한 대상이 너무나 많아서다. 말하자면 미국은 진작부터 그런 공격을 부르고도 남을 만했고 지금도 그렇다. 미국은 테러로 시작하여 테러로 점철해 온, 인류 최대의 테러국가다.

미국은 일단의 유럽 무뢰배들이 수천 년 이상 자연과 조화하며 살아온 사람들을 학살함으로써 생겨났다. 그 너른 땅을 일구기 위해 그들은 수세기 동안 헤아릴 수 없이 많은 아프리카인들을 납치하여 노예로 부렸다. 미국이 수백 년의 싸움 끝에 막 자주적인 나라를 만들게 된 베트남을 침범한 일은 그저 거대한 테러였다. 그 일로 미국과 베트남, 애꿎은 한국 청년 120만 명이 죽었다. 한국에서 50여 년 동안 극단적인 반공 파시즘을 지속케 한 것도 미국이었고, 제3세계의 수많은 민주 정권들은 단지 미국에 복종하지 않았다는 이유로 '더러운 전쟁'(반군 지원, 암살, 납치 등)의 제물이 되어야 했다. 체 게바라를 죽인 것도, '반공주의자' 김구를 죽인 것도 미국이었다. 오늘 인류의 정신을 의심케 하는 잔혹극, 팔레스타인 사람들에 대한 이스라엘의 공공연한 테러의 배후 역시 미국이다.

팔레스타인 자치 지구의 한 사내가 말한다. "우리에겐 일자리가 없다. 수많은 검문소를 통과해 이스라엘 지역까지 출근하려면 네 시간이 걸린다. 여덟 시까지 가려면 네 시엔 나서야 한다. 일을 마치고 다시 그 검문소들을 통과해 집에 돌아오면 자정이 넘는다. 그러고도 식구들 입에 풀칠하기가 어렵다. 이건 사람 사는 게 아니다. 왜 우리가 이렇게 살아야 하나. 당신네들은 자동차에 폭탄을 싣고 돌진하는 팔레스타인 청년들을 이슬람 광신도니 근본주의 테러리스트니 욕하지만, 우리로선 이렇게 평생을 사느니 그렇게 죽는 게 나을 수도 있다."

인류 역사에 오늘 미국처럼 거대한 제국은 여럿 있었다. 그러나 미국처럼 어떤 이상도 일관성도 없이 오로지 '제 잇속'을 위해 무차별한 폭력을 휘두른 제국은 없었다. (이를테면 알렉산드로스는 전 인류를 그리스인으로, 하나의 언어와 하나의 문명으로 통합하여 이상 사회를 이루겠다는 나름의 꿈이 있었다.) 객기에 찬 카우보이의 얼굴로 부시는 말한다. "자유가 침범당했다. 선이 악을 이길 것이다." 그자유는 고작 백인 중산층의 자유일 테지만, 그런 유치한 선동이 온 나라에 통하는 저능한 제국, 그것이 미국이다. 미국은 몹시 크고 몹시 강하지만 그런 크기와 강함을 감당하기엔 터무니없이 작은 뇌를 가진 공룡과 같다. 특히 90년대 이후 현실 사회주의라는 견제가 사라지면서 미국은 인류의 순수한 재앙이 되었다.

희한한 일은 오늘 상황을 보는 한국인들의 시각이다. 고작 식민지 출신인 그들은 (마치 제국주의 출신이라도 되는 양) 오늘 상황을 철저하게 (제국주의 출신 국가들의 집합인) 서방의 시각으로 본다. 요컨대 한국의 양식 있는 지식인들은 커피잔을 만지작거리며 "테러도 나쁘지만 보복도 나쁘다"는 지당한 말들이나 주고받는다. 너무나 지당해서 아무것도 변화시킬 수 없는 그런 말들은 적어도 오늘 미국 사건을 보며 환호하는 사람들의 가슴에 쌓인 처절한 슬픔을 배제한 몹쓸 것이다. 80년 5월 광주를 겪고 나서 그랬듯, 우리가 다시 '미제국주의'를 말하기 시작할 때 비로소 모든 것이 조금씩 변화할 것이다.

2001.10.10...『씨네21』

고양이

난 고양이를 좋아하지 않는다. 고양이에 대한 전통적인 편견(차갑고 배은망덕한 동물이라는) 때문이라기보다 '동물을 애완하는 일'에 대한 내 혐오 때문이다. 이를테면, 수캐의 '불필요한' 성기를 거세하고서는 '가족처럼' 사랑해 주는 식의 빌어먹을 애완 말이다. 가족 나들이의 최적지라는 동물원이라는 곳도 동물 처지에서는 참으로 끔찍한 것이고, 하여튼 동물을 사랑한다면 그들을 '애완'할 게 아니라 그들의 방식대로 살게 둘 일이다. (동물을 사랑하는 가장 분명한 방법은 인간이 지구에서 사라지는 것이다. 인간은 지구의 재앙이며, 인간이 없다면 지구의 문제도 없다.)

고양이를 좋아하지 않는 내가 오늘 두 고양이에 호감을 갖게 되었다. 웹에 사는 고양이 〈스노우캣〉과 스크린 속의 고양이 〈고양이를 부탁해〉다. 지난해 초 스노우캣 웹사이트에 들어가자 이내 나는 손그림과 디지털 그림이 묘하게 조화된, 그 흑과 백의 세계에 매료되었다. 세상의 속도나 리듬과 무관하게 제 세상을 구성하는 고양이는 "대체 무엇을 말하고자 하나"라는 내 질문을 그리 중요하지 않게 만드는 힘이 있다. 어떤 이는 그러더라. "좌파가 왜 그런 걸 좋아하는데." 그러나 그 고양이는 적어도 현실에 순응하지 않는다. 사람들이 "왜 사는지 모르겠어!"라 말하고 좌파들이 "이 더러운 세상!"이라 말할 때, 그 고양이는 그저 "혼자 논"다.

스크린 속의 고양이를 만난 건 어제다. 내가 사는 일산에선 이미 내렸기에, 나는 그 고양이를 만나러 강남역 근처까지 가야 했다. 영화는 '시사회에서 안 보길 얼마나 잘했나 싶을 만치' 좋았다. ('전문가들'은 불행하다. 영화를 시사회에서만 보는, 결국 한편의 영화와도 뜨겁게 조우하지 못하는 그들은 참으로 불행하다.) 〈고양이를 부탁해〉는 마치 홍상수 영화처럼 현실의 디테일에 세심하면서도 영화가 상영되는 내내 미소를 머금게 할 만치 편안하다. 30대 이상 남성 인텔리들의 현실(위선을 빼고 나면 터럭 한 개라도 남을까. 결국 영화는 '풍자적 긴장'을 이루고 관객은 불편해진다)과 스무 살짜리 여상 졸업생들의 현실(위선의 근거나 자격조차 없는, "저부가가치"한)의 차이일 게다.

그 편안함은 바로 〈고양이〉가 흥행에 실패한 이유기도 하다. 스무 살짜리 여상 졸업생들의 현실에 세심한 〈고양이〉가 흥행에 실패한 이유 말이다. 사람들은 영화에서 '현실'이 아니라 '현실과 닮은 꿈'을 바란다. 그들의 '현실'은 백이면 백 "저부가가치"하며 그들은 "저부가가치"한 그들의 '현실'을 영화 속에서 재확인하려 들지 않는다. (〈친구〉보다 나은 〈파이란〉이 실패한 이유도 그 영화에 가득한 '현실' 때문이다. 흥행을 바랐다면 〈친구〉처럼 '현실'이 아니라 '현실과 닮은 꿈'이어야 했다.)

'현실과 닮은 꿈'은 오늘 한국 자본주의가 제시하는 '꿈'과 관련한 것이다. 개미처럼 일해서 밝은 내일을 도모한다는 개발독재 시절의 '꿈'이 폐기되고, 주식이니 벤처니 온 나라가 투전판이 된 오늘 한국 자본주의가 제시하는 '꿈' 말이다. 사람들은 그 꿈이 그저 꿈에

불과하다는 걸 알고 있지만, "저부가가치"한 제 '현실'을 수긍하는 일
은 더욱 끔찍하기에 늘 '꿈'을 택한다. 결국 그들은, 그들이 '현실'에
의문(선의와 성실함을 가진 내가 대체 왜 이렇게 "저부가가치"하게
살아야 하는가,라는)을 갖지 않길 바라는, '꿈의 주인들'에게 고스란
히 바쳐진다.

그들에게, 〈고양이를 부탁해〉를 권한다. 〈고양이〉를 만나는 일은
그들의 '꿈'이 비로소 '현실'에 기반할, 작은 근거가 될 것이다. 〈고
양이〉는 불편하리라 여겨지는, 매우 편안한 영화다. 짐작건대, 이 글
이 나갈 즈음엔 〈고양이〉를 모두 내렸을지 모르겠다. 내린 영화는 새
삼스레 보려 드는 사람들의 힘으로 다시 올려진다. 부드러운 기적으로.

2001.10.31...『씨네21』

얼치기
도사들

자신의 오류를 역사의 오류로 자신의 실패를 역사의 실패로 돌리는 데 능한, 유약하고 비굴한 인텔리들은 역사적 격변 앞에서 종종 파행한다. 한국에서 80년대의 열망과 90년대의 좌절이라는 역사적 격변 역시 인텔리들의 이런저런 파행을 낳았다. 인텔리들의 그런 파행은 단지 제 삶에서 현실의 무게를 덜어 보려는 얕은 수작에 불과하지만, 그들의 고유한 기술(제 생각을 글이나 말로 남다르게 표현해 내는)과 결합하여 자못 그럴싸해진다. 그런 파행의 가장 멋진 예는 바로 '도사' 다. 김지하에서 박노해까지, 역사적 격변 앞에서 인텔리들은 '모든 것을 깨우친 도사' 가 되어 현실을 '초월' 한다.

"똥을 누면서 나는 내가/아래위로 구멍 뚫린/통(筒)이라는 사실을 알게 되었다./아하! 내가 통(筒)이다./내가 걸어 다니는 통이다." 10월 27일자 『한겨레』를 보며 나는 서글프게도 내 청년 시절의 소중한 선생이던 이현주 목사가 도사의 대열에 합류했음을 알았다. 도사가 된 그는 말한다. "부시와 라덴은 같은 편이다. 그들은 싸우는 척하지만 서로를 돕고 있다. 인류의 생존을 위협하는 세력의 대표들이 바로 그들이다." 얼핏 공평무사하기 짝이 없는 그 말은 (경솔하게도 라덴이 9·11의 범인이라는 미국의 주장을 전제로 하는 데다) 그 사건을 둘러싼 역사적 사실 관계들을 마치 진공상태처럼 차갑게 뭉개 버린다.

9·11은 어느 호사스런 서양학자의 말처럼 '문명의 충돌'이 아니고, 부시의 말처럼 '자유에 대한 침범'은 더더욱 아니며, 단지 '오랜 일방적 가해자가 당한, 뒤늦은 최초의 보복'이다. 그런 분명한 사실 앞에서, 가해자의 무소불위한 권세 덕에 단 한번도 제대로 인류 앞에 제 억울함을 알릴 수 없었던 수많은 사람들의 한 앞에서 '폭력은 모두 나쁘다'는 지당한 말씀(폭력을 사용하는 누구도 폭력이 좋은 거라 말하진 않는다)이나 읊조리는 일은, 동네 양아치의 싸움 앞에서 '누가 먼저 때렸는가'를 따지는 파출소 순경보다 한가롭다.

그는 다시 말한다. "모세는 앙갚음을 하라고 했지만, 예수는 '원수를 사랑하라'고 했다." 우리는 기독교를 대표할 만한 이 유명한 경구가 역사 속에서 피억압자의 정당한 분노를 무마하는 데 늘상 동원되어 왔다는 사실을 기억할 필요가 있다. 예수는 평화주의자였으나 뼈 없이 흐물거리는 무작정한 평화주의자가 아니었다. 예수는 어떤 극악한 상대도 끝내 용서했지만, 그 극악함에 분노하는 데 폭력적일 만치 분명했다. 이를테면 예수는 타락한 성직자들과 뒤로 결탁한 장사치들을 성전에서 한 번에 쫓아낸다. 갈릴리 출신의 별 볼일 없는 청년은 단지 자애로운 얼굴로 "여러분의 행동은 부적절합니다"라고 말함으로써 그 일을 성공할 수 있었을까.

"뱀들아 독사의 새끼들아 너희가 어떻게 지옥의 판결을 피하겠느냐."(「마태복음」 23:33) 성서에 기록된 예수의 행적은 '끝내 용서하되, 분명히 분노하는' 방식으로 점철된다. 예수가 결국 정치적 혁명가의 혐의로 십자가에 달려 죽었다는 사실은 바로 예수의 그런 독특한 지점을 드러낸다. 예수는 정치적 혁명가가 아니었지만 그의 행적은 늘 정치적 혁명가로 오해받곤 했다. 예수는 끝내 용서하되 분명히 분노했으며, 정치적 해방을 구원으로 삼지 않았으되 매우 정치적이었다. 그것이 예수가 단지 분노하지 않거나 단지 정치적이지 않을 뿐인 얼치기 도사들과 구분되는 지점이며, 끝내 용서할 줄 모르거나 정치적인 해방을 구원으로 삼는 하고많은 혁명가들과 구분되는 지점이다.

역사적 격변 앞에서 얼치기 도사들은 '깨우침'으로써 비루하고 덧없는 현실을 '초월'한다. 그러나 예수나 부처와 같은 가장 위대한 성인들은 도리어 '깨우침' 이후에 그 비루하고 덧없는 현실에 자신을 녹여 넣곤 했다. 그 비루하고 덧없는 현실 속에, 그 비루하고 덧없는 현실에 얽매여 살아가는 보잘것없는 사람들의 서러운 가슴속에 우주와 생명의 이치가 있다.

2001.11.05...『한겨레』

밴드

내가 가장 좋아하는 영화는 장이모의 〈인생〉이다. 역사의 오류를 그린 영화지만, 나는 그 역사의 오류 앞에서 끝내 선의를 잃지 않는 평범한 사람들의 모습에 늘 감동한다. 장이모의 영화답게 〈인생〉의 배우들은 귀신처럼 연기한다. 브레히트가 이 영화를 봤다면, 공리의 아름다움과 연기에 몰입되어 '소격 이론의 관념성'을 자인하게 될지도 모른다는 장난스런 상상을 한 적도 있다.

좀더 사적인 차원에서라면, 알란 파커의 〈커미트먼트〉를 좋아한다. (한번쯤 밴드를 꿈꾸지 않은 청춘이 있을까만) 밴드를 꿈꾸었기에, 나는 밴드가 충분한 이 영화를 좋아한다. 심란스런 땅 북아일랜드의 젊은이들(실업연금을 타 먹는 건달, 집에서 애 보는 처녀, 정육공장 노동자, 허풍선이 난봉꾼……)이 모여 소울 밴드를 만든다. 밴드의 첫 연습날, 당구장 이층 창고에 '머스탱 샐리'가 울려 퍼지는 장면은 언제 봐도 뭉클하다. 흑인도 아니면서 왜 소울을 하느냐는 질문에 밴드의 발의자가 대답한다. "아일랜드는 유럽의 아프리카고, 북아일랜드는 아일랜드의 아프리카며, 더블린은 북아일랜드의 아프리카다. 우리는 검고, 검은 건 아름답다."

임순례의 〈와이키키 브라더스〉는 내게 좀더 치명적으로 다가온다. 〈세상만사〉, 〈불놀이야〉, 〈컴백〉, 〈아이러브록앤롤〉…… 〈커미트먼트〉의 음악들은 단지 좋은 소울 음악들이지만 〈와이키키 브라더스)의 음악들은 내가 밴드를 꿈꾸던 시절의 구체적인 레퍼토리들이다. 밴드의 출발에, 가장 한국적인 록을 구사한 밴드 송골매(활주로)의 〈세상만사〉가 세심하게 배치된다. 일류밴드가 한번도 등장하지 않는다고 되어 있음에도, 영화의 모든 연주들은 (심지어 연포 해변의 임시 디스코장의 연주마저도) 그 시절 밴드의 완벽한 사운드를 들려준다. 거기에 기타 피킹 하나, 드럼 필인 하나 오차 없는 정교한 동작 연출이 보태진다.

"지금까지 저희 와이키키 브라더스를 사랑해 준 여러분께 감사드립니다." 이미 몰락 중임을 알리는 대사로 등장한 와이키키 브라더스는 영화 내내 몰락한다. 음악에의 열정 따윈 고등학교 밴드 시절의 플래시백에서나 되새겨질 뿐이다. 고속도로 휴게소에서 고향으로 돌아가는 색소폰 주자, 기타 둘(혹은 기타 하나 키보드 하나), 베이스, 드럼이라는 밴드의 전통 편제가 신시사이저에 해체된 후 마약을 찾는 드러머, 술에 찌들어 연주하다 쓰러지는 노악사, 난잡한 가라오케 파티에서 옷이 벗긴 채 연주하는 밴드의 리더…… 밴드의 몰락을 지시하는 풍경들은 끝없이 나열된다.

그 풍경들은 오늘 한국인들의 팍팍한 삶을 지시한다. 한국인들의 삶에 문화란 존재하지 않는다. 한국인들에게 문화란 대학생 시절(은 출신 성분을 막론하고 다종다양한 문화를 소구하는 유한함이 허락되는 시기다. 이 글이 실리는 잡지를 포함, 한국에서 생산되는 거의 모든 문화상품의 구매자들 역시 대개 그들이다) 혹은 청년 시절 언저리에 잠시 존재하는 것이다. 생활인으로서 한국인들의 삶에 문화란 존재하지 않는다. 그들의 정신 가운데 문화를 소구하는 데 사용되던 부분은 군대, 취업, 결혼 등 일련의 과정을 통해 진작에 박살이 났다. 그들이 언젠가 가졌던 이런저런 문화적 취향들은 온갖 차이를 막론하고 끈적끈적하고 처연한 트로트로 대거 통합된다.

영화의 마지막에, 와이키키 브라더스는 심수봉의 트로트 〈사랑 밖엔 난 몰라〉를 연주하며 다시 출발한다. 그 곡은 밴드가 수안보에 흘러 들어와 "야간업소의 비틀즈"라 소개받으며 연주한 함중아 밴드의 트로트 〈내게도 사랑이〉보다 한층 본격적인 트로트다. 조명 속에 모습을 드러내는 보컬은 고등학교 밴드 시절 〈아이러브록앤롤〉을 당차게 부르던 소녀다. 그 시절 분명 트로트를 경멸했을 그는 이제 무대 위에 서서 트로트를 부른다. 다시 출발하는 세 사람의 얼굴은 그 어느 때보다 평화롭다. 이제 그들의 음악과 삶은 트로트로 통합되었고, 그들은 그 사실을 받아들인다. 자막이 오르고, 〈와이키키 브라더스〉는 모든 평범한 한국인들의 가련한 삶 앞에 정중하게 헌정된다.

2001.11.28...『씨네21』

43

회의와
희망

이른바 현실 사회주의는 사회주의였는가. 사회주의의 본래 의미에 대해 조금이라도 아는 사람이라면 이 질문에 명료하게 답할 수 있다. "그것은 사회주의가 아니었다. 인민의 정부는 인민들을 착취하고 공포에 떨게 했다." 희한한 일은 그런 명료한 답변과 전혀 모순되는 주장이 그 명료한 답변과 늘 함께한다는 것이다. 주장은 이렇다. "현실 사회주의의 실패는 곧 사회주의의 실패다."

이 아귀가 안 맞는 주장은 오늘 인간해방의 문제를 자본주의 체제의 극복과 관련지으려는 모든 진지한 모색들에 적지 않은 몽환적 혼돈을 선사한다. 물론, 혼돈에 아무런 배경이 없는 건 아니다. 현실 사회주의는 진정한 사회주의가 아니었지만, 분명히 사회주의의 시도이긴 했다. 바꿔 말하면 20세기에 사회주의의 시도는 대거 '사회주의가 아닌 것'으로 귀결했다. 그 비극은 당연히 반공주의자들에게 최종적 자신감(사회주의는 이론은 좋지만 실제는 악이라는)을 불어넣었다. 그 비극은 또한 강력한 반공주의의 장벽 탓에 현실 사회주의를 파악할 방법이 없었던, 현실 사회주의의 대외 선전용 모델하우스에 안거하던 한국의 인텔리들을 제 풀에 무너지게 했다.

비극은 과연 어디에서 온 것인가. 비극의 원흉으로 지목되는 마르크스는 물론 그 비극을 목도하진 못했다. 그는 러시아에서 사회주의의 첫번째 시도가 일어나기 30여 년 전에 죽었다. 그러나 우리는 마르크스의 삶의 족적에서조차 그런 비극의 편린을 무수히 엿볼 수 있다. 이를테면 1872년 마르크스는 자신이 지도적 위치에 있던 인터내셔널의 갈등을 보다 못해 결국 해산에 이르게 한다. 만일 내로라하는 국제 사회주의자들 사이에서 벌어진 그 갈등이, 그 갈등의 외피처럼 단지 정당한 견해의 충돌이었다면, 토론과 논쟁을 통해 과학적으로 해결할 수 있는 문제였다면 마르크스는 그런 극단적인 해결책을 선택하진 않았을 것이다.

견해의 충돌을 외피로 하는 그 갈등의 내용 속에 보편적인 인간적 충돌이 있었다. 그것은 바로 질투, 욕심, 음모, 폭력 등 인간의 모든 악한 행동의 근원이자 어떤 숭고한 정신 속에도 능히 암약하는 인간의 본능적 이기심의 문제다. 어이없는 얘기지만, 현실 사회주의가 '사회주의가 아닌 것'으로 귀결한 원인 또한 대개 거기에 있다. 이기심은 억압과 싸우는 상황보다는 억압에서 벗어난 상황에서 폭발적으로 증가한다. 혁명을 완수하기 위해 마련된 강력한 정부는 바로 그 강력함 덕분에 그 정부를 이루는 인간들(빛나는 혁명 이력을 가진, 그러나 역시 결점을 가진 인간인)의 이기심을 고양시킨다. 강력한 혁명성과 폭발하는 이기심의 간격은 결국 비극을 낳는다.

이 숙명적인 문제를 해결하는 유일한 방법은 인민의 정부에 대한 인민들의 '견제 능력'이다. 우리는 스탈린이 죽었을 때 그 가련한 인민들이 위대한 아버지의 주검을 보기 위해 아우성치다 수백 명이 깔려 죽은 일을 알고 있다. (이런 일을 두고 어느 한가한 논평가는 현실 사회주의가 '합의독재'였다 말한다. 차라리 합의할 능력이라도 있었더라면.) 견제 능력은커녕 '나의 주인은 나'라는 최소한의 근대

정신조차 갖지 못한 그 인민들은 '사회주의가 아닌 것'을 일찌감치
예비했다.

한국에서 근대정신이 시작된 건 불과 몇 년 새다. 한국인들은 극
단적인 반공주의 말고도 세상을 보는 방법이 여럿 있음을 비로소 깨
닫게 되었고, 최초의 존중받을 만한 우익들(강준만을 필두로 한 양심
적 자유주의자들)이 출현하면서 한국을 장악한 극우정신의 추악한
가면이 벗겨지고 있다. 말하자면, 사회주의적 상상력에 가장 회의적
인 한국에도 사회주의적 상상력을 위한 희망이 마련되는 중이다.

2001.12.06...『한겨레』

운동

전주 강연을 며칠 앞두고 대학동기 ㅇ목사에게서 내려오면 꼭 만나
자는 이메일이 왔다. ㅇ이라…… 다른 친구에게 묻고서야 그가 누구
인지 또렷이 기억할 수 있었다. 그는 누구보다 열심히 운동했고 노동
현장에서도 5년가량 활동했던 친구다. 세월이 흘러, 뒤늦게 목사 안
수를 받은 그는 전주에서 기독교 사회복지 관련 활동을 하고 있었다.
전주 한옥마을의 한 음식점에서 그와 술잔을 기울였다. "규항이 이
사람 그룹은 좀 특이했어……." 두런두런 익살을 섞어 가며, 그가 그
의 '동지들'에게 그 시절 나에 대한 기억을 들려주었다.

　　웃음지으며, 그 시절을 추억하던 나는 문득 ㄷ과 ㅎ을 생각했다.
"세상이 달라졌다고들 하지만 본질적으론 달라진 게 없다고 생각합
니다." 학생운동을 하던 둘은 올해 초 사회운동으로 이전했다. 둘을
생각하면 대견하고도 안쓰럽다. 더 이상 운동이 '당연하고 자연스런
일'이 아닌 세상에서 운동하는 둘을 생각하면 말이다. 지난해 초 둘
을 처음 만나 나는 말했다. "텔레비전 토크쇼 같은 걸 보면 게스트의
10여 년 전 CF 장면을 보여 주는 일만으로 관객들이 폭소를 일으킨
다. 자본의 선전선동 감각은 10여 년 사이 혁명을 이루었다는 얘기
다. 그들과 맞서 싸운다는 자네들의 감각은 10여 년 전과 크게 다르
지 않다. 대중을 설득할 수 없다면 운동이 아니다. 내가 대학신입생
시절 운동권 선배들은 학교 안에서 가장 매력적인 사람들이었다. 요

즘 신입생들이 운동권 선배들에게 어떤 인간적 매력을 느낄 거라 생각하나."

시간이 지나 그들과 좀더 친해지고 그들의 형편(세는 줄어들고 할 일은 더욱 많아진)을 이해하게 되면서 나는 내 '보편타당한 비판'을 반성했다. 그것은 운동이 '당연하고 자연스런 일'이던 시절(그 시절, 우리가 운동을 하는 건 말 그대로 당연하고 자연스런 일이었다. 군인들이 양민을 도살하고 그 도살자들이 직접 통치하던 시절이었다)에 운동했던 사람이, 운동이 '당연하고 자연스런 일'이 아닌 오늘 힘들여 운동하는 사람에게 주는 차가운 논평이었다.

게다가 오늘 학생운동의 경직성과 미숙함은 세상을 바꾸는 일에 일생을 바치겠노라 후배들 앞에서 눈물로 맹세하다 90년대 들어 아무런 설명 없이 일제히 사라져 버린, 선배와 후배 사이의 존경을 한순간에 거두어 버린 사람들이 마련한 것이다. 오늘 그들은 '운동했던 친구들'끼리 만나 '논평'하곤 한다. "요즘 운동하는 애들 보면 한심해. 아니, 우리가 운동할 때는 말야……." 지나간 추억이나 들먹이는 돼먹지 않은 주둥아리들에겐 이런 질문이 제격이다. "그렇다면, 너희들은 오늘 어떻게 살고 있나."

학생운동은 쇠락하고 있다. 그것은 전체 운동의 침체와 관련한 현상이기도 하지만 전체 운동에서 학생운동이 감당할 몫이 줄어들고 있다는 뜻이기도 하다. 그러나 학생운동의 쇠락이 대학에서 진보의 쇠락을 전적으로 지시하는 건 아니다. 학생운동의 쇠락이 강조되는 가운데, 나는 오늘 대학에서 '운동권이 아닌 진보적 청년들'을 종종 발견하곤 한다. 중요한 건 운동권 학생이 얼마인가가 아니라 학생 가운데 진보적 신념을 가진 사람이 얼마인가, 그리고 그 신념은 얼마나 오래 지속되는가,다. 이를테면 10년 전 대학에 진보적인 청년이 백이었고 오늘은 다섯이라 치자. 알다시피 그 백 가운데 여전히 신념을 간직한 사람은 하나가 채 안 된다. 오늘 다섯 가운데 10년 후 20년 후에 둘, 아니 하나라도 남는다면 그게 훨씬 좋을 수 있다.

세상은 '학생 시절에나 하는 운동'으로 바뀌는 게 아니라 일생에 걸쳐 간직되는 신념으로 바뀐다. 그 긴 신념은 운동을 세상의 모든 지점(운동을 청산한 사람들이나 선택하는 것으로 여겨지던 지점들을 포함한)으로 넓히는 일이기도 하다. 운동하는 판사, 운동하는 국회의원, 운동하는 배우, 운동하는 코미디언, 운동하는 투수, 운동하는 장군, 운동하는 사장…… 세상의 모든 지점에 운동이 스며들 때 세상은 비로소 바뀔 것이다.

2001.12.19...『씨네21』

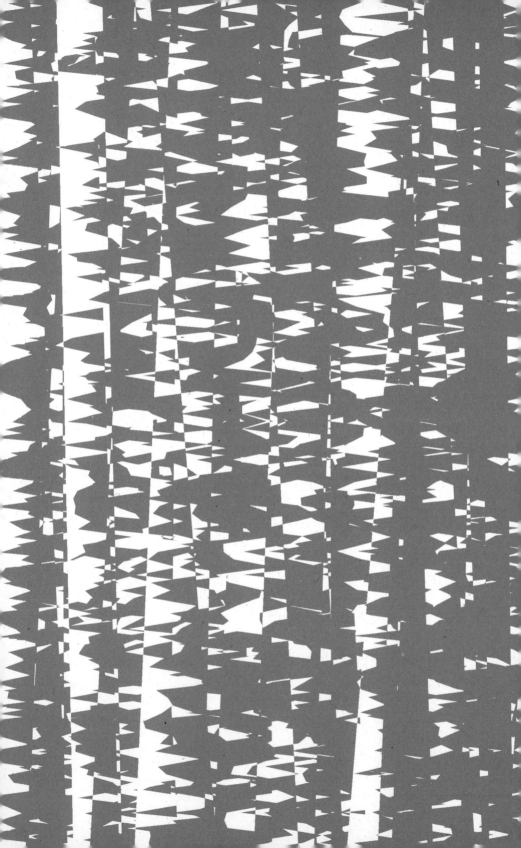

2002년

몸이 늙는 건 숙명이지만 정신이 늙는 건
선택이다. …… 대개의 사람들이 조금씩
하루도 빠짐없이 신념과 용기와 꿈이 있던 자리를
회의와 비굴과 협잡으로 채워 갈 때, 그런 순수한
오염의 과정을 철이 들고 성숙해 가는 과정이라고
거대하게 담합할 때, 여전히 신념과 용기와
꿈을 좇으며 살아가는 늙은 청년들이 있다.

한국 록에 관한
사적인 기억들

산울림에서부터 근래 발견한 몇몇 인디밴드들까지, 25년여에 걸친 한국 록에 관한 극히 사적인 기억들.

산울림: 1977년 그들은 책이나 좋아하는 중학 3학년생이던 나를 습격했다. 산울림은 내가 이른바 그룹사운드(이 시골이발소풍의 이름은 이제 '밴드'로 개명되었다)에 이끌리게 된 계기였다. 카세트 테이프 속 해설지엔, 그 앨범을 낸 음반사 사장인가 하는 사람이 데모 테이프를 처음 들었을 때의 소감을 "AFKN에서나 들을 수 있는 사운드"라 적고 있었다. 배호 정도는 되어야 가수라 생각하는 기성세대는 산울림을 '음치'라 했으며 당시 기준으로 산울림은 분명히 음치였다. 하여튼 산울림은 완전한 새로움이었다. 나는 드럼이라는 악기에 본능적으로 이끌렸으며 산울림은 내게 드럼 선생이기도 했다. 두 팔과 다리가 따로 노는 일은 처음엔 차력의 일종처럼 보였으나 이내 드럼 세트의 각 부분이 따로 들리기 시작했던 것이다. 〈내 마음에 주단을 깔고〉의 기나긴 베이스 독주나 〈불꽃놀이〉의 장타령풍 리듬이 매일 밤 나를 매혹했다. 막 배운 마스터베이션과 함께.

사랑과 평화: 산울림과 비슷한 시기에 등장한 전혀 다른 스타일의 밴드였다. 최이철·김명곤을 중심으로 한 사랑과 평화는 요즘 말로 하면 전문 세션맨들의 밴드였다. 산울림이 캠퍼스적 아마추어리

즘(제1회 대학가요제 대상을 받은 〈나 어떡해〉는 산울림의 곡이다)
을 바탕으로 했다면, 사랑과 평화는 원숙한 테크닉의 밴드였다. 〈장
미〉에서 보여 주는 연주의 조직력과 드럼 필인은 지금 들어도 훌륭하
다. 곧 도래한 디스코 시대에 그들의 펑키한 리듬감은 뇌가 없는 댄
스곡처럼 밋밋해지고, 오늘 '최장수 밴드'로 지루하게 남았다. 2집
(1979)의 〈얘기할 수 없어요〉는 김현식의 노래들과 함께 내 불변의
18번이다. 듣는 것보다는 불러야 맛이 나는 곡.

활주로: 바야흐로 밴드의 시대였다. 산울림과 사랑과 평화 같은
밴드의 성공은 대학 밴드들의 활황과 맞물렸다. 그러나 대학 밴드의
곡들은 대개 록이 아니라 록풍 트로트였다. 록을 하는 밴드는 항공대
밴드 활주로가 거의 유일했다. 1978년 해변가요제에서 〈세상 모르고
살았노라〉로, 대학가요제에서 〈탈춤〉으로 입상한 활주로는 나원주 ·
이응수라는 제작자와 배철수라는 텁텁한 보컬리스트의 조합으로 한
국 록 음악사를 통틀어 가장 한국적인 록을 구사했다. 활주로는 송골
매라는 이름으로 계속되는데 구창모가 보컬로 들어올 무렵 원래의
색깔을 잃는다. 신중현과 산울림을 재조명한 인텔리들이 이 밴드를
소홀히 넘어간 건 왜일까? 영화 〈와이키키 브라더스〉에서 밴드는 활
주로의 〈세상만사〉로 출발한다.

작은거인: 밴드의 이름은 바로 밴드의 리더 김수철이다. 1979
년, 작은 체구에 지미 헨드릭스처럼 기타줄을 물어뜯는 김수철의 〈일
곱색깔 무지개〉는 한국 최초의 하드록 사운드였다. 작은거인 역시 대
학 밴드(광운대)였지만, 노인들에게서도 '잘 논다'는 동의를 얻을 만
큼 음악적 설득력이 뛰어났다. 김수철의 재능에 대한 주류 사회의 각

광은 이 유니크한 로커로 하여금 록의 검약한 본성(록은 독특한 것이어서 편성이 간략할수록 오히려 강력하다. 작은거인은 산울림처럼 3인조였다)을 망각하고 교향악단을 사용하는 대작을 좇거나 민족음악에 어설프게 경도되게 했다. 아시안게임 음악은 김수철에게 어떤 예술적 만족을 남겼을까.

신중현: 〈미인〉이 실린 앨범 《신중현과 엽전들》(1974)은 분명 한국 록의 명반이지만, 70년대 말에 대마초(연성마약을 허하라!) 복용 혐의로 활동 중지 상태였던 신중현은 록의 선배라기보다는 잘나가던 가요 작곡가로 여겨지곤 했다. 어쨌거나 그는 1980년 신중현과 뮤직파워로 복귀했다. 엽전들이 3인조였음을 생각한다면 세 명의 관악 파트에 두 명의 여성 보컬을 포함, 자그마치 아홉 명으로 조직된 대편성 밴드인 뮤직파워는 신중현의 달라진 음악적 지향을 드러낸다. 신중현에 대한 이런저런 찬사들은 대개 맞거나 좋은 말이지만, 〈아름다운 강산〉이 한국 록의 불후의 명곡이라는 주장과 '록의 아버지'가 된 90년대 이후 신중현 음악에 대한 무작정한 찬사에는 동의를 못 하겠다. 내 생각에 〈아름다운 강산〉은 그저 '불후의 대곡'일 뿐이며, 그의 근래 음악들은 '록의 아버지'가 아니라면 봐주기 민망한 것들이다.

마그마: 1980년, 대학가요제 생방송을 보며 대체 '세계 때려주는' 그룹사운드는 언제 나오나 기다릴 때 마그마가 나왔다. "어둠 속에 묻혀 있는 고운 해야. 아침을 기다리는 애띤 얼굴……" 여리고 느린 앞부분에 낙심하는 순간, 귀를 의심케 할 만한 강력한 사운드가 폭발했다. 왕영은이었던가. 아무것도 모르는 사회자는 "세 명이서 어떻게 저런 사운드를 만들어 내는지 신기하다"고 감탄했다. 마그마의

사운드는 80년대 중반 시나위에 가서나 등장할 헤비메탈 사운드를 구현한 선구적인 것이었다. 충격은 오래가지 않았다. 리더 조하문은 곱상한 얼굴을 브라운관에 들이민 채 〈이밤을 다시 한번〉을 애원하게 된다.

들국화: 라이브만 하는 대단한 밴드가 등장했다는 출처 없는 풍문은 곧 사실로 드러났다. 〈행진〉, 〈그것만이 내 세상〉 같은 곡도 물론 좋지만, 〈아침이 밝아올 때까지〉는 곡 자체로나 연주 면에서나 가히 명곡이었다. 한국 대중음악사를 통틀어 들국화만큼 보편적인 지지를 받은 밴드가 있었던가. 들국화는 활동이 없으면서도 여전히 카리스마를 발휘하고 보컬 전인권은 이제 어떤 고유명사가 되었다. 하나만 짚고 넘어가면, 언젠가 그들이 미국을 다녀와선 그랬다. "우리가 좀 한다고 생각했는데 미국에 가보니 부끄러운 수준이더라." 그들은 아주 중요한 착각을 했던 것 같다. 그런 식이라면 산울림은 앨범도 내지 말았어야 한다. 록은 여느 음악과 다르며 록의 수준은 음악적 수준과는 다르다.

시나위: 1986년 내가 입대하던 해 시나위가 등장했다. 아버지 신중현에게서 "테크닉 면에선 나보다 한 수 위"라는 평가를 받던 기타리스트 신대철의 밴드였다. 〈크게 라디오를 켜고〉는 강한 디스토션이 걸린 기타 리프와 솔로, 무겁고 단순한 드러밍이라는 헤비메탈 사운드의 전형이다. 헤비메탈을 록의 분방함을 벗어난 지나치게 양식화된 음악으로 보는 편인 나는, 나중에 김바다가 보컬을 맡던 시절 리메이크된 〈크게 라디오를 켜고〉를 더 좋아한다. 열린 하이햇 심벌이 촬촬거리는 소리는, 창문을 열어 환기를 하는 듯한 느낌이 든다.

신대철이 신중현의 아들로 태어난 건 행운이었지만 한국에서 태어난 건 불운이었다. 미국이나 유럽에서 났다면 분명히 세계적인 기타리스트가 되었을 것이다.

부활: 80년대의 대학생이거나 80년대의 청년이던 80년대 내내 나는 록을 제대로 들을 수 없었다. 그것은 양키 제국주의 매판문화였기 때문이다. 내 80년대에 딱 3년 동안의 예외가 있었는데 그것은 원치 않던(난 평범한 군대 생활을 바랐다) 드러머 노릇을 하게 되면서다. 어느 날, 리드 기타를 치던 고참이 휴가길에 사온 테이프를 틀어놓곤 "기타가 죽이잖냐. 방위새끼인데 존나게 노래 잘하지"했다. 김태원의 둔중하면서 몽환적인 기타와 이승철의 끈적이는 보컬에 빠져드는 순간, 조인트를 세게 채였다. "개새끼가 고참 말에 대답도 안해." 김태원의 서정적이면서 대중적인 감각은 세월이 가도 여전하다.

한대수: 한국 최초이자 유일한 히피 한대수는 병역의 의무까지 완수하며 버텼지만 결국 감옥 같은 조국을 떠난다. 그가 1989년 14년의 공백을 깨고 발표한 앨범《무한대》는 록이었다. 리메이크된〈하루아침〉의 가사는, 한국 대중음악사에서 유일한 문명비판적 음악가의 세계관을 되새기게 한다. "좋아 좋아 기분이 좋아" 하는 보컬에 이은 어쿠스틱 기타, 그 다음 "베이스 들오고", "기타 쫌 울고", "장구우 때려" 하는 한대수의 명령어에 베이스와 기타와 드럼이 차례로 들어오는〈고무신〉은 한대수의 음악가로서의 위엄을 한껏 표현한다. 내 다섯 살짜리 아들 김건은 이 곡을 무척 좋아하는데 그에게 '고무신'의 진짜 곡명은 '장구 때려'이며, 한대수는 '장구 때려 아저씨'다.

H2O: H2O는 재미 교포 젊은이 몇몇이 만든 밴드였다. 내 기억

으로는 아이돌 스타 레이프 가렛의 한국 공연에 연주를 맡으면서 알려졌을 것이다. 〈멈추지 말아요〉를 참 좋아했다. 멤버가 대부분 바뀐 《H2O 3집》(1993)은 음악평론 하는 후배의 '저주받은 걸작'이라는 말에 뒤늦게 들었다. 강기영·김민기·박현준의 연주야 당연히 훌륭하고 마크 코브린인가 하는 엔지니어까지 부른 사운드는 거의 완벽하다. 〈나를 돌아보게 해〉는 가사도 깊고 반복해서 듣게 하는 묘한 힘이 있다. 이 앨범은 대중적으로는 철저하게 실패했고 기억하는 사람은 아주 적다.

델리스파이스, 허클베리핀: 델리스파이스의 보컬은 참으로 록답지 못하다. (물론 이런 말은 정당하지 않다.) 특히 나는 장르를 불문하고 대중음악의 보컬리스트라면 일단 걸걸한 목소리여야 한다는 입장이다. (물론 이건 심각한 편견이다.) 그런 내가 델리스파이스에, 이를테면 〈챠우챠우〉 후반부에 어느덧 빠져 드는 걸 보면 델리스파이스의 음악은 만만치 않다.

대중음악에서 지적 능력을 표현하는 결정적인 수단은 가사며, 허클베리핀은 지적이다. 이 밴드의 특징은 여성 보컬리스트의 중성적 매력이다. 남상아(3호선 버터플라이로 옮긴)가 그랬고 현재 이소영도 그렇다. 얼마 전 나온 2집 《나를 닮은 사내》는 세련되었고 내가 운전할 때 가장 많이 듣는 음반이다.

2002.01.05...『GQ』

57

존경

얼마 전 『한겨레』에 쓴 「얼치기 도사들」은 약간의 소란을 낳았다. 이미 해병전우회나 의사들과 더 큰 소란을 겪기도 했거니와 졸렬하나마 사회적 의견을 제출함으로써 일용할 양식을 얻는 사람이라면 그런 일을 피할 수 없다 생각하는 나로선 대수롭지 않게 여길 만했다. 그러나 마음 한구석에 접을 수 없는 불편함이 내내 남았다. 그 글은 내 청년 시절의 소중한 선생 가운데 한 사람을 겨냥하는 패륜을 담았기 때문이다.

그, 이현주 목사는 그저 예수를 팔아먹는 크고 작은 보도방들인 한국 교회에서 예수의 삶과 정신을 되새기는 일에 분투했다. 그가 짓거나 옮긴 예수와 복음서에 관한 몇몇 노작들은 서남동, 안병무 같은 민중신학자들과는 다른 맥락에서 내게 소중한 가르침을 주었다. 민중신학자들이 내게 예수를 논증해 주었다면 이현주는 내게 두런두런 예수를 들려 주었다. 최악의 반동과 최고의 열정이 맞서던 시절, 그와 권정생(『강아지똥』을 지은) 들은 조용한 소금이었다.

10여 년이 흘러, 전해 듣는 그의 근황은 나를 적이 답답하게 했다. 우주적 이치를 깨친 듯한 얼굴을 한 그는 건전함을 잃고 있었다. 건전함을 잃는다는 건 대개 지저분한 현실로의 투신을 말하지만 드물게는 현실을 멀쩡히 초월해 버리는 일이기도 하다. 그의 깨우침이 '현실을 둘러싼 대립과 갈등이 이해관계의 충돌에 머무는 일'을 비판했다면 올발랐겠지만 급기야 그 깨우침이 "부시와 라덴은 같은 편"이라는 오만한 중립주의에 이르자 나는 도리가 없었다. 나는 그를 가장 신중하게 그러나 가장 악랄하게 비판하는 방법으로 그에 대한 내 존경을 표시하기로 했다.

"폭력은 모두 나쁜 것"이라고 말하는 것처럼 쉬운 일은 없다. 심지어 폭력을 사용하는 어떤 놈도 폭력이 좋은 거라 말하진 않는다. 그러나 모든 폭력은 모두 다르며 폭력을 반대하는 일은 그 다름을 세심하게 따지는 일에서 출발한다. 우리가 폭력을 반대하는 이유가 폭력이 우리의 알량한 미감을 거슬러서가 아니라 폭력에 처한 구체적인 인간들과의 연대감 때문이라면 말이다. 수십 년 동안 단지 미국에 꿇지 않았다는 이유만으로 사랑하는 사람과 아이들이 죄없이 살해당하고 능욕당하는 모습을 지켜봐야 했던 사람들의 분노 앞에서 "폭력은 모두 나쁜 것"이라 읊조리는 건 폭력적으로 한가롭다.

그런 말은 단지 그런 말을 하는 이가 그 처참한 현실과 철저히 무관함을 지시한다. 역사 속에서, 특히 한국의 80~90년대와 같은 격변의 역사 속에서 인텔리들은 제 좌절감을 세상에 치환하여 모면하려 한다. 이를테면, 정치적 변혁에 몰두하던 인텔리는 그 시도가 실패한 뒤 좌절감 속에 제가 생명이나 인간 같은 '좀더 근본적인 문제들'을 빠뜨렸음을 깨닫게 된다. 문제는 깨달음이 아니라 그런 깨달음 뒤에도 여전한 오만함이다. 빠뜨렸던 문제들은 원래의 문제를 보완하지 않고 전적으로 대체한다. 이제 그에게 정치적 변혁은 그저 낡고 부질없는 관념이다. 전에 그에게 생명과 인간이 낡고 부질없는 관념이었듯 말이다.

존경

정치적 변혁을 배제한 생명과 인간의 탐구란 관념적 장난에 불과하며 생명이나 인간의 문제는 사회주의의 본디 출발점이라는 총체적 사실은 그들에 의해 애써 부인된다. 그들은 그런 사실을 인정하는 순간 제 삶이 몹시 고단해질 것을 잘 알고 있다. 이제 그들에게 깨달음이란 비루한 현실을 초월하고 오늘의 안식을 설명하는 수단에 불과하다. 그래서 그들은 열심히 깨닫고 그 깨달음을 더욱 열심히 광고한다. 혁명가의 이력을 팔아 문화자본가로 행세하려는 싸구려 코미디언에서 현실적 절망감을 우주적 깨우침으로 초월하려는 얼치기 도사에 이르기까지, 그들은 오늘도 열심히 세상을 공전한다. 과연, 내 존경은 회복될 것인가.

2002.01.09...『씨네21』

강준만

누군가 강준만 씨를 어떻게 생각하느냐 물을 때 나는 주저 없이 '근대화의 기수'라 말한다. 그는 『조선일보』 문제를 비롯, 지난 50여 년 동안 한국 사회의 작동 원리가 되다시피 해온 이런저런 전근대적인 습속들을 샅샅이 '발견'해 냄으로써 한국인들이 비로소 근대적인 정신을 마련해 가는 계기를 만들었다.

강준만 씨는 참 오지랖 넓은 사람이다. 그는 한국 사회의 거의 모든 지점에 끊임없이 의견을 낸다. 그의 의견은 철저하게 제도 시스템의 테두리를 전제로 한다. 그러나 세상을 바꾸려는 노력에는 여러 차원이 있고 늘 제도 시스템의 테두리가 충분한 건 아니다. 제도 시스템을 벗어나거나 벗어날 수 있는 지점에서 강준만 씨의 의견은 종종 무리한 훈수가 되기도 한다. 특히 좌파적 활동과 관련한 그의 의견이 그렇다.

근래 그가 좌파에 거듭하는 주문은 이른바 도덕적 순결주의에서 벗어나 시장과 언론 같은 오늘의 제도 시스템을 적극적으로 활용하라는 것이다. 얼핏 유익해 보이는 그의 의견은 실은 이치에 닿지 않는 무리한 훈수일 뿐이다. 좌파란 오늘 시스템의 테두리 안에서 '개혁'하려는 사람들이 아니라 오늘 시스템을 '변화'시키려는 사람들이다. 좌파임을 천명한 순간부터 오늘 시스템에서 적극적으로 배제되는 사람들에게, 오늘의 시스템을 활용하는 일은 '선택'이나 '적극성'

의 문제가 아니다.

제도 언론의 경우를 보자. 한국엔 맨 오른쪽의 『조선일보』에서 맨 왼쪽의 『한겨레』까지 여러 신문이 있다. 『조선일보』의 극우성이야 새삼 말할 게 없지만, 맨 왼쪽인 『한겨레』의 이념 역시 좋게 보아 중도보수쯤이다. 『한겨레』에 진보적 기사가 적게 실리는 것은 흔히 말하듯 "『한겨레』가 변해서"가 아니라 그것이 그 신문의 이념이기 때문이다. 어느 사회든 제도 언론이란 기본적으로 지배계급의 선전수단이다. 제도 언론이 담을 수 있는 진보성의 최대치는 그 사회의 지배계급이 허용할 수 있는 진보성의 최대치와 같다.

언론학자인 강준만 씨가 그런 이치에 닿지 않는 훈수를 하는 건 그가 순진해서가 아니라 그의 이념 때문일 것이다. 자신의 말대로, 강준만 씨는 오늘 시스템, 자본주의 체제를 지지하는 우파다. 그가 제도 언론에게 "진보적 기사를 좀더 싣는 일이 자본주의 체제의 건강을 위해 좋다"고 주문하지 않고, 좌파에게 "도덕적 순결주의에서 벗어나 제도 언론을 활용하라"고 주문하는 건 더도 덜도 아닌 우파의 좌파에 대한 이념적 공격이다.

나는 강준만 씨를 '근대화의 기수'라 부르지만, 정작 그는 '근대'니 '극우'니 하는 개념어들을 거의 사용하지 않는다. 그의 글은 언제나 "나쁜 놈들을 솎아 내자"고 말한다. 그러나 세상은 '나쁜 놈과 좋은 놈'이라는 도덕적 차이로 구분되는 게 아니라, 어떤 계급인가 혹은 어떤 계급의 편에 서는가의 이념적 차이로 구분된다. 모든 계급에 좋거나 모든 계급에 나쁜 것은 세상에 존재하지 않는다. 심지어 『조선일보』처럼 모든 계급과 상관없이 사악해 보이는 신문도 어떤 계급에게는 구원과 같다.

우파인 강준만 씨에게 '좋은 놈'은 좌파에겐 '좋지 않은 놈'이거나 '나쁜 놈'일 수 있다. 이를테면 그가 다음 대통령으로 밀고 있는 노무현 씨가 97년 '현대자동차 정리해고 투쟁'에서 보여 준 빛나는 활약과, 제 활약에 감격한 노무현 씨의 "이제 누구든 노동운동이 근본적으로 바뀌었음을 인정해야 한다"는 방자한 선언을 기억해 보라. 좌파로선 제아무리 '현실적인 고려'를 한다 해도 노무현 씨를 지지할 방법이 없다.

강준만 씨는 언제나 '나쁜 놈들을 솎아 내'는 일로 한국 사회를 바꿀 수 있다 주장한다. 그렇다면 나는 오늘 세계가 초국적 금융독점 자본과 전 세계 인민 사이의 사활을 건 싸움의 와중에 있고, 강준만 씨가 솎아 내려는 '나쁜 놈들' 역시 그 잔가지에 연결되어 있을 뿐이며, 그런 모든 맥락을 포괄한 싸움으로만 한국 사회를 바꿀 수 있다고 주장하겠다. 강준만 씨는 내 주장을 '공허한 거대담론'이라 할까. 애석한 일이지만, 그와 내가 동의할 수 있는 것은 많든 적든 세상의 일부다. 그와 나는 이념적인 차이를 갖는다.

2002.01.30...『씨네21』

평론가의
탄생

평론가란 '생산하는 사람'이 아니라 '생산에 기생하는 사람'이다. 영화평론가란 대개 영화감독의 꿈을 접은 사람들이, 음악평론가란 작곡이나 연주자의 꿈을 접은 사람들이, 문학평론가란 작가의 꿈을 접은 사람들이 시작했음을 우리는 알고 있다. 평론가란 대개 애초 생산을 꿈꾸었으되 재능의 부족이나 의지의 박약, 혹은 지나치게 운이 없어(본인의 주장이 그렇다는 얘기) 꿈을 접었으나, 아예 그 바닥을 떠나려니 너무나 서럽고 딱히 갈 데도 없어 '남의 생산에 말이나 일삼으며 사는 사람'이다. 평론가의 재능이란 생산과 관련한 현상들을 얼마나 그럴싸한 말(글)로 꾸며대는가에 있다. 평론가들은 평론이 생산물의 질과 가치에 대해 말한다 주장하지만, 이른바 좋은 평론이란 어디까지나 '글로서의 그럴싸함'을 기준으로 한다. 그래서 가장 유능한 영화평론가는 영화에 대해 가장 무딘 사람일 수 있으며 유능한 음악평론가는 음악에 가장 무딘 사람일 수 있으며 다른 평론가 역시 그렇다. 그러나 먹고사는 일과 관련한 인간의 본능이란 언제나 대단한 것이라서 한 생산의 언저리에 평론가들이 생기기 시작하면 얼마 지나지 않아 자못 생산과 긴장을 이루는 (듯한) '평론계'가 구축되곤 한다.

한국의 대중문화 평론계는 평론의 그런 보편적인 생성 과정에 좀더 특별한 사정이 덧붙여진다. 그것은 한국의 80년대라는 특별한

64

시기와 관련한 것이다. 오늘 한국의 모든 진보적 열정은 전적으로 80년대를 근거로 한다. 물론 한국에서 진보주의의 첫번째 시기는 일제 치하와 해방공간이었다. 우리는 우리에게 일제 치하 독립운동의 상당 부분을 차지하는 좌익계 독립운동이 전적으로 생략되어 있다는 것을 잘 알고 있다. 해방공간은 좌익이 우세한 상황이었다. 미 군정청에서 서울 시민들을 상대로 한 '어떤 세상을 바라는가' 라는 설문에 사회주의를 선택한 한국인이 7할가량이었다. 박정희 같은 이도 사회주의자(그는 일제 치하에서 독립군과 대치하던 일본 관동군 헌병이었고 해방공간에는 육군 내 남로당 책이었으나 여순반란사건 즈음 동료들을 밀고하고 혼자 살아남는다)였을 만치 넘쳐나던 한국의 진보적 기운은 6·25전쟁을 통해 철저히 박멸된다. 한국에서 진보주의는 80년 광주의 경험을 통해 새순이 돋고 30여 년 동안 눌렸던 만큼 더 빠른 기세로 폭발한다. 세상은 개선되는 게 아니라 변혁되어야 한다는 생각은 80년대 중반 즈음 한국의 인텔리들 사이에서 대세를 이루게 된다. 그러나 변혁의 열망은 90년대 초 밖에서 현실 사회주의가 붕괴하고 안에서 폭력적인 파시즘이 사그라들자 순식간에 식는다. 인텔리들은 대개 역사의 종언을 되뇌며 청산의 길을 간다. 아주 적은 사람들만이 세상은 본질적으로 달라지지 않았다며 나름의 모색을 계속하지만 그들은 이후 10여 년 동안 낡고 어리석은 사람들로 경멸당한다.

한국의 대중문화 평론계는 인텔리들의 그런 청산의 한 방식으로서 잉태되었다. 90년대 초에 인텔리들은 자신들이 80년대에 지나치게 정치 편향적이었다는 반성을 하게 되었다. 그 반성은 더 이상 정치적 열정을 갖지 않으려는 욕망의 다른 표현이기도 했다. 그들에겐 뭔가 새롭게 집중할 것이 필요했고 그들은 대중문화를 선택했다. 그들이 지난 세월 저질적이고 퇴폐적이고 제국주의적이며 반민중적이라 말하던 대중문화 말이다. 한국의 진보적 인텔리들에게 대중문화가 갑자기 가장 중요한 얘깃거리가 되었다. 그들은 그들이 탈춤이나 마당극, 혹은 소련식 집체극에 전념하던 시절 타락한 양키 문화의 첨병이라 여기던 신중현을 가장 위대한 예술가로 옹립했다. 서태지가 가진 얼마간의 반항기는 한없이 부풀려져 새로운 시대의 영웅적 저항정신으로 묘사되었다. 그런 우상들은 그들의 동세대들에게 개연성 없는 청산을 재론하지 않으면서 사라진 정치의식을 은폐하는 효과적인 수단이 되었다. 그들의 평론은 승승장구했다.

그들은 대중문화에 기생하기 시작했다. 청산의 한 방식은 먹고 사는 일의 한 방식이 되었다. 대중문화의 생산이야 우등생 출신인 그들에게 처음부터 불가능했지만(그런 능력은 대개 선생과 부모와의 끝없는 갈등을 수반하는 한 많은 청소년기와 등가 교환된다) 그 생산을 그럴싸한 글(말)로 꾸며대는 일은 손쉬운 일이었다. 말과 글로 떠들어대는 일이야말로 그들의 이미 확보된 재주였고, 대중문화의 알맹이에 대한 일천한 이해에도 불구하고 썩 그럴싸한 평론들을 써내곤 했던 것이다. 그들 이전에도 대중문화에 기생하는 평론가들이 있긴 했지만 그들처럼 생산물의 역사적·사회적 배경을 들먹이는 수법을 사용하진 못했다. (그들은 바로 불과 얼마 전까지 역사와 사회에 집중하던 사람들이었다.) 그들의 평론은 대중문화에 익숙지 않으면서 대중문화에 관심을 갖기 시작한 인텔리들에게 강력히 어필했다.

90년대 초, 한국의 대중문화 평론계가 매우 빠르게 형성되었다.

10여 년이 지난 오늘, 그들은 여전히 대중문화 평론계의 상층부를 이룬다. 그러나 그들은 대중문화에 대해 평론가를 능가하는 정보와 식견을 가진 대중문화의 수용자들(은 오늘 청년 세대의 거의 전부다)과 묘한 긴장을 이루고 있다. 어떤 필요에 의해 뒤늦게 접한 게 아니라, 어릴 적부터 대중문화를 숨 쉬듯 호흡해 온 오늘의 수용자들에게 '생산에 대해 그리 아는 것도 없으면서 그럴싸한 글(말)이나 꾸며대는' 평론가들은 꼴사납고 불필요한 존재들이다. 결국 평론가들이 생산물이 갖는 '의미'에 집중할수록, 수용자들은 더욱 '생산물 자체'에만 집중하게 된다. 수용자들은 평론가의 권위를 무시하거나 노골적으로 반발하는 경향을 강하게 드러내는 중이다. 〈와이키키 브라더스〉나 〈고양이를 부탁해〉에 평론가들과 마니아들의 엇갈린 반응은 그 예라 할 수 있다. 두 영화는 좋은 영화고 그런 좋은 영화들이 외면당하는 일은 애석하지만, 그런 현상을 무작정 개탄하는 일은 상황의 개선에 전혀 도움이 되지 않는다. 바로 그런 개탄이야말로 수용자들로 하여금 그 영화들을 더 회피하게 하는 이유일 수 있기 때문이다.

대중문화 평론과 수용자들의 심각한 부조화는, 결국 '평론계'를 만들어 10여 년 이상 헤게모니를 장악해 온 대중문화 평론의 첫 세대가 교체되어야만 해결될 것이다. 앞서 말했듯, 그들은 처음부터 대중문화의 생산에 기생하기에 적절한 자질을 가진 사람들이 아니었다. 그들은 그저 한국에 대중문화 평론계를 구축하고 그런 일로도 먹고 살 수 있다는 걸 증명해 보였다는 공적을 남긴 채 사라지는 게 적절할 것이다. 새로운 세대가 대중문화 자체에 정통하지만 그것을 둘러싼 이런저런 사회적 의미에는 너무 무지하지 않느냐, 진정한 대중문화를 분별할 능력이 없지 않느냐 따위의 염려는 부질없다. 의미와 분별에만 집중하는 세대가 사라지면 오늘 수용자들 안에서 의미와 분별에 대한 적절한 배분이 이루어질 것이다. 탄생은 비루했지만 평론 또한 생물이다.

2002.02.05...『GQ』

마리아의
기억

그 여자를 만난 건 6년 동안 사귄 여자가 떠나고서였다. 어디에서나 그 잘남이 돋보이던 떠난 여자는 내게 무척 몰두했다. 갓 병장이 된 어느 날 여자가 말했다. "당신의 삶의 방식을 존경해요. 하지만 내가 그렇게 사는 것은 사치라는 생각이 들었어요." 삶의 방식과 사는 것…… 이별보다 이별이 남긴 말이 나를 고통스럽게 했다. 나는 내가 여자와의 관계에서 모종의 선민의식을 가졌음을 발견했다. 이른바 민중과 역사를 고민한다던 내가 말이다. 욕지기가 났다. 나는 나를 조금 오염시키기로 했다.

"이 상병, 나 한번 가야겠다." "에이 김 병장님 농담 마십쇼." "농담 아니다." "진짜 한 빠구리 하시려구요." 네온사인 기사였다는 이 상병은 색정광이었다. 그는 운천의 여성들 가운데 제 점검을 받지 않은 경우는 없다고 너스레를 떨곤 했다. 그러나 그는 휴가길이면 이미 남의 아내가 된 옛사랑의 집만 내내 배회하는 순정파였고 돌아와서는 금세라도 총으로 제 머리통을 날릴 것 같은 절망적인 얼굴로 며칠을 돌아다녔다. 그럴 때면 나는 소주와 라면을 구해 그의 눈물바람을 밤새 들어주곤 했다.

그 일요일 교회에 가는 사병들(기독교 환자라 불리던 답답한 녀석들)에 끼어 부대를 나갔다. 나는 이 상병이 말한 '고흥 여인숙의 윤 양'을 찾았다. 여자를 보는 순간 나는 안도했다. 여자는 종일 방안에서 남자나 상대하는 사람이라고 믿기 힘든, 이상스레 맑은 얼굴을 하고 있었다. 나는 여자를 좋아하게 되었다. 밤에 보초를 서면 말간 달 속에 여자의 얼굴이 나타났고 밥을 먹을 때면 식판 국물 속에 그 달이 떴다. 떠난 여자가 남긴 번민을 씻어 내려는 욕구가 섞였겠지만, 그게 무슨 상관이란 말인가. 나는 여자를 좋아하게 되었다.

여성지와 시시한 수필집 따위로 채워진 작은 서점에서 나는 간신히 『나의 라임 오렌지나무』를 찾았다. 여자가 사는 곳에 갔지만 들어서진 않았다. 나는 여자를 사러 온 게 아니라 내가 좋아하는 여자에게 선물을 전해 주러 왔다. 난 이 고단할 연애를 그렇게라도 소유하고 싶었다. 눈이 내리기 시작했다. 군복이 하얗게 되고 모자챙 끝으로 물방울이 떨어질 무렵 내 시야의 오른편에 여자가 들어섰다. 여자는 집게에 연탄재를 들고 나오다 나를 발견했다. "이거……" 말이 나오지 않아 나는 선물만 들어 보였다. 천천히, 연탄재가 떨어져 박살이 났다.

난 여자를 몇 번 더 만났다. 늘 쫓기는 시간 속에 난 여자를 알아 갔다. 나보다 두 살 아래라는 것, 가톨릭 신자라는 것, 열아홉 살 때 누군가에게 큰 상처를 입었고, 그러저러한 이유로 이 길로 들어섰다는 것, 엄마에겐 작은 임대아파트를 언니에겐 속셈학원을 차려 주었다는 것, 곧 떠날 생각이라는 것……. "잘 생겼지요." 여자의 보물은 초등학교 5학년짜리 남동생 사진을 넣은 작은 액자였다. 여자도 내 얘기를 듣고 싶어했다. 어설픈 운동권이었다는 것, 보안대의 압력으로 부대를 세 번 옮겨 다녔다는 것, 한 여자를 떠나보낸 일로 여자를 찾게 되었다는 것……. 내 자못 심각했던 얘기들은 여자의 삶 앞에서 호사스런 장난이었다. 대신 나는 어릴 적 얘기를 했다. 어머니가 오랫동안 많이 아팠다는 것, 그래서 밖에 나가 놀아 본 기억이 거의 없다는 것, 초등학교 4학년 때 첫사랑과 헤어져 스무 살이 되도록 힘들었다는 것⋯⋯.

여자와 나는 한 번이라도 길고 편안한 시간을 갖길 바랐다. 올림픽이 다가오자 외출외박은 일없이 미루어지곤 했다. 간신히 외박 허가를 받은 날 나는 전령 편에 여자에게 메모를 전했다. "모레 나갑니다. 몇 시에 가는 게 좋을지 알려 주세요." 어쨌거나 그 일은 여자의 직업이었고 여자를 곤란하게 만들고 싶진 않았다. 함께 나간 패들이 뿔뿔이 흩어지고 나만 남았다. 일없이 배회하는 나를 순찰 나온 헌병들이 집적거렸고 나는 골목 안 만화가게에 들어갔다. 허영만, 아니 이현세였던가. 스무 권은 넘게 만화를 쌓아 놓고 앉았지만 한 쪽도 넘기지 못했다. 약속한 일곱 시를 오 분 넘기자 나는 자리에서 일어섰다. 여자의 방 앞에 군화가 놓여 있었다.

주춤하는 나에게 누군가 다가와 손을 끌었다. "언니가 잠깐만 저쪽 방에서 기다리시라고 했거든요." 반 시간쯤 후 온기 없는 빈방에 여자가 들어왔다. 여자는 무슨 큰 죄라도 지은 얼굴로, 단골인데 자고 가겠다고 한다고 말했다. "좀더 말해 볼 테니 기다리세요." 한 시간쯤 지나 돌아온 여자는 내 앞에 무릎을 꿇고 앉아 흐느끼기 시작했다. "난 괜찮아요. 다시 오면 되는걸." 나는 흔들리는 여자의 어깨를 안아 주고 준비한 돈을 쥐어 주었다.

"윤 양, 떠났다는데요." 여자의 안부를 부탁했던 전령이 말했다.

잘된 일이라 생각했지만 쉽진 않았다. 다시는 만날 수 없겠구나. 여자는 이곳에서의 기억을 잊는 게 좋을 것이다. 나를 포함한 이곳에서의 모든 기억을. 종일 부대 뒤 개울가에 앉아 있다가 해가 지면 취사반 골방에 틀어박혀 밤새 소주를 마셨다. 부대를 돌아보던 인사계와 마주치자 나는 어쩔 테냐 하는 얼굴로 그를 노려보았다. 3년 동안 하이에나처럼 나를 괴롭히던 그도 내 눈길을 피했다.

이 상병이 좋아 죽겠다는 얼굴로 편지 한 통을 내 손에 쥐어 주었다. "생각보다 빨리 떠나는 바람에 연락 못 드렸어요. 저는 집에서 쉬고 있어요. 많이 보고 싶습니다……."

대대 서무계는 학생운동을 하다 강제 징집된 사람이었고 내게 호의적이었다. 그가 만들어 준 가짜 휴가증으로 세 개의 검문소를 통과한 나는 부평에 도착했다. 그러나 여자의 가족들 앞에 군복을 입고 나타날 순 없었다. "아저씨 우리 누나 찾아오셨어요?" 두 시간쯤 서성이고 있을 때 뒤에서 누군가 말을 걸었다. 이미 익숙한 얼굴이었다. 아이는 큰누나가 내려가 보라 했다 말했다. 늦은 시간 현관 앞을 서성이는 낯선 군인은 퍽 눈에 띄었을 것이다. "누나 집에 있니?" "누난 어제 취직해서 떠났거든요."

말년 휴가에 청량리역 맘모스 다방에서 여자를 만났다. "제대 축하드려요." 꽃무늬 주름치마를 입은 여자는 마치 처음 만난 사람처럼 수줍어했다. 여자와 광릉수목원에 갔다. 처음 갖는 한가로운 시간이었다. 모든 안타까움과 낙심은 자취도 없는 듯했다. 많이 웃고 많은 이야기를 했다. 코미디언들이 흉내내는 60년대 영화 속 술래잡기도 했던가. 여자는 양평 부근 다방에서 일한다고 했다. 티켓을 안 끊기로 해 벌이가 적긴 하지만 마음은 편하다고 했다.

　그날 저녁 양평 가는 버스를 기다리다 내가 말했다. "당신과 결혼하고 싶어요." 순간 여자의 얼굴에 웃음이 가셨다. 길게 한숨을 내쉰 여자가 또박또박 이어 말했다. "충동적으로 말하는군요. 당신 가족들이나 주변 사람들 생각은 해봤어요? 그 사람들 중에 나를 기억하는 사람이 있을 수도 있다는 걸 생각해 봤어요? 그런 걸 다 생각하고 하는 말인가요? 내가 우습게 보이나요?" 눈물 가득한 눈으로 여자가 쓰게 웃었다.

　다음날 나는 여자를 찾았다. 여자는 나를 외면했다. 불편해진 나는 다방을 나와 담배를 꺼내 물었다. 자정 무렵 여자는 다방을 나와 주인여자의 자동차를 탔다. 다음날 다시 여자에게 갔다. 전날과 같았다. 그 다음날도 마찬가지였다. 나흘째 되는 날 여자가 나타났다. "버스정류장 앞 여관에서 기다리세요." 새벽 두 시가 넘어 여자가 들어왔다. 여자는 잔뜩 취해 있었다. "이봐요, 당신은 왜 나를 이렇게 힘들게 하는 거야." 여자는 주저앉아 흐느끼기 시작했다. 무슨 말이든 하고 싶었지만 할 수 없었다. 나는 여자의 머리를 안아 주었다.

　깜박 잠이 든 건가. 어스름한 방, 누워 있는 내 옆에 여자가 서 있었다. 여자가 속삭였다. "당신을 사랑해요. 하지만 난 자신이 없군요." 여자의 입술이 조심스레 내 입술에 닿았다. 여자가 방을 나갔다. 나는 자리에서 일어나 창밖을 내다보았다. 물안개에 덮인 강을 뒤로 한 채, 버스정류장에 여자가 섰다.

　(다신 여자를 찾지 않아야 한다고 생각했음에도 나는 여자에게

한 번 더 갔다. 자정 무렵 오토바이 한 대가 달려와 다방 앞에 섰다. 여자가 킬킬 웃으며 오토바이 뒤에 올랐다. 멀어지는 오토바이에서 여자가 나를 흘끔 돌아보았다. 여자의 행동을 이해하게 된 건 3년쯤 지나서다. 난 미숙한 인간이었다.)

2002.02.10...『버스정류장』

학술의
기억

한국에서 벌어지는 학술 심포지엄이니 토론회니 이름 붙은 행사들은 대개 가장 진지한 형태의 코미디들인 것 같다. 내 생각에, 한국의 학술이 갖는 내용과 수준은 도무지 그렇게 많은 심포지엄이나 토론회를 감당할 형편이 못 된다. 그런 학술 행사의 목적이란 (그런 행사가 내건 목적과는 애당초 상관없이) 그런 학술적 행사의 개최나 참여를 필요로 하는 사람들의 개최와 참여 자체에 있다.

행사 진행이 예정 시간보다 늘어지고 있음을 끊임없이 환기시키며 행사의 실제 목적을 벗어나지 않으려 분투하는 진행, 아무런 내용이 없거나 너무나 지당해서 새삼 발표할 이유가 없어 보이는 발표, 이른바 학술계의 위계에 입각한 비굴한 아부와 타협의 이런저런 변형으로서의 토론, 그리고 그 모든 코미디의 총화인 술잔을 휴지로 받쳐 들고 분주히 사교에 몰두하는 리셉션!

교수도 학자도 아닌지라 그런 코미디의 주최나 참여를 일삼지 않아도 되는 걸 천만다행이라 생각하지만 이런저런 인간적 인연들을 무작정 거스를 순 없어 빼고 미루다 가끔은 그런 공간에 불려 나가기도 한다. 학술의 공간이 학자가 아닌 나를 부르는 이유야 늘 그 밥에 그 나물인 구성의 단조로움에 변화를 꾀하자는 것일 테고, 나 또한 발표니 토론이니 하는 행사의 알맹이에 애당초 기대를 안 하고 그저 두어 시간 눈 감는다 마음먹고 가는 것이다. 그럼에도 그놈의 방명록이 놓인 행사장의 입구에 들어설라치면 알 수 없는 낭패감이 밀물처럼 밀려오니 나도 참 어지간한 인간이지 싶다. 하긴 나이 마흔에 넥타이도 맬 줄 모르는 인간이 그리 많지는 않을 테니.

불가사의한 오만함과 권위의식에 사로잡힌 방자한 인간이라도 만나게 되면 본격적인 고통이 시작된다. 한국에서 가장 근거 없이 안락하기에 가장 방자해진 직업인 교수가 득실거리는 공간에서 그런 인간을 만나는 일은 오히려 필연이다. '오, 네가 그 김규항이란 놈이냐' 웃음짓는 느끼한 얼굴을 면전에 두고도, 나를 오게 한 사람의 생활을 근심하며 눌러 참고 돌아와선 '그런 자식과 웃으며 인사를 나누다니' 하며 나는 끔찍해하는 것이다.

이른바 진보적 성향의 학술 심포지엄이나 토론회에서 '더 이상 진보적이지 않은 진보적 인사들'을 만나는 일은 좀더 고통스럽다. 10여 년 전 세상을 근본적으로 변화시킬 수 있다는 신념으로 충만했고 그 덕에 이름을 알린 그들은, 진작에 그 신념을 버렸음에도 여전히 10여 년 전 제 이력을 '사용'하며 진보적 인사로 행세한다. 그들의 그런 야비한 처신은 적어도 '국민의 정부' 이후 한국 인텔리가 가질 수 있는 가장 우아하고 안락한 처신이다. 더 이상 탄압과 공포가 적용되지 않는 그들의 이력은 오늘 그들의 명성을 유지하고 그들의 양심과 지성을 상징하기에 충분하다. 그들의 야비한 처신을 보노라면 그저 욕지기가 난다.

지난해 가을 이후 불려 간 두 번의 진보적 심포지엄은 그런 인사들로 가득했다. 난 예의 야비한 처신을 대대적으로 목도해야 했을 뿐 아니라 그들이 제 처신을 둘러싸고 그들 나름의 공고한 협력 체제를 확보했음을 확인할 수 있었다. 이를테면 10여 년 전 스탈린주의자였던 한 교수는 뜬금없이 '마르크스주의의 오류'를 주장하고, 10여 년 전 혁명의 박두를 노래하던 한 시인은 오늘 우리는 아무런 선택을 할 수 없는 정신적 카오스 상태에 있다 노래한다. 학술의 공간은 비로소 안도의 미소로 가득하다. "그게 무슨 말이냐" 누가 물을 때, 그들은 일제히 능글맞게 외친다. "다 알면서 뭘 그러셔."

2002.02.27...『씨네21』

우주

『까막눈 삼디기』는 부모를 일찍 잃고 할머니와 단둘이 사는 초등학생 엄삼덕을 그린 동화다. 아이들은 2학년이 되도록 글자를 깨치지 못한 엄삼덕을 "까막눈 삼디기"라 놀려댄다. 씩씩한 연보라가 시골에서 전학 오고 엄삼덕을 돕기 시작한다.

며칠 전 2학년이 된 김단이 그걸 읽고 있기에 내가 물었다. "단이 1학년 때 삼디기 같은 친구 있었어?" "응, 김은혜(가명)." "글자를 몰랐어?" "글자도 모르고 말도 잘 못하고 바지에 똥 싼 적도 있어." "그래서 친구들이 놀렸어?" "친구들이 맨날 놀리고 남자애들은 때리고 그랬어." "뭐라고 놀렸어?" "바보 멍청이, 더러운 애라고." 김단은 기억이 새로운 듯 표정이 심각하다. "단이는?" "난 은혜하고 친하게 지내고 은혜를 도왔어." "단이가 그랬어? 어떻게 도왔지?" "너희들 그러면 나빠, 은혜도 우리와 같은 1학년이고 우리 친구야, 글자도 이제 곧 배울 거야, 그리고." "또?" "때리는 남자애들 내가 때려 주고." "단이처럼 은혜를 도와주는 친구가 또 있었어?" "응, 한 명, 아니 두 명인가. 그런데 내 단짝 세 명이 은혜가 더러운 애라고, 더러운 애하고 놀면 나하고 같이 안 놀겠다고 해서……." 김단의 눈에 어느새 눈물이 그렁그렁하다.

흔히, 어른들(특히 배웠다는 어른들)은 어른들이 감당하는 거대 세계의 개념들을 아이에게 가르치고 아이가 그 개념과 관련한 실제의 능력을 갖게 되었다고 착각하곤 한다. 아이에게 개념만을 가르치는 건 전혀 어려운 일이 아니다. 이를테면 한 아이에게 미 제국주의가 아프가니스탄 인민들에게 얼마나 나쁜 짓을 했는지 똑 부러지게 말하게 만드는 데는 삼십 분이면 족하다. 그러나 아이에게 아이가 감당할 수 없는 (그리고 아직은 감당할 의무가 없는) 그런 거대 세계의 제국주의가 아닌, 제가 감당하는 실제 세계(형제나 동무들 따위와의)에서 제국주의에 해당하는 것을 분별하고 반대하는 능력을 갖게 가르치는 데는 장구한 노력이 필요하다. 한 사람의 가치가 우주의 가치보다 덜하지 않다 말하듯 아이를 키우는 일은 마치 우주를 키우는 일과 같다.

사정은 그러한데, 용감무쌍하게도 나는 두 아이를 키운다. 아홉 살 먹은 여자 김단과 여섯 살 먹은 남자 김건. 나는 그들이 세상이 우러러보는 별난 사람으로 자라기를 눈곱만큼도 바라지 않지만 세상의 공정함을 좇는 사람으로 자라기는 간절히 바란다. 나는 그들이 사람다운 사람으로 자라길 바란다. 자본주의적 이기심이 가장 인간적인 품성으로 추앙되고 남을 누르고 빼앗는 능력이 사회적 능력으로 설명되는 세상에서 사람다운 사람의 유일한 요건은 공정함을 좇는 것이라 나는 믿는다. 나는 아이들에게 공정함을 좇는 습성(이어야 한다. 80년대 청년들의 경과가 보여 주듯, 20여 년 동안 자본주의적 이기심의 범벅이 된 채 대학에서나 얻는 공정함의 추구는 어설픈 것이다)을 길러 주려 애쓴다. 그들의 모든 행동에 한껏 방임적인 나는 그 지점에서 언제나 민감하고 긴장되어 있다. 세상은 이미 아이들에게 24시간 내내 남의 것을 빼앗으라고 가르치고 또 되새긴다.

우
주

그런 미친 세상에서 아이에게 공정함을 좇는 습성을 갖도록 가르친다는 건 기나긴 게릴라전과 같다. 먹을 것이든 놀 것이든, 아이들의 작은 세계에서 소유 문제를 둘러싼 다툼이 발견될 때 나는 조심스레 개입한다. 잔뜩 골이 난 아이들을 달래 가며 천천히 토론해 나가다 보면 아이들은 결국 '남의 것을 빼앗는 놈은 나쁜 놈'이라는 결론을 스스로 내린다. 나쁜 놈은 사과하고 반성한다. 약한 친구를 괴롭히는 놈에게 꿇지 않고 맞서야 한다, 맛난 게 생겼을 때 다른 형제나 친구를 먼저 생각한다, 청소 따위 궂은일을 할 때 빠지는 건 다른 사람에게 시키는 것과 다름없다……. 아이들은 스스로 결론을 내려 간다.

그들이 어른들과 다른 단 하나는 제가 내린 결론을 지키는 일을 명예로 안다는 점이다. 어른들은 모든 것을 알고 있지만 아무것도 지키지 않는다. 나는 우주를 키우며 우주만큼 깨닫는다.

2002.03.13...『씨네21』

네 이념대로
찍어라

10여 년 전, 재야 출신 국회의원의 보좌관 노릇을 하던 선배는 "나중에 노무현이 대통령 선거에 나가면 발 벗고 뛸" 거라 말했다. 노무현은 처음부터 보기 좋았던 모양이다. 세월이 흘러 노무현은 대통령 선거에 나왔고, 이변이라 불릴 만큼 약진하고 있다. 노무현의 개혁 이미지는 대개 인정할 만한 사실이다. 그는 『조선일보』와 국가보안법에 공개 반대하고 지역주의에 당당히 맞선 유일한 정치인이다. 이른바 '비판적 지지'(어차피 당선 가능성이 없는 진보 후보를 찍어 죽은 표를 만드느니 좀더 나은 보수 후보에게 표를 몰아 주어 진보의 미래를 도모한다는)의 두번째 대상으로 그가 거론되는 건 그런 점에서 당연해 보인다.

'비판적 지지'의 첫번째 대상은 김대중이었다. 밝히자면, 나도 지난 대통령선거에서 그렇게 했다. 비판적 지지론이 아닌 진보 독자 후보론을 주장하던 진영에 더 가까웠지만, 그래서 다들 내가 그렇게 했을 거라 생각하지 않았지만, 나는 망설임 끝에 그렇게 했다. 진보 진영의 적지 않은 사람들이 조직적으로 혹은 개인적으로 그렇게 했다. 드디어 김대중은 대통령이 되었고 그에게 표를 몰아 준 진보주의자들은 그의 개혁성에, 그의 개혁성을 통해 도모될 진보의 미래에 기대했다.

기대가 의구심으로 의구심이 다시 지루한 실망으로 바뀌는 데는 단지 몇 달이 필요했다. 나는 그 즈음 내가 어리석었음을 깨달았다. 김대중에 대한 실망의 원인은 김대중에게 있는 게 아니라 그에게 실망하는 진보주의자들에게 있었다. 어리석게도 진보주의자들은 보수주의자인 김대중이 진보적이기를 기대했다. 실망에 찬 그들은 말하기를 김대중이 변했다고 했다. 그러나 변한 건 아무것도 없었다. 김대중은 예나 지금이나 보수주의자이며 그의 정치는 예나 지금이나 그의 이념에 충실하다. 김대중에 대한 진보주의자들의 기대는 그가 한국 사회 보수 영역의 마이너로서 한국 사회 보수 영역의 메이저인 파시스트들에게서 오랫동안 견제받는 모습을 통해 생긴 판타지였다.

김대중에 대한 실망을 노무현으로 보상하려는 심정은 인간적으로는 이해가 가지만, 정치적으로 가련하기만 하다. 노무현이 김대중보다 인격적으로 신뢰가 가는가. 나 역시 그래 보이지만, 개인의 인격이 정치를 좌우할 수 있다는 가설은 텔레비전 궁중사극에서나 어울린다. 노무현의 판타지에 젖은 사람들은 오늘 김대중을 잠시 접고 옛 김대중을 떠올려 볼 필요가 있다. 그는 한때 오늘 노무현과는 비교가 안 될 판타지를 가진, '선생'이라 불리는 정치인이었다. 노무현에게 남은 질문은 하나다. 노무현은 (개혁적) 보수주의자인가 진보주의자인가. 지역주의에 당당히 맞선 노무현은 신자유주의에도 당당히 맞서는가. 노무현은 하층계급의 싸움에 연대하는가.

김대중의 정치는 바보가 아닌 사람들로 하여금 이른바 나쁜 보수와 좋은 보수의 차이가 생각보다 크지 않다는 것(특히 오늘처럼 극단적 파시즘이 이면으로 물러난 상황에선 더욱더)을 충분히 깨닫게 할 만했다. 좋은 보수 후보에 표를 몰아 주어 진보의 미래를 도모한

다는 노회한 전략은 한국 정치에서 진보의 지분(득표율, 혹은 국회의
원 수로 계량할 수 있는)이 하다못해 '김종필의 당'만큼이 되어, 캐
스팅보트 노릇이라도 가능해진 다음에나 생각할 일이다. 진보주의
자, 혹은 진보 정당의 국회의원이 단 한 명도 없는 세계 유일의 나라
에서 진보주의자가 할 일은 오로지 '털끝만큼이라도 진보의 지분을
늘리는 것'이다.

　　(중립적으로 말하자면) 모든 사람이 제 이념대로 순정하게 찍는
것, 그래서 한국 정치의 이념적 스펙트럼을 한국인들의 이념적 스펙
트럼과 일치시키는 것이 가장 바람직하다. 그것만이 한국인들이 제
처지에 가장 적절한 정치를 맞을 유일한 방법이다. 네 이념대로 찍어
라. 한국 사회가 더할 나위 없이 만족스럽다면 가장 반동적인 보수
후보를 찍어라. 한국 사회의 표면적 악취라도 우선 덜고 싶다면 가장
개혁적인 보수 후보를 찍어라. 그러나 한국 사회의 보다 근본적인 변
화를 진지하게 바란다면 (당선 가능성을 절대기준으로 한 이런저런
되지 못한 정치평론일랑 걷어치우고) 그저 가장 진보적인 후보를 찍
어라. 진보에 외상은 없다. 네 이념대로 찍어라.

2002.04.03...『씨네21』

83

네
이
념
대
로
찍
어
라

그 페미니즘

페미니스트들에겐 유감스런 얘기겠지만, 내 주변의 진보주의자들은 하나같이 주류 페미니즘(정확하게, 90년대 이후 한국의 주류 페미니즘)을 마땅찮아 한다. 그렇다고 그들이 정치적으로 진보적일 뿐 여성이 처한 성적 억압엔 무감각한 형편없는 남근주의자들인 건 아니다. 그들은 적어도 '100인 위원회'의 활동을 원칙적으로 지지하고 〈밥·꽃·양〉을 보며 가슴을 쓸어내리는, 여성에 대한 성적 억압을 분명한 사회적 억압의 하나로 파악하는 남성들이다. 그러나 그들은 이른바 여성에 대한 성적 억압과 싸운다는 페미니즘을 하나같이 마땅찮아 한다.

나 역시 그들 가운데 하나다. '노력하는 마초'인 나는 주류 페미니즘을 몹시 마땅찮아 한다. 내가 그 페미니즘을 마땅찮아 하는 이유는 그들의 '사회의식'이 분명한 사회적 억압의 하나에서 출발하면서도, 모든 건강한 사회의식이 갖는 인간해방운동의 보편성을 거스르기 때문이다. 사회의식이란, 단지 제 사회적 억압을 사회에 호소하는 게 아니라(만일 그런 게 사회의식이라면 '서초구민들'이나 '의사들'의 빌어먹을 호소도 사회의식일 테니), 제 사회적 억압을 통해 다른 이의 사회적 억압을 깨닫고, 제 억압을 모든 사회적 억압의 지평에서 조망하고 겸손히 연대하는 보편적 인간해방운동의 상태를 말한다.

주류 페미니즘은 다른 이의 사회적 억압에 정말이지 무관심하다. 이를테면 주류 페미니즘은 모든 사회적 억압의 출발점인 계급 문제에 대해 정말이지 무관심하다. 그들은 아마도 여성이라는 계급이 일반적인 의미의 계급보다 더 근본적이라 생각하는 듯하다. 과연 그런가. 페미니즘을 둘러싼 해묵고 아둔한 논쟁이기도 하지만, 여성의 억압이 근본적으로 계급에서 오는가 성에서 오는가는, '중산층 혹은 상류계급 여성이 하층계급 남성에게서 억압받을 가능성'을 살펴보거나 '중산층 혹은 상류계급 여성의 억압과 하층계급 여성의 억압을 비교'해 봄으로써 간단히 알 수 있다.

주류 페미니즘이 그런 저급한 사회의식에 머무는 실제 이유는 그 페미니즘의 주인공들이 작가, 언론인, 교수(강사) 따위 '중산층 인텔리 여성들'이기 때문이다. 그들은 성적 억압의 보다 분명한 피해자인 하층계급 여성의 고통을 이해할 만한 처지에 있지 않으며, 그 고통을 이해하려 하지도 않는다. 그들은 단지 그들에게 남은 유일한 사회적 억압인 성적 억압을 '남성 일반과의 문제'로 만드는 데 열중한다. 건강한 싸움보다 나른한 카타르시스에 익숙한 그들은 그들이 증오해 마지않는 남근주의를 넘어서기는커녕 흉내내며(이를테면, 한 대중적인 페미니스트 잡지는 가수 박진영을 '먹고 싶은 남자'라 지칭한다), 심지어 투항한다(이를테면, 한 '도발 전문' 페미니스트는 정치적 남성인 생리적 여성정치인을 대통령으로 밀자고 주장한다).

나는 성적 억압의 실체인 가부장제가 전적으로 자본주의에 의한 것이라 주장하는 덜 떨어진 마르크스주의자가 아니다. 그러나 자본주의 사회에 살고 있는 우리는 자본주의가 가부장제를 어떻게 사용하는가를 분명히 할 필요가 있다. 가부장제의 기본단위인 가족은, 자본주의를 유지하는 기본단위기도 하다. 자본주의 사회에서, 가족을 위해 묵묵히 헌신하는 '좋은 여성'의 실제 임무는 오늘 노동력(남편)을 뒷바라지하고 다음 세대의 노동력(자식)을 양육하는 것이다. 자본은 남성에겐 노동의 일부라도 지불하지만 그들을 노동할 수 있게 뒷바라지하거나 양육하는 여성에겐 한 푼도 지불하지 않는다. 자본의 입장에서 '좋은 여성'이란 얼마나 유익한가.

봉건 사회의 관습인 듯한 가부장제가 근대 사회(자본주의 사회)에서 끈질기게 집행되는 이유가 바로 거기에 있다. 그 집행은 제도, 교육, 미디어, 도덕 따위 이런저런 자본의 선전 장치를 통해 마치 공기를 마시듯 뱃속에서부터 자연스럽게 진행된다. 가부장제와 싸운다는 주류 페미니즘은 실은 그 선전 장치의 성실한 일부다. 유한하기 짝이 없는 그들은 그들에게 남은 유일한 사회적 억압을 일반화하여 카타르시스하는 데 열중함으로써, 모든 여성이 제 억압과 싸워 보편적 인간해방운동에 이르는 정당하고 필연적인 기회와 가능성을 성실하게 차단한다. 그 페미니즘은 그저 남근주의의 이면이다.

2002.04.23...『씨네21』

편지 1
진보주의자는 행복합니까

해미 님. 서해안을 따라가다 보면 해미라는 곳이 있습니다. 역시 서해안에 있는 비인과 함께 내가 알고 있는 가장 아름다운 땅 이름 가운데 하나지요. 나는 그 이정표를 볼 때마다 마음이 환해지곤 합니다. 특히, 잊고 있다 우연처럼 그 이정표를 만나는 순간은 정말 근사합니다. 사람이든 땅이든 아름다운 이름은 그 이름을 부르는 사람을, 그의 고단함을 위로하는 능력이 있습니다.

편지 잘 읽었습니다. 해미 님의 긴 편지는 질문으로 가득합니다. 나는 오늘부터 그 질문들에 느릿느릿 답을 해보기로 했습니다. 편지 끝에 적힌 "진보주의자는 행복합니까?"라는 질문이 내 안에 아득한 공명을 일으켰기 때문입니다. 진-보-주-의-자-는-행-복-합-니-까……. 어린 시절, 깊은 우물 안으로 머리통을 잔뜩 구부려 넣고 누군가의 이름을 부르는 순간처럼 말입니다. 조금 멋을 부리자면, 이 편지는 나 자신과 다른 모든 사람에게 보내는 것이기도 합니다.

서론이 길었군요. 강연에서 만난 청중에게 늘 묻습니다. 진보가 뭡니까? 그러나 이 간단한 질문에 답이 나오는 일은 드뭅니다. 몰라서라기보다는, 뭐든 어렵고 그럴싸하게 말해야 한다는 못된 버릇 때문이겠지요. 답은 매우 단순합니다. (보수란 오늘 세상을 지키려는 생각이고) 진보란 오늘 세상을 바꾸려는 생각입니다. 그 둘의 끊임없는 긴장 상태가 바로 오늘 우리가 사는 세상입니다.

흔히들, 사람은 본능적으로 이기적이라고 합니다. 그러나 이른바 서구식 문명을 등진 소수 부족들을 연구하는 학자들에 따르면, 아예 이기심이 존재하지 않는 사회가 있습니다. 이기심 가운데 상당 부분은 본능이 아니라 후천적으로 길러진 사회적 습성일 뿐입니다. 사람이 본능적으로 이기적이라는 주장은 대개 사람이 본능적으로 보수적이라는 주장을 위해 존재합니다. 사람은 본능적으로 이기적이기에 함께 연대하여 세상을 바꾸는 건 본디 불가능하다는 것이지요.

해미 님은 그게 터무니없는 거짓말이라는 걸 알 겁니다. 역사 속에서 많은 사람들의 헌신적인 연대로 세상을 바꾼 예는 얼마든지 있습니다. 이를테면, 1980년 5월의 해방 광주입니다. 계엄군을 몰아낸 그 며칠 동안 광주는 가장 조화로운 사회였습니다. 도시의 모든 기능이 자발적으로 작동했고, 그렇게 많은 무기들이 나돌았지만 단 한 건의 절도조차 일어나지 않았습니다. 더욱이 해방 광주의 주인공은 못 배우고 가진 것 없는 사람들이었습니다.

사람은 오히려 본능적일 만치 진보적입니다. 해미 님. 여기 대여섯으로 이루어진 작은 사회(친구든 동료든)가 있습니다. 언젠가부터 그 중 하나가 그 사회의 열매를 가로챕니다. 물론 그는 그 일을 숨기기 위해 노력하겠지요. 그러나 누군가 그 일을 알아채게 되고 그 일은 곧 사회에 알려집니다. 그 사회의 구조는 무척 단순하고 명료합니다. 이제, 사회는 가장 분명한 방식으로 그 문제를 해결할 겁니다. 과장해서 말하자면, 『조선일보』의 김대중 같은 이조차도 그 상황에선 짐짓 진보적일 겁니다.

그러나 우리가 좀더 많은 강제와 함께 속해 있는 국가나 세계 같은 거대한 사회는, 그런 대여섯으로 이루어진 사회와는 비교할 수 없을 만치 크고 복잡한 구조를 가집니다. 물론 사회 성원들의 열매를 가로채는 사람들의, 제 일을 숨기려는 노력 역시 비교할 수 없을 만치 크고 복잡한 구조를 가집니다. 이쯤 되면 사람의 사회적 본능은 맥을 못 춥니다. 우리 주변에서 더할 나위 없이 선하고 정의로운 품성을 가진 사람이, 국가나 세계 같은 거대 사회의 문제에선 믿을 수 없을 만치 보수적인 경우를 보는 건 바로 그래서입니다.

그런 슬픈 부조화를 물리치는 힘, 자기가 속한 사회를 분별하는 능력이 바로 '교양'입니다. 제아무리 선하고 정의로운 품성을 가진 사람이라도 교양이 부족하다면 단지 '보수의 개'로 살게 됩니다. 거칠게 말해서 미안하지만, 진보는 '부러 선택한 상태'지만 보수는 '진보를 선택하지 않은 모든 상태'기 때문입니다. 다음 편지에선 그 얘기를 해보겠습니다. 아, 빠뜨릴 뻔했군요. 대학생이 된 것 축하합니다. 연애와 여행을 많이 하기 바랍니다.

2002.06.10...『씨네21』

89

편지 2
보수는 공기처럼

해미 님. 한국 축구팀이 월드컵 8강에 오른 아침 서울은 열기로 가득합니다. 이런저런 매체들이 요청한 월드컵에 대한 '독설'도 모두 사절하고, 그저 '축구나 보며' 지내자 했습니다. 고단한 사람들이 모처럼 맞은 축제를 모욕하고 싶진 않기 때문입니다. 그들은 축제를 분별할 책임은 없지만 축제를 즐길 권리는 충분합니다. 그러나 '양식 있는' 지식인들의 요사스런 행태는 연신 내 속을 긁는군요. 그들은 붉은악마의 구호에서 반공 콤플렉스에 대한 저항을, 시청 앞 응원전에서 6월항쟁의 함성을, 급기야 보라 역사가 바뀌었노라, 국민 통합을 외칩니다. 하긴, 무솔리니도 소싯적엔 사회주의자였지요.

지난번 편지에서 나는 진보는 '부러 선택한 상태'지만 보수는 '진보를 선택하지 않은 모든 상태'라 했습니다. 우리는 흔히 '보수와 진보의 갈등'이라는 표현을 하곤 하지만, 오늘 세상의 주인은 어디까지나 보수입니다. 보수가 '진보를 선택하지 않은 모든 상태'인 가장 큰 이유는 보수적 선전이란 마치 공기처럼 자연스럽기 때문입니다. "사는 게 다 그런 거지." "자본주의는 인간의 본능과 맞아." "열심히 노력하면 누구나 성공할 수 있지." "사회주의는 이미 끝난 얘기야." 우리가 별 생각 없이 당연한 삶의 이치인 양 반복하는 이 말들은 실은 가장 강력하고 교활한 보수적 선전들입니다.

그 선전들에 최종적인 신뢰감을 심어 주는 건 언제나 '양식 있는' 지식인들입니다. '진보적 지식인'이라 불리기도 하는 그들은 한때 진보주의자였고 이젠 진보를 회의하는 사람들입니다. 그들의 목표는 오늘 그들의 나른한 삶을 유지하면서도 양식 있는 사람으로 행세하는 것입니다. 그래서 그들은 끊임없이 그들의 진보적 이력을 들먹입니다. 그들은 『공산당 선언』을 처음 읽던 순간의 격정을 들먹이고 체 게바라나 마르코스나 켄 로치의 낭만을 들먹입니다. 그들이 '지난, 저기'의 진보를 들먹이는 이유는 단지 '오늘, 여기'의 진보에 혐오감을 부여하기 위해서입니다. 그래야만 그들은 '보수의 개'로 살아가는 제 '오늘, 여기'에 품위를 부여할 수 있습니다.

진보주의자는 오늘 세상의 주인에 꿇기를 거부한 사람들입니다. 해서 진보주의자는 세상의 외부에 처하게 마련이고(어리석은 사람들은 진보의 이런 상태를 관념성과 결벽증의 소산이라 말하지요) 진보적 선전은 사람들에게 낯설고 거칠며 위험해 보이게 마련입니다. 오늘 세상의 주인이 통제하는 모든 제도 미디어들이 그렇게 만들기 때문입니다. 그것이야말로 그 미디어들의 가장 중요한 존재 이유입니다. 보수적 선전은 공기처럼 자연스럽지만 진보적 선전은 짐짓 혐오스럽습니다. 이를테면 『한겨레』가 『조선일보』와 함께 국가주의적 광기로 폭발한 오늘, 〈진보넷 참세상〉의 머리기사는 '단식 9일째, 시그노동자들의 피울음을 먹고사는 영풍'입니다.

우리에게 쉽게 포착되는 '명성을 동반한' 진보란 대개 세상에 수용된 진보입니다. 그것은 한편으론 진보지만 다른 한 편으론 '보수의 액세서리'입니다. 나는 보수의 액세서리인 주제에 엉뚱하게도 진보적 주장을 일삼는 경우입니다. 보기보다 실속 있는 편은 아닙니다.

"오로지 까대고 씹어대서 댄스 가수적 인기를 누리는" 나는 글쓰기로 한 달에 13만 3,000원을 법니다. 나는 세상의 내부에선 "현실과 경험에서 유리된 도그마에 빠진 위태로운 사람"이라고, 세상의 외부에선 "우파와 어울리는 상업주의적 글쟁이"라고 모욕당합니다. 나에겐 세상 내부의 안락도 세상 외부의 안락도 없습니다. 처량하기 짝이 없지만, 나는 그런 내 처량한 처지 덕에 안도합니다. 대개의 사람들이 더한 모욕 속에서 나보다 더 처량하게 살고 있기 때문입니다.

　나머지 얘긴 다음에 해야겠군요. 월드컵에 대해 해미 님 동갑내기가 쓴 글이 있어 보냅니다. 이 글 앞에서 '양식 있는' 지식인들은 혀를 깨물거나 붓을 꺾을 만합니다. 읽어 보시지요.

2002.06.27...『씨네21』

편지 3
하나되면 죽는 사람들

해미 님. 월드컵이 끝나고 히딩크도 고향으로 돌아갔지만 여진은 남습니다. 고단한 사람들이 모처럼 맞은 축제의 달콤한 기억을 쉽게 잊지 못하는 건 당연한 일일 겁니다. "히딩크, 당신의 능력을 보여 주세요"에서 "4,700만 우리 모두 가슴 벅차게 행복했습니다"로 이어지는 삼성카드의 심령부흥회풍 광고(이 기괴한 광고에 왜 아무도 항의하지 않는 걸까요)나, 월드컵에 돈을 댄 KT와 거저먹은 SK의 싸움질역시 당연한 일입니다. 장사꾼의 유일한 존재 이유는 팔아먹는 것이고 그들에게 '대~한민국의 애국심'은 '대한민국의 구매력'일 뿐입니다.

인텔리들의 호들갑 역시 여전합니다. 몇 달 전 '노풍'을 87년 민주화운동과 연결시켜 '혁명'이라 부르던 그들은 이번에도 어김없이 혁명을 갖다 붙입니다. 소싯적에 잠시 혁명에 몰두했으되 이젠 누구보다 혁명을 회의하는 그들이 혁명이라는 말을 그리 즐겨 쓰는 건 회한해 보이지만, 2년 전 낙천낙선운동에 슬그머니 혁명을 갖다 붙인(과연 그 혁명은 무엇을 바꾸었던가요) 다음부터 그들은 무엇에든 기회가 되는 대로 혁명을 갖다 붙입니다. 10여 년 전 별다른 자기 설명 없이 제 혁명에 침을 뱉은 그들로선 혁명을 일반적이고 대수롭지 않은 것으로 만들고 싶을지도 모릅니다.

인텔리들이 그렇게 혁명을 갖다 붙이는 좀더 중요한 이유는 그들이 그걸 진짜 혁명이라 생각하기 때문입니다. 그들은 '삶'을 살아가기보다는 '책'을 살아가는 사람들입니다. 그들은 세상 속이 아니라 세상의 외곽, 술집이나 세미나실에서 세상에 대한 관찰기를 교환하는 사람들입니다. 그들의 창백한 눈에 650만이 넘는 붉은 인파가 거리를 메우고 함성을 지르는 광경은 그저 '혁명'인 것입니다. 해미님, 우습지 않습니까. 꿈도 희망도 없는 고단한 일상에 찌들 대로 찌든 사람들이 제 나라 축구팀이 세계 16강 진출이라는 목표치를 두 번이나 경신했다면 너도나도 광장으로 뛰쳐나오는 일이야 너무나 당연하지 거기에 무슨 의식성이 있고 혁명이 있다는 겁니까.

인텔리들은 늘 뒤늦게 흥분하고 먼저 절망합니다. 그래서 그들은 늘 '대중의 저력'에 뒤늦게 흥분하고 '대중의 반동'에 먼저 절망하는 발작과 패닉의 끝없는 반복 상태를 보입니다. 대중이 그저 묵묵히 흐르는 강물이라면 그들은 그 강물의 굽이굽이 변화무쌍한 속도에 시시각각 깡총거리는 송사리들입니다. 노풍은 조금만 진중한 사람이라면 전혀 놀랄 일이 아닙니다. 민주당 경선이야 민주당 안에서 하는 건데 한나라당도 아니고 민주당이라면 한국 평균은 되는 사람들일 터, 그런 사람들이 몇 년 전 앞머리 이상하게 치켜세우고 박정희 흉내나 내던 사람을 대통령 후보로 뽑겠습니까.

월드컵과 관련한 인텔리들의 호들갑을 그저 볼썽사나운 꼴로만 넘길 수 없는 건, 그들이 연신 '국민 통합'이니 '국운 융성'이니 '민족적 환희'니 하는 국가주의적 선동을 해대기 때문입니다. 심지어 매우 급진적이라 알려진 한 문화과학자는 "국민적 열정을 국민적 캠페인으로"라는 언사를 스스럼없이 사용합니다. 해미 님, 진보주의의 출발은 세상을 계급으로 구분하는 것입니다. 물론 국가가 있고 국경이 있는 한 국가나 민족의 구분을 무시할 순 없겠지만, 한국 국적을 가졌거나 한국인의 피가 흐른다고 해서 다 내 나라 내 동포는 아닙니다. 일생을 비정규직 노동자로 살아오신 해미 님 아버님은 과연 이건희 씨와 동포입니까, 켄 로치의 〈빵과 장미〉에 나오는 3등 미국인들과 동포입니까.

세상엔 응당 하나되어야 할 것과 갈라져야 할 것이 있습니다. 우리가 살고 있는 자본주의 사회는 자본과 노동자가 적대적 긴장을 이루는 사회고 우리는 그 분명한 사실에서 출발해야 합니다. 이건 도덕이나 선택의 문제가 아니라 실재하는 현실입니다. 우리에게 필요한 건 정직하게 땀 흘리며 살아가는 사람들끼리의 '연대'지 적대하는 계급끼리의 '통합'이 아닙니다. 한국의 자본과 노동자가 '애국'의 이름으로 하나될 때 노동자에게 돌아올 건 죽음뿐입니다. 해미 님, 오늘은 '계급'에 대해 차근차근 이야기해 드리려 했는데 그러지 못했군요. 그럼 다음에……

2002.07.18…『씨네21』

95

세 청년

지난해 가을, 9·11 사건과 관련한 어떤 이의 발언을 격렬하게 비판한 며칠 후, 이오덕 선생이 내 글을 읽었다며 전화 메모를 남겼다. 화가 나신 건가 싶었지만, 설사 야단을 맞더라도 이분이라면 할 수 없는 일이지 싶어(그는 지난 반세기 동안 한국의 아이들과 한국의 말을 위해 가장 비타협적으로 싸워 온 전사다) 다음날 일찌감치 전화를 드렸다. 그는 내 글을 잘 읽었다며 말했다. "사람이 몸을 움직여 일도 하고 해야 바른 정신을 가질 수 있는데, 늘 앉아 책만 읽고 생각만 하다 보니 그렇게 되지 싶습니다." 그는 그 일의 본질을 단출한 한마디로 꿰뚫었다. 나는 안도했다. 그가 나를 야단치지 않아서, 논란에 빠진 내 글을 옹호해서가 아니라, 그의 정신이 건재함을 확인했기 때문이다. 한국에서 존경할 만한 정신들은 대개 90년대를 통과하면서 '아무것도 분명히 판단하지 않기 위해 끊임없이 총체성을 늘어놓는' 걸레가 되었다. 나는 그도 그렇게 되었을까 내심 두려웠던 것이다.

겨울이 시작할 무렵 나는 그의 거처를 찾았다. 동그란 산들과 동그란 물들. 충북(의 풍경은 곧 한국의 풍경이다) 음성에서 충주로 넘어가는 길목, 산 굽이를 비껴 돌로 지은 집에 그가 살았다. 그는 세 해 전 건강이 나빠져 아들이 살고 있는 이곳으로 내려왔다. 어림잡기 힘들 만치 많은 책들이 밀림을 이룬 그의 서재 한 편에 놓인 낡은 소파에 그와 마주 앉았다. "제가 말도 잘 못하고 아이구, 인터뷰 그거

안 했으면 좋겠습니다." 선생의 생각이 사람들에게, 특히 젊은 사람들에게 좀더 친절하게 전달되어야 한다는 말로 간신히 그를 설득하고, 녹음기를 켰다. 그가 내놓은 차를 마시며, 나는 서사시를 읽듯 천천히 그의 곧고 광활한 정신을 탐색하기 시작했다.

그는 머리와 글로 사는 적은 사람들이 몸과 말로 사는 많은 사람들을 지배하는 세상을 반대한다. 말하자면 그의 생각은 매우 계급적이며 급진적이다. (그는 '계급'이나 '급진' 같은 개념어를 좀처럼 사용하지 않는다. 하긴, 계급이나 급진이라는 말은 계급과 급진을 표현하는 한 방법일 뿐이다.) 그가 아이들의 문제에 일생을 다 바친 이유역시, 아이들의 바른 정신이 세상을 바르게 만드는 가장 근본적인 힘이기 때문이다. 모든 타협하지 않는 정신이 그렇듯 그는 늘상 오해에휩싸여 산다. 그는 완고한 우리말 전용론자라 오해받곤 한다. 그러나 그는 오히려 이젠 사용하지 않는 생경한 옛말들을 우리말이랍시고 사용하는 일은 오만한 엘리트주의라 여긴다. 그는 모든 우리말에 완고한 게 아니라, 땀 흘려 일하는 사람들의 정신이 담긴 우리말에 완고하다.

오랫동안 담아 두었던 질문을 했다. "선생이 말하는 말의 혁명은 결국 정치혁명입니까." 그가 대답했다. "결국 그런 셈입니다." 조용히 미소짓는 그의 주름진 얼굴 왼편으로 충북의 동그란 햇살이 들었다. 나는 그가 청년임을 최종적으로 확인했다. 늙는 게 숙명이라는말은 거짓말이거나 절반만 맞다. 몸이 늙는 건 숙명이지만 정신이 늙는 건 (온갖 요사스런 핑계와 그럴싸한 설명에도 불구하고) 선택이다. 일흔의 몸에 스물의 정신을 가진 청년이 있고 스물의 몸에 일흔의 정신을 가진 노인이 있다. 그것은 전적으로 제 선택이다. 대개의 사람들이 조금씩 하루도 빠짐없이 신념과 용기와 꿈이 있던 자리를 회의와 비굴과 협잡으로 채워 갈 때, 그런 순수한 오염의 과정을 철이 들고 성숙해 가는 과정이라고 거대하게 담합할 때, 여전히 신념과 용기와 꿈을 좇으며 살아가는 청년들이 있다.

　　그 청년들 역시 계급적이며 급진적이다. 전북 변산의 윤구병 청년은 종일 논과 밭 매는 일이 가르침의 전부인 듯한 변산공동체를 이끌지만, 9·11 사건을 "초국적 금융독점자본에 대한 제3세계 인민의 세계 대전"이라 해석하는 급진주의자다. 서울 혜화동의 서준식 청년은 억울한 사람의 호소를 들어 주는 일에 전념하는 듯한 인권운동사랑방을 이끌지만, 인권을 모티브로 세상의 근본적인 변혁을 꿈꾸는 급진주의자다. 그 청년들이, 그 철없는 비타협의 정신들이, 청년의 몸에 노인의 정신을 가진 수많은 우리가 망가뜨린 세상을 복구하는 중이다.

2002.08.28...『씨네21』

돼먹지
못한 소리

"대중이가 말야……." "영삼이가 말야……." "종필이가 말야……."
오래전, 동네 복덕방에 모인 영감님들은 저마다 한국 정치의 운영자
였다. 정치적 권력이라곤 눈곱만큼도 없어 보이는 이들이 자못 한국
정치를 운영하는 희한한 풍경은 오늘 인터넷 세상에서 흔히 발견된
다. 오늘 적지 않은 한국의 청년과 노동자들(물론 사무직을 포함한)
은 밤마다 인터넷의 복덕방에 모여든다. "노무현이 말야……." "정
몽준이 말야……." "이회창이가 말야……." 신문 쪼가리에서부터 출
처가 불분명한 풍문에 이르기까지 온갖 시사 자료들을 꿰찬 채 그들
은 밤이 새도록 한국 정치의 운영자 노릇을 하는 것이다.

　서글픈 일은 그토록 정치에 열중하는 그들이 예나 지금이나 정
치에 당하기만 한다는 사실이다. 그들이 정치에 당하는 단 한 가지
이유는 그들이 열중하는 정치가 실은 그들의 정치가 아니기 때문이
다. 세상이 변화해야만 제 삶이 변화할 그들은 딱하게도 세상을 유지
하기 위한 정치, 보수 정치가 정치의 전부라 생각하고 그들의 정치라
고 생각한다. 간혹 그들 가운데 평소 보수 정치의 기만성에 넌더리를
내며 진보 정치의 중요함을 내비치던 사람들도 막상 선거철이 되면
마법에라도 걸린 듯 보수 정치에 목을 맨다. 그들에게 진보란 대개
'좋은 보수'를 뜻한다.

　그런 딱한 풍경엔 아픈 배경이 있다. 오랜 군사 파시즘 기간 동

안 우리의 소망은 민주화, 즉 '좋은 보수'를 이루는 것이었다. 많은 사람들의 희생과 피의 대가로 보다시피 오늘 우리는, 죄 없이 잡혀가 고문을 당하거나 벌건 대낮에 군인들이 양민을 도살할 가능성은 적은 세상에서 살게 되었다. 물론 그런 변화는 참으로 대단하고 값진 것이다. 그러나 동시에 그런 변화는 우리가 만들어 가야 할 세상의 출발점에 불과하다. 죄 없는 사람을 고문하거나 죽이는 일이 줄어들었다고 해서, 정직하게 일하는 사람이 행복할 수 있는 세상이 된 건 아니기 때문이다.

물론 애초부터 먹고사는 문제에 매달리지 않아도 되던 사람들, '시민 계급'에 속하는 사람들에게 더 이상의 변화는 절박한 게 아닐 것이다. 그런 사람들에겐 선거에서 '나쁜 보수'가 이겼냐 '좋은 보수'가 이겼냐는 대단한 차이가 될 수 있다. 그러나 민주화가 되고서도 제 삶이 달라진 게 없거나 오히려 나빠진 사람들, 그놈의 '좋은 보수'의 정치에 늘 당하기만 하는 대다수 노동자 농민의 처지에서, 선거에서 어떤 보수 후보가 이기든 그리 대단한 차이가 없다. 노동자 농민의 현실을 대변하지 않는다는 점에서 보수 정치는 똑같다.

사정이 이러한데도 노동자 농민들이 '좋은 보수'를 찍어야 한다고, 그게 최선이라고 생각한다면 그렇게 비굴하고 못난 일은 없을 것이다. 사정이 이러한데도 노동자 농민들이 '좋은 보수'를 찍어야 한다고, 그것이 최선이라고 강요한다면 세상에 그렇게 염치없는 일은 없을 것이다. 급기야 "너희들 때문에 이회창이 되면 어쩔 거냐"는 공갈까지 나오니 아마도 오늘 세상은 인간의 염치가 완전히 사라진 세상인 모양이다. 대체 무슨 이유로 보수 정치에 거덜이 난 노동자 농민이 보수 정치의 결과에 책임을 져야 하는가. (박정희와 전두환과 노태우에게 그렇게 당하고도 오늘 다시 이회창을 대통령으로 미는 나라라면 '이회창 대통령'이 걸맞은 나라라고 할밖에!)

노무현은 다르다고? 11월 13일 농민대회에서 노무현이 달걀을 맞고 쫓겨나는 꼴을 보고도 그런 소리를 하는가. 노무현이 되면 적어도 더 나빠지지 않는다고? 속없는 소리 하지 마라. 노동자 농민에게 이미 세상은 충분히 나쁘다. 사람들아, 사람들아, 제발이지 돼먹지 못한 소리들 좀 그만두어라.

2002.12.06...『작은책』

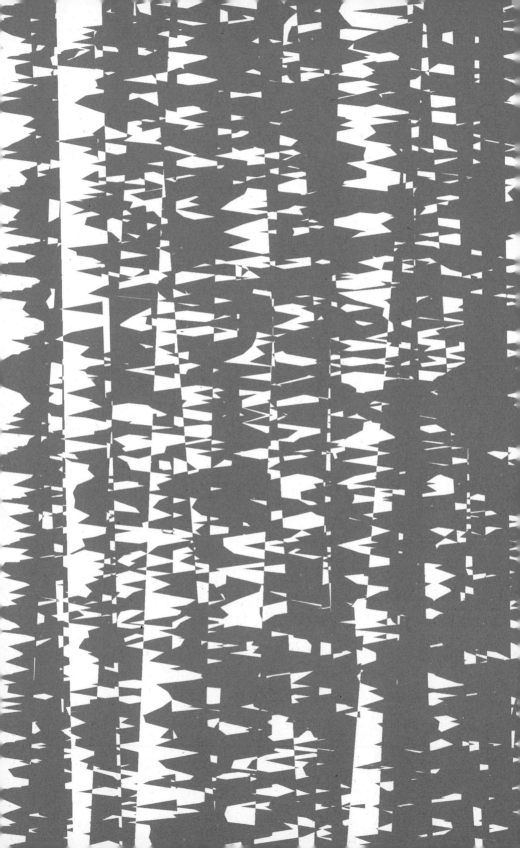

2003년

개혁은 수구보다 좋은 것이다. 개혁은 최소한의
경제적 안정과 교양을 가진 사람들의 삶에서
파시스트의 악취를 가시게 한다. 그러나 개혁은
그런 최소한의 안정조차 얻지 못한 사람들,
파시스트의 악취가 가시는 것으로는 그다지
달라질 게 없는 노동자 민중의 삶을 능욕한다.
개혁 바람 속에서, 우리에게 남은 선택은 단순하다.
개혁이 생략하는 진실을 외면할 것인가,
외면하지 않을 것인가.

개혁이냐
개뼈냐

운동한답시고 다리를 다쳐 꼼짝 못하고 방에 있는데, 바깥에서 내 딸과 그의 동무가 말한다. "너는 미국 편이야, 이라크 편이야?" "히히, 아무 편도 아닌데." 나는 미소 지으며 대화에 귀 기울인다. "그래도 미국하고 이라크하고 저렇게 계속 싸우면 누구 편인데?" "히히, 그럼 이라크 편. 미국은 맨날 약한 나라만 괴롭혀." "맞아, 정말 짜증나지." 기분이 환해진다. 제국주의자들은 제 더러운 침략 전쟁을 이런저런 요사스런 논리로 분칠하려 애쓰지만 변방의 열 살 먹은 아이들의 눈도 속이지 못한다.

분칠은 여기저기서 계속된다. '개혁 정치인' 유시민은 노무현의 이라크전 지지와 파병 결정을 '대통령으로선 바른 선택'이라고 분칠한다. 북한 핵문제를 둘러싼 미국과 북한의 긴장 상태로 볼 때 노무현이 부시의 심기를 건드리는 건 우리의 생존을 위협하는 위험한 일이라는 얘기다. '정치란 현실적인 것이기에 대의를 거스를 수 있다'는 뻔한 이야기를 하는 유시민에게 명분과 이상을 말하는 건 싱거운 일일 것이다. 그러나 유시민의 이야기는 전혀 현실적이지도 않다. 제국주의 침략 전쟁은 대통령들 사이의 '의리'가 아니라(조폭도 '의리'로 전쟁을 벌이진 않는다) 순수한 손익계산으로 일어나는 것이다.

(지금 그렇게 하고 있듯) 미 제국주의는 한반도전에서 잃는 것보다 얻는 게 분명히 많다고 판단하면 언제든 전쟁을 벌이려 들 것이

다. '의리'는 간단하게 무시될 것이고, 애초부터 말이 안 되는 전쟁 명분이 다시 반복되면, 남의 땅의 더러운 전쟁을 지지한 노무현에게 제 땅의 더러운 전쟁을 반대할 명분은 없을 것이다. 미 제국주의가 한반도에서 순수한 손익계산만으로 전쟁을 벌일 수 없도록 하는 유일한 방법은 바로 지금 미 제국주의가 순수한 손익계산만으로 벌이는 전쟁에 대해 가장 정당한 태도를 갖는 것이다. 오늘 전쟁을 반대하는 것만이 내일 전쟁을 거부하는 유일한 방법이다.

'개혁 정치인' 유시민은 그에 대해, '대통령은 전쟁을 지지하고 국민은 그것을 반대하여 결국 대통령이 반대할 수 있도록 도와야 한다'고 한다. 궤변도 이쯤 되면 사람을 서글프게 만든다. 대체 정치를 개혁한다는 것의 출발은 무엇인가. 그것은 바로 '정치란 현실적인 것이라 대의를 거스를 수 있다'는 생각을 부수는 것이다. 정치란 대의를 좇는 것이라는 것, 정치가 대의를 좇는 게 절대 비현실적인 게 아니라는 것을 증명하는 일이야말로 정치 개혁의 핵심이다. 물론 그건 유시민이 엄살하듯 쉽지 않은 일이다. 그러나 적어도 '개혁 정치인' 명찰을 달고 행세하는 사람에겐 당연한 임무다. 명찰은 그러라고 달아 준 것이다.

유시민의 궤변은 처음이 아니다. 여중생 살해 사건에 대한 온 나라의 분노에 노무현이 경우 없는 소리를 했을 때도 그는 '원래, 대통령은 그렇게 하고 국민은 반대하는 것'이라고 말한 바 있다. 유시민의 궤변대로라면 우리의 모든 사회적 신념과 가치들은 뒤집힌다. 그렇다면, 지난 대선에서 노무현보다 이회창이 대통령이 되는 게 훨씬 나았을 게 아닌가. 이회창이 전쟁을 지지했다면 훨씬 더 많은 사람들이 반대했을 거고 결과적으로 우리가 전쟁을 거부하긴 더 좋았을 테니 말이다. 더 나아가 우리는 민주주의의 소중함을 일깨워 준 군사 파시즘에 감사해야 하고, 여성들은 제 인권을 일깨워 준 가부장제에 감사해야 할 것 아닌가.

'참여 대통령' 노무현이 주창하고 '개혁 정치인' 유시민이 분칠하는 국익/생존론은 이광수 따위 일제 부역자들이 떠들어대던 민족 이익/생존론에서 한 치도 발전하지 않았다. 우리는 그 세월 동안 정치란 당연히 대의를 거스를 수 있다고 주장하는 놈들에게 원 없이 농락당해 왔는데, 급기야 대의를 거스르는 정치를 개혁하겠다며 등장해 다시 대의를 거스르는 놈들에게 당하게 된 셈이다. 정말이지 궁금하다. 그 구린내 풀풀 나는 개혁은, 개혁이냐 개뻐냐.

2003.04.09...『작은책』

딸 키우기 2

메신저 창에 '조폭소녀'가 접속을 해왔다. 김단이다. '이 녀석은 제 별명을 만족해하는군.' 나는 혼자 조용히 웃었다. 몇 달 전 나는 김단이 제 동무들, 특히 남자 동무들 사이에서 '조폭소녀'라 불리는 걸 알았다. 겉모습에서부터 하고 노는 짓까지 여느 여자아이들과 다르게 없는 김단은 유독 '남자의 폭력' 앞에선 자못 전사로 변한다고 했다. '잘 가고 있군.' 나는 그때도 혼자 조용히 웃었다.

여자가 남자에게 물리적으로 당하는 이유는 무엇일까. 이런저런 전문가들이 이런저런 장황한 분석을 내놓곤 하지만, 이유는 실은 단순하다. 물리적으로 약하기 때문이다. 대개의 여자는 남자보다 물리적으로 약하며, 여자와 남자 사이에서 물리적 폭력은 대개 남자의 선택 사항이다. 여자는 물리적으로 당하고 난 다음에야 비로소 침묵하고 살 건지 제 자존을 되찾기 위해 싸울 것인지 선택하게 된다. 물론 싸워야 하고 싸우는 건 침묵하는 것보다 낫다. 그러나 그보다 더 나은 건 처음부터 물리적으로 당하지 않는 것이다.

우리가 기억해야 할 것은, 우리 모두가 너무나 자연스럽고 당연하게 여기는 '약한 인간인 여자'가 적어도 10년 이상의 철저하고 조직적인 교육의 결과물이라는 사실이다. 한 여자아이는 그의 유년기와 소년기 동안 '여자다움'이라 설명되는 철저하고 조직적인 교육을 통해 '약한 인간인 여자'로 완성된다. 그리고 그 약함은 모든 사회적 억압과 차별의 공식적인 근거가 된다. 강한 인간(남자)은 약한 인간(여자)을 당연히 다스리며 고작해야 '보호'하는 것이다.

변화는 '여자답게 키우는 일'과 '약한 인간인 여자, 남자에게 물리적으로 당하는 여자로 키우는 일'이 전혀 다르지 않다는 생각에서 시작한다. 나는 그런 생각을 지난 10년 동안 나름대로 실천해 왔다. 그 실천이란 그저 소박한 것이다. 김단이 말귀를 알아먹을 무렵부터 '남자들의 세상'에 대해 토론식의 대화를 한 것(이젠 그런 토론을 한 기억이 가물가물하다. 필요가 없어진 것이다), 초등학교에 들어갈 무렵 김단에게 몇 가지 무술을 맛보게 했고 제가 고른 태권도를 꾸준히 하게 한 것(끼니는 건너도 태권도는 빠지지 않으려 들 만치 김단은 열심이다. 몸에서 밀리면 모든 것에서 밀린다고 생각하는 것 같다), 어쩌다 김단이 대수롭지 않은 일로 눈물이라도 보이면 "여자라서 우는 거냐?" 야비하게 빈정거리는 것(모든 눈물을 빈정거리는 건 아니다. 〈레 미제라블〉에서 팡틴이 죽을 때, 나는 내 눈물을 감추며 김단의 눈물을 슬쩍 확인하는 것이다) 따위다.

그런 소박한 실천들은 내 일상에 어떤 부담도 주지 않는다. 앞으로 10년 더 하는 것 역시 별 부담이 없다. 그러나 오늘 김단이 '조폭소녀'라 불리고 자신이 '조폭소녀'라 불린다는 사실에 만족하는 것, 그리고 내가 김단이 '약한 인간'이 아니라 '대등한 인간'으로 살아갈 가능성을 확인할 수 있는 것은 분명한 성과인 셈이다. 이런 얘기를 듣던 어떤 이가 참으로 근심스러운 얼굴로 내게 물었다. "김단이 남성적인가요." 내가 웃으며 대답했다. "김단은 인간적입니다." (그것이야말로 내 진정한 바람이다. 김단이 남자에게 당하고 사는 것도 심란하지만, 김단이 남자 놈들이 하던 못된 짓을 해보는 게 유일한 목표인 '치마 두른 마초'가 되거나 세상을 성기로만 구분하는 '파시스트 여성주의자'가 된다는 건 또 얼마나 심란한가.)

오랜만에 한가로이 소파에 늘어져 있는 내게 김단이 다가왔다. "아빠." "응." "물어볼 게 있는데." "뭔데." "응, 나 나중에 결혼해, 안 해?" "그걸 지금 결정해야 해?" "그냥, 생각나서." "김단의 결혼이야 김단이 알아서 할 일이지." "맞아." 조폭소녀. 나를 아빠라 부르는 긴 머리의 여자가 씩 웃으며 돌아섰다.

선택

현재는 언제나 우리에게 당연하게 느껴진다. 현재기 때문이다. 그러나 그 당연한 현재를 가만히 들여다보면 크고 작은 놀라운 것들을 발견하게 된다. 미국의 이라크 침략 전쟁에 제 정신을 가진 모든 한국인들이 반대한 일이 그렇다. 한국인들은 제국주의 침략 전쟁이라는 점에서 다를 게 없는 베트남 전쟁을 '자유를 수호하기 위한 싸움'이라고 믿었던 유일한 나라의 사람들이었다.

　　지난 50여 년 동안 한국은 거대한 반공주의 파시즘의 감옥이었다. 오늘 한국인들은 줄지어 그 감옥 문을 나서는 중이다. 노무현이 온갖 위기를 넘어 극적으로 대통령이 된 일은 오늘 한국인들에게 부는 바람, 이른바 개혁의 바람을 상징한다. 바람은 거세며 그 바람을 주도하는 사람들의 말대로라면 한국은 이제 조중동을 비롯한 수구반동 세력만 제거하면 짐짓 낙원에 이를 모양이다.

　　물론 그런 세력을 제거하는 일이 얼마나 중요한가는 누구도 부인하지 않는다. 그러나 가장 중요한 것이 다른 중요한 것을 생략하거나 무시할 수 있는 건 아니다. 이라크 침략 전쟁은 우리로 하여금 그런 평범한 진리를 다시 한번 되새기게 하고, 오늘 한국 사회를 휘감은 개혁 바람과 그 상징인 노무현의 진실을 스스로 폭로하게 했다.

　　노무현의 침략 전쟁 지지에 실망하는 사람들이 적지 않다. 그런 사람들에게 미안한 말이지만, 품위 없는 세상에서 순진함은 가련함과 그리 다르지 않다. 세상은 이미 품위를 잃은 지 오래다. (이를테면, 한국 사회의 모자람을 말할 때 단골로 등장하는 프랑스나 독일이 이라크 침략 전쟁을 반대한 건 얼치기 지식인들의 말처럼 그들의 높은 양식 때문이 아니라, 옛 동구와 중동 지역을 독차지하려는 미영 제국주의에 대한 유럽 제국주의의 반발일 뿐이다.) 세상은 그저 어느 음악가의 노랫말대로다. "이 좆같은 세상 다 썩어 가네. 총알은 튀고 또 피바다 되어. 돈 쫓아가다 다 지쳐 버렸네 어린애들은 다 미쳐 버렸네."

노무현이 침략 전쟁 지지를 선택한 건 그 선택을 설명하는 노무현의 고통스런 얼굴과는 달리 너무나 당연한 일이다. 노무현의 그런 선택은 지역감정이나 『조선일보』에 대한 노무현의 태도로는 추정하기 어려운, 노무현의 보다 근본적인 태도, 바로 노무현의 이념에서 나온다. 그것은 이른바 신자유주의 세계화에 대한 노무현의 태도기도 하다.

자본주의는 미국 위주의 초국적 금융독점자본이 세계를 침략하는 신자유주의 세계화의 길로 접어든 지 오래다. 자본주의는 케인즈주의, 혹은 수정 자본주의로 불리는 절제를 벗어던지고 초기의 약탈 자본주의로 돌아가게 된 것이다. 세계는 20의 부자 나라를 위해 80의 가난한 나라가 존재하고, 20의 부자를 위해 80의 가난한 인간이 존재하는 20:80의 세상으로 변하는 중이다. 이라크 전쟁은 그런 야만으로의 회귀가 낳은(낳을) 수많은 에피소드 가운데 하나다.

노무현은 한국 경제에 신자유주의 세계화의 길을 닦은 김대중에 이어 신자유주의 세계화를 거스르지 않을 것을 분명히 한 정치인이

선택

다. 바꿔 말하면, 오늘 한국의 개혁 바람을 상징하는 노무현은 지역 감정과 『조선일보』를 거스르되, 신자유주의 세계화의 당연한 귀결인 노동자 민중의 고통이나 제국주의 침략 전쟁은 거스르지 않을 것을 분명히 한 정치인이다. 그것이 개혁 정치인 노무현의 진실이다.

개혁은 수구보다 좋은 것이다. 개혁은 최소한의 경제적 안정과 교양을 가진 사람들의 삶에서 파시스트의 악취를 가시게 한다. 그러나 개혁은 그런 최소한의 안정조차 얻지 못한 사람들, 파시스트의 악취가 가시는 것으로는 그다지 달라질 게 없는 노동자 민중의 삶을 능욕한다. 개혁 바람 속에서, 우리에게 남은 선택은 단순하다. 개혁이 생략하는 진실을 외면할 것인가, 외면하지 않을 것인가.

2003.05.15...『씨네21』

NL의 추억

대통령이라는 이가 광주 망월동에 갔다가 한총련 학생들 때문에 한 시간쯤 늦어졌다고 난동이라느니 대통령 못 해먹겠다느니 소란을 떠는 광경을 보며 십 수년 전 이즈음이 떠올랐다. 88년 5월, 갓 제대한 나는 이성욱(지난해 가버린 문학평론가. '형은 그렇게 싱겁게 갈 거면서 그렇게 공부했소')과 망월동에 가서 인사했었다. "무사히 제대했습니다. 바로 살도록 님들이 도와주세요."

그리고 보길도에서 사흘 지냈다. 버너가 고장 났지만 서울서 온 여성 노동자 일행에게 얻어먹게 되어 오히려 배불리 지냈다. 그 여성들 가운데 하나가 내게 물었다. "사회에 대해 알고 싶은데 읽을 만한 책을 하나 권해 주세요." 나는 갖고 있던 루이제 린저의 『북한기행』을 주었다. '북한 바로알기 운동'이 벌어지고 있을 때였다. 그런데 그 순간 이성욱이 마땅찮은 얼굴이 되어 자리를 떴다.

여행에서 돌아와 서울영상집단에 들어가고 나서야 나는 이성욱이 왜 그랬는지 알았다. 내가 군대에 있는 동안 한국의 운동권은 NL(민족해방)과 PD(민중민주)로 갈려 반목하고 있었다. 북한 바로알기 운동은 NL의 운동이었다. 그러나 이성욱이나 서울영상집단은 PD였다. 갓 제대한 나는 똥인지 된장인지 분간하지 못했고, 이성욱은 그런 나에게 싫은 소리는 못 한 채 자리를 피했던 것이다.

PD는 NL을 '주사'라 부르곤 했다. 주체사상, 혹은 북한 체제에 경도된 그룹이라는 말이다. NL에 그런 경향이 있는 건 사실이었다. 그러나 일제 부역자들이 영화를 누리며 다스리는 남한에서 자란 청년들이 반공 파시즘의 굴레에서 벗어났을 때, 정통성에서 우월한 북한 체제에 호감을 갖는 건 한편으론 당연한 일이었다. PD 역시 레닌에 경도되었다가 소련이 무너진 후 공황 상태를 겪었으니 나을 것도 없었다.

90년대에 NL에 대한 내 거부감은 지속되었다. 미국의 식민지에 살면서 민족을 생각하지 않는다면 얼빠진 사람이겠지만, 계급이라는 체로 걸러지지 않는 민족주의는 내겐 또 다른 형태의 엘리트주의에 불과했다. 이를테면 나는 NL이 '통일운동의 공로자'라 여기는 정주영 씨를, '돈으로 통일운동의 공로마저 구매한 사람'이라 여긴다. '식칼 테러'로 노동자들을 앗아 모은 더러운 돈으로 말이다.

오늘 나는 NL을 '노선이 다른 동료'라 여기려 노력한다. 내가 생각을 고쳐먹을 만한 일이 있었다. 3년 전 나는 한총련의 선봉 학교라 할 광주의 어느 대학에 강연을 갔다. 뒤풀이 자리에서 학생회 간부 하나가 남이 들을세라 조용히 내게 말했다. "선생님, 저희 싫어하시죠." 나는 천천히 내 생각을 말했다. 내 말은 논리적이었지만 나는 그 밤에 잠을 이루지 못했다. 나는 NL에 대한 내 거부감이 그 청년의 착한 눈빛에 떳떳할 만큼 섬세하지 않다는 걸 깨달았다.

세상을 바꾸려 싸우는 사람들은 늘 노선이 갈리고 반목한다. 그들의 치열함이 그들의 크고 작은 차이들을 두루뭉술하게 넘길 수 없도록 하는 것이다. (품위 있는 이들은 그걸 두고 '운동권의 속성'이라 비아냥거리기도 하지만, 그런 이들이 제 품위를 유지할 수 있는 건 단지 그런 이들의 삶이 제 품위를 흐트러뜨릴 만큼 치열하지 않기 때문이다.) 그것이 낱개로는 미숙함투성이인 사람들이 모여 역사를 만들어 가는 이치기도 하다. 그들은 제 미숙함을 착하게 바치고 제 미숙함을 자책해 가며 함께 조금씩 진보를 이룬다. 물론 그 미숙함을 논평하는 이들은 언제나 그 미숙함으로 이룬 진보에 편승한다. NL을 혐오하기엔 내겐 혐오할 인간이 참 많다.

2003.05.29...『씨네21』

115

요구르트

1917년 러시아혁명을 시작으로 지구 곳곳에 사회주의 나라들이 생겨났다. 그 나라들은 미국을 중심으로 하는 자본주의 나라들과 긴장하며 자본주의의 야만을 극복한 사회를 시도했다. 70여 년 뒤, 그 가운데 동구 사회주의 나라들이 일제히 무너졌다. '현실 사회주의'의 그런 결과는 대개 사회주의에 대한 돌이킬 수 없는 판단으로 이어진다. 사회주의란 실현 불가능하거나, 가능하더라도 끔찍한 것이라고 말이다.

자본주의가 신자유주의 세계화라는 약탈적 형태로 내달리는 오늘 우리는 10여 년 전 그 일을 한 번쯤 되새길 만하다. 그 사회주의는 우리가 확신하듯 그저 끔찍한 것이었나? 만일 그렇다면 모든 사회주의적 시도는 미망일 수 있다. 그러나 그 사회주의에 존중할 만한 구석이 있어서 그렇게 무너지고 만 게 애석한 일이라면, 우리는 사회주의를 좀더 사려 깊게 생각해 볼 수 있다.

분명한 것 하나는 우리가 현실 사회주의에 대해 잘 모른다는 것이다. 우리가 그 사회주의를 판단하는 이런저런 정보들이란, 대개 (CNN에 의해 걸러진 이라크처럼) 다시는 지구상에서 자본주의를 극복하려는 시도가 일어나길 바라지 않는 반공주의자들에 의해 걸러진 것이다. 사실 한 사회가 살 만한 곳인가를 판단하는 건 간단한 문제가 아니다. 우리가 가장 쉽게 범하는 실수는 사회주의 사회를 자본주의 사회의 기준으로 판단하는 것이다. 그것은 이른바 '자유'라는 말로 요약된다. 그러나 그 자유란 단지 자본주의적 자유다.

자본주의가 야만의 체제인 건 경쟁력 있는(잘나고 능력 있는) 소수의 인간은 한없이 안락하고, 평범한(정직하고 성실할 뿐인) 다수의 인간은 한없이 고단한 인생을 보내야 하기 때문이다. 안락한 소수에겐 고단하게 살아 볼 자유마저 보장되지만 고단한 다수에겐 고단하게 살 자유만 보장된다. 자본주의에서 자유란 어디에나 진열되어 있지만, 돈이 없으면 구매할 수 없는 상품이다.

사회주의에서 자본주의적 자유가 제한되는 건 당연하다. 그러나 그 제한은 좀더 많은 정당한 자유를 위한 제한이다. 사회주의에선 경쟁력 있는 소수가 평범한 다수보다 몇백, 몇천 배 안락할 자유는 보장되지 않는다. 자본주의에선 그게 정당할 수 있지만 사회주의에선 염치없고 부도덕할 뿐이다. 그러나 사회주의에선 제아무리 경쟁력 없는 사람도 사회 성원으로서 의무를 다한다면 최소한의 인간적 품위를 유지할 자유가 보장된다.

경쟁력 있는 소수에게 사회주의란 달갑지 않은 것이다. 저처럼 잘나고 능력 있는 사람이 평범한 멍청이들과 큰 차이 없이 살아야 한다는 건 견딜 수 없는 모욕일 테니. 그러나 한없이 고단하게 살아가는 평범한 사람들에게 사회주의란 여전히 희망의 근거다. 사회주의는 유식한 혁명가들의 고민거리가 아니라 저 자신과 제 새끼들의 미래를 염려하는 평범한 사람들의 고민거리인 것이다.

현실 사회주의를 진지하게 되새겨 보는 일은 그런 고민을 푸는 한 갈래가 된다. 우리가 들어야 할 것은 반공주의자들의 목소리나 사회주의에 살았으되 자본주의적 자유를 갈망했던 특별한 사람들의 목소리가 아니라, 사회주의에서 살았던 평범한 사람들의 목소리다. 우리가 이라크 전쟁의 진실을 평범한 이라크 사람들의 목소리를 통해서만 들을 수 있었듯 말이다.

불가리아의 장수 마을(요구르트 먹고 장수한다는, 광고에 나온 그 마을)엔 더 이상 장수 노인들이 없다. 마을 묘지엔 1990년 즈음 세 해 동안 죽은 사람들의 묘로 그득하다. 마을 사람들의 얘기는 이렇다. "사회주의 시절엔 안락하진 않았지만 적어도 먹고사는 문제를 걱정하진 않았다. 소박하나마 집과 자동차도 나왔다. 그러나 사회주의가 무너지면서 사람들은 먹고사는 문제를 스스로 감당해야 했다. 노인들은 그 스트레스를 이기지 못했다."

그 노인들의 장수비결은 요구르트가 아니라 사회주의였던 셈이다. 그게 그 마을에만 해당하는 이야기인지 아닌지 우리는 잘 알지 못한다. 우리는 그걸 알아야 한다.

2003.06.12...『씨네21』

활동가

"어이, B급!" 박래군은 늘 나를 그런 식으로 부른다. 작년에 페미니즘 일로 괜스레 시끄러울 때는 많은 사람들 앞에서 큰소리로 나를 "마초!"라고 부르곤 했다. 좋은 쪽이든 나쁜 쪽이든 사람들 앞에 드러나는 것 자체를 싫어하는 내 성격에, 다른 누가 그랬다면 바로 코라도 주저앉혔을 것이다. 박래군이 그러면 그냥 "저 웬수" 하며 웃고 만다.

그는 정이 많은 사람이고 그의 그런 장난기 어린 조롱엔 무슨 대단한 운동을 하는 것도 아니면서 세상과 끊임없이 불화하는 나에 대한 속 깊은 염려와 조심스런 지지가 담겨 있다. (설사, 그게 진짜 조롱이라 한들 어떤가. 현역 활동가인 그가 나처럼 입이나 놀리는 얼치기 좌파를 조롱하는 건 눈곱만큼도 사리에 어긋나지 않는다.)

몇 년 전 그를 처음 만났을 때 나는 그를 의심했다. 그가 지나치게 좋은 사람으로 보였기 때문이다. 나는 그처럼 어디서나 좋은 사람 소리를 듣는 사람을 믿지 않는다. 세상은 헤아릴 수 없는 옳음과 그름으로 중첩되어 있는데 어디서나 좋은 사람이란 가능하지 않다고 생각하기 때문이다. 내 경험에 근거하면, 어디서나 좋은 사람이란 대개 가장 세련된 처세술을 가진 위선자들이다.

박래군과 친해지면서 어디서나 좋은 사람이면서 옳은 사람도 있을 수 있겠거니 싶어졌다. 나는 확실히 박래군과 친해졌다. 그러나 내가 박래군과 친해졌다는 건 박래군과 사적으로 친해졌을 뿐만 아니라 그의 활동가로서의 삶과 친해졌다는 뜻이다. 활동가도 인간인지라 대개 제 신념을 제대로 드러낼 수 있는 운동을 하고 싶어한다. 그러나 박래군은 지난 십 수년 동안 한국 사회의 가장 궂은 곳에서, 빛도 이름도 나지 않는 그런 운동을 해왔다.

노동운동을 하던 박래군이 그렇게 된 계기가 있다. 박래군은 1988년 '광주학살 원흉처단'을 외치며 제 몸을 불사른 박래전 열사의 친형이다. 동생의 주검과 그 주검이 남긴 신념을 수습한 박래군은 잇따르는 수많은 주검들과 그 주검들이 남긴 수많은 신념들을 외면할 수 없었다. 김지하가 『조선일보』에 「죽음의 굿판을 걷어치워라」를 쓴 1991년을 전후로, 박래군이 수습하고 장례를 치른 죽음은 50여 건에 이른다. 그는 '장의사'라 불렸다. 박래군은 어디서나 좋은 사람이기 이전에, 비탄과 절망에 빠진 사람들에게 좋은 사람이다.

"명동성당이라고? 엊그제 에바다*라며." "야, 그게 언젠데. 너한테 전화한 다음날 들어왔어. 벌써 9일째야." "그랬어? 네이스 반대 농성 얘긴 들었는데 박래군이 있는 건 몰랐지. 신부들이 뭐라 안 해?" "나가라 그러지." "한심한 X들. 예수가 그래서 바리사이인들을 싫어했지." "요즘 다 그런걸 뭐." "몸은 어때?" "이번엔 준비를 좀 했어. 괜찮아." "필요한 건?" "노숙 단식에 뭐가 필요하겠냐. 저녁에 한번 놀러나 와라." "가는 거야 어렵지 않은데, 나 같은 놈이 가면 분위기나 흐리지." "어유, 겸손할 줄도 알아." "나야 가진 게 겸손뿐이지. 내 맛난 것 한 보따리 싸가지고 갈게."

싱거운 농을 주고받으며 전화기를 내려놓지만 속은 끓어오른다.

'세상이 갈수록 지랄 같아지는구나. 6년 전에 전자주민증인가 하는 것도 여론에 밀려 폐기됐었는데, 극우 반동들이 밀린다는 오늘 그보다 더 악랄한 네이스를 두고 하네 마네 난리니 온 나라가 기억상실증에라도 걸린 걸까. 싸울 수밖에, 싸워서 이기는 수밖에.' 불과 몇 분 전 안온하던 내 속은 점점 더 뜨겁게 끓어오른다. 활동가는 분노를 실어 나른다.

   * 지난 7년 동안 평택 에바다 농아원은 '법이 멈추는 공간'이었다. 도둑들은 농아 어린이 70여 명을 인신매매하고 강제노동과 임금착취를 일삼았으며 국고보조금 및 후원금을 횡령했다. 또 이곳에서 여섯 명이 변사했다. 지난 5월 28일, 똥물을 뒤집어쓰고 폭행을 당하는 오랜 싸움 끝에 드디어 민주 이사진이 에바다를 접수했다. 사람들아, 에바다를 기억하자.

2003.07.09...『씨네21』

수작

몇 해 전에 강준만이 『조선일보』에 협조적인 지식인들을 매달 게시한 일이 있다. '목표가 정당해도 방법이 정당하지 않다면 잘못이다' 식의 지당한 말씀들(이 나는 종종 역겹다. 이를테면, 어떤 폭력의 위협도 없는 안온함 속에서 주장되는 '폭력은 모두 나쁘다', '한 사람의 생명은 우주보다 귀하다' 따위 빤질빤질한 말들이) 덕에 그 일은 중단되었는데, 그후 강준만의 운동은 꾸준히 진행되어 어느 순간부터는 『조선일보』에 협조하는 일을 당당하게 생각하는 태도는 보기 어렵게 되었다.

요즘 들어 다시 그런 말들을 종종 듣게 된다. 특정한 신문을 반대하는 건 자유지만 그런 선택을 남에게 강요하는 것은 폭력이다, 뭐 그런 말들이다. 그런 말이 다시 불거지는 데 아무런 배경이 없는 건 아니다. 『조선일보』와 사이가 나쁜 노무현이라는 이가 대통령이 되면서 『조선일보』에 반대하는 것이 그 본래 의미 외에 현 정권에 대한 정치적 지지를 포함할 수 있게 된 것이다.

'강준만의 5중대'라 불리던 시절이나 진보적 주제에 집중하는 지금이나 『조선일보』에 한결같은 나지만, 오늘 『조선일보』 반대가 갖는 그런 이중적 의미는 소홀히 해선 안 된다고 생각한다. 이를테면 나는 "『조선일보』는 우리 모두에게 면죄부를 발부해 주는 전지전능한 악당이 아니다"는 신윤동욱의 의견에 찬성한다. 시민의 지위를 확

보한 사람들에겐 여전히 『조선일보』가 악이고 『한겨레』가 선일 수
있겠지만, 시민에 이르지 못한 보다 많은 사람들에겐 『조선일보』가
악이라면 『한겨레』는 차악이다.

  나는 특정한 신문에 협조하고 안 하고를 강요하는 것은 폭력이
라는 말을 존중한다. 그런 말에 걸맞은 신문을 두고, 그런 말을 할 만
한 사람이 할 때라면 말이다. 특정 '신문'이 아니라 특정 '범죄조직'
인 『조선일보』를 두고 그런 말은 도무지 걸맞지 않다. (신문이 사실
을 보수적으로 해석하는가 진보적으로 해석하는가는 해당 신문이 선
택할 문제다. 그러나 사실 자체를 아예 날조하거나 진실을 감춘다면
그건 더 이상 신문이 아니라 범죄조직이다. 『조선일보』는 줄곧 그래
왔다.)

  그리고 그런 말은 적어도 '범죄조직에 협조하지 않는 정도'의
양식은 갖춘 사람이 할 수 있는 말이다. 강준만이 등장한 지 한두 해
도 아니고 『조선일보』가 어떻다는 건 어지간한 사람이라면(특히 『조
선일보』에서 원고를 청탁할 만한 사람이라면) 모르기 어렵게 된 마
당에 굳이 『조선일보』에 글을 쓰면서 그런 말을 하는 건 그저 『조선
일보』에 글을 씀으로써 겪어야 하는 이런저런 불편을 덜어 보려는 수
작일 뿐이다.

  나는 누가 『조선일보』에 글을 쓴다 해서 애써 비난할 생각은 없
다. 내가 하고많은 일 가운데 하필이면 출판일을 하다 보니(빌어먹
을!) 갖은 교양과 지성을 자랑하는 동업자들(쌍팔년의 민주화운동
이력을 주렁주렁 매단 느끼한 중년 남성들의 출판사에서 미래와 생
명을 고민하는 신선하고 청량하기 짝이 없는 출판사까지)이 하나같

수
작

이 술자리에선 『조선일보』 욕을 하면서 하나같이 『조선일보』에 책을 보내고 머리를 조아리는 꼴을 물리도록 보아 온 터다.

써라. 써서 짭짤한 원고료 받아 귀여운 새끼 운동화도 바꿔 주고 늙은 어미 맛난 것도 사드려라. 기왕이면 사진도 크게 박아, 옛 애인과 재회도 하고 동네에서 명사 행세도 실컷 해라. 다만 고작 그런 이유로 지식 넝마들을 팔아넘기는 주제에 무슨 대단한 자유주의적 양식이라도 지키는 양 떠들지는 마라. 그 범죄조직에 숨이 넘어간 사람들이 얼마며 그 범죄조직 덕에 가슴에 한을 품고 살아가는 사람들이 얼마인지 잘 알면서, 제발이지 허튼수작들 부리지 마라.

2003.07.23...『씨네21』

텔레비전

나는 텔레비전이 싫다. 보는 거 말고 나가는 게 말이다. 우선 PD라는 신종 왕자들을 만나는 게 싫다. 90년대 들어 군사 파시즘이 물러난 자리를 차지한 신자유주의는 한국인들의 머리통에 돈이면 뭐든 살수 있다는 믿음과 끊임없이 자기를 선전하고 팔아야 한다는 강박을심어 놓았다. 한국은 온 국민이 텔레비전 출연을 열망하는 텔레비전왕국이 되었고 PD들은 그 왕국에서 거들먹거리는 왕자가 되었다.

지식인 나부랭이들의 텔레비전 병도 눈뜨고 보기 어렵다. 시사프로그램 같은 데서 막간 인터뷰라도 걸릴라치면 공부고 연구고 만사를 제쳐 두고 카메라 앞에 제 얼굴을 대령한다. 반 시간 넘어 이런저런 지당한 말씀을 늘어놓아 봤자 정작 텔레비전에 나오는 건 몇 초고 그 몇 초도 PD가 멋대로 난도질(방송용어로는 '편집')한다는 걸잘 알지만 아랑곳 않는다. 텔레비전에 나간다면.

이런 소리를 하는 나도 텔레비전에 나간 적이 있다. 몇 해 전에 〈100분 토론〉에 한번 나간 적이 있고, 나와 어떤 이가 공저로 되어있는 책을 홍보하는 프로그램에 나간 적도 있다. 그 책은 어느 주간지에 1년쯤 연재한 대담을 묶은 것이다. 나는 그걸 단행본으로 내는데 반대했지만 인세를 몽땅 '미안해요 베트남' 운동 성금으로 보내겠다는 말에 승낙했다. 홍보 프로그램에 나간 것도 그래서였다.

〈100분 토론〉에 나간 일은 지금 생각해도 웃음이 나온다. 텔레비전을 피하던 내가 그땐 무슨 생각으로 거길 나갔는지 모르겠다. 어쨌거나 그날 나는 토론보다는 불편한 자리에선 말을 하지 않는 내 습성에 충실했다. 그 일로 나는 한동안 핀잔깨나 들어야 했다. 내가 제법 말을 근사하게 한다고 생각하는 사람들은 잔뜩 기대하고 100분을 내내 기다렸을 텐데 내가 두 마디만 하고 앉아 있었으니 오죽 답답했을까. 나는 싱거운 농으로 그들을 달래곤 했다. "두 마디나 백 마디나 출연료는 같아."

속으로는 그랬다. '말하기 싫으면 안 하는 놈도 있어야지.' 존중할 수도 없고, 하고 싶은 말을 할 수도 없으며, 불편하기까지 한 일에 부러 시간을 낼 사람은 없을 것이다. 나는 그후 텔레비전 출연 요청에 "텔레비전은 안 합니다" 한마디로 끊곤 했다. 이 판도 연예계의 관성이 지배하는지라 내가 언론개혁이니 정치개혁이니 하는 인기 종목을 떠나 신자유주의 세계화니 노동자계급이니 사회주의니 하는 비인기 종목에 매달리는 오늘은 그나마 그런 출연 요청도 잦아들었다.

몇 달 전 내가 마음의 스승으로 모시는 분이 텔레비전에 한 방 먹였다는 소식을 들었다. 그는 『강아지똥』, 『몽실 언니』, 『한티재 하늘』의 권정생 선생이다. 몇 달 전 〈느낌표〉라는 프로그램에서 선생의 책 『우리들의 하느님』을 선정하고 녹색평론사에 연락했다. "최소 20만 부를 준비하고, 표지엔 '느낌표 선정도서'라고 박아 주고, 어쩌고……." 그러나 녹색평론사에선 "책이 그렇게 팔리길 바라지 않는다"며 거부했다. 텔레비전은 다시 권정생 선생에게 연락했다. 결과는 끔찍했다. "아이들이 자라면서 가장 행복한 경험 가운데 하나가 책방에서 자기 손으로 책을 고르는 일인데, 왜 그런 행복한 경험을 텔레비전이 없애려는 거냐."

　『우리들의 하느님』은 누구에게나 삶의 길잡이가 될 책이니 그
책이 거기 소개되어 더 많은 사람들에게 읽힌다면 좋은 일이다. 그
책을 팔아서 벌 막대한 돈도 녹색평론사와 권정생이라면 더 좋은 책
을 내고 더 좋은 글을 쓰는 일에나 쓸 테니 역시 좋은 일이다. 그러나
그들은 그런 유익들을 거리낌 없이 거부했다. 그런 유익들을 몰라서
가 아니라 그런 유익들을 얻기 위해 포기할 수밖에 없는 다른 가치
때문이다. 그 가치는 오늘 인간의 위엄을 스스로 접고, 사고팔리는
물건이 되어 살아가는 사람들에겐 대수롭지 않아 보인다.

2003.08.06...『씨네21』

텔
레
비
전

예수의 얼굴

'주일 성수'를 기독교 신앙의 기본이라 여기는 어머니는 교회에 나가지 않는 아들을 늘 근심한다. 어머니의 근심이 어머니의 신앙 때문이듯 내가 교회에 나가지 않는 것도 내 신앙 때문이다. 내가 보기에 대개의 한국 교회란 한국인들의 유일하고 절대적인 종교인 '돈'교의 지회에 불과하며, 적어도 예수와는 별 상관 없는 곳들이다. 교회란 마음속에 있는 것이니 대리석 첨탑에 네온 십자가를 단 건물이라고 해서 교회가 되지 못할 법은 없지만 나에겐 예수를 팔아먹는 곳에 앉아 예수를 생각할 만큼의 인내심이 없다.

아내가 고창으로 연수를 떠난 일주일 동안 어머니가 살림을 도우러 오셨다. 늙은 어머니는 오랜만에 아들 손자 밥을 챙겨 주는 일이 마냥 즐거우신 모양이다. 어머니의 즐거움을 위해 나도 안 먹는 아침을 꼬박꼬박 먹는다. 사흘째 아침엔가 김단과 김건이 제 친구들을 따라 여름성경학교에 가겠다고 나섰다. 어머니는 반색을 하면서도 짐짓 "아빠한테 허락을 받아야지" 한다. 나는 두말없이 허락한다. 종교적 평화는 다른 이의 신앙을 '같은 정상을 향하는 다른 등산로'라 생각하는 데서 시작한다.

"차 조심하거라." 신바람이 나서 뛰어나가는 아이들을 보며 잠시 상념에 잠긴다. 그들에게 종교가 시작되었다. 나는 그들이 가는 교회가 크게 나쁘지 않기를 바란다. 그러나 때론 좋은 것보다 나쁜 걸 알아보는 게 더 약이 될 수도 있으니 그저 지켜보기로 한다. 아이들은 오늘부터 제 앞에 나타나는 이런저런 종교적 재료들을 제 삶과 세상의 진실에 반추해 가며 제 나름의 것으로 만들어 갈 것이다.

아이들은 어둑해져서야 돌아왔다. "고래의 전설 0장 0절!" 혼자 성경 구절을 중얼거리던 김건이 외친다. 제가 공룡 시대에 살고 있다고 생각하는 아이의 귀엔 「고린도전서」도 그렇게 들린다. 김건이 내 무릎에 앉아 묻는다. "아빠, 일곱 살 중에 교회 데리고 갈 아이가 있을까." "글쎄, 그건 건이가 생각해야 할 것 같은데……. 그런데 왜?" "친구 데려오면 스티커 주는데 스티커 모으면 상 준대."

나는 그런 식의 판촉이 얼마나 잘못된 것인지 김건에게 설명할 말을 한참 생각하다가 접는다. 일곱 살짜리가 알아듣기엔 너무 어려운 문제거나 일곱 살짜리에게 그 문제를 설명하기에는 내 능력이 부족하다. 김단은 방바닥에 쪼그리고 앉아 뭔가 열심히 그린다. 예수가 십자가에 달려 있고 그 위론 횃불 같은 걸 죽 늘어놓았다. 그런데 예수가 머리를 양 갈래로 땋았다.

"여자니?" "응." "예수님이야?" "예수님은 아니고……." "단아, 여자 예수를 그려도 되는 거야." "예수는 남자잖아." "그래 예수는 남자였지. 그런데 예수는 여자에겐 여자고 흑인에겐 흑인일 수 있는 거야." "무슨 말이야, 아빠?" "교회에서 예수 그림 본 적 있지?" "응." "어떻게 생겼지?" "백인. 머리 길고 얼굴 하얗고." "그건 백인들이 자기 마음속의 예수를 그린 거야. 단이도 단이 마음속의 예수를 그리면 되는 거야."

김단은 알아들을 것 같다는 표정이다. 나는 더 할 말을 속으로

129

예
수
의
얼
굴

떠올려 본다. '예수는 2000년 전에 팔레스타인에서 가난한 목수의 아들로 태어났다. 생김새는 우리가 흔히 테러리스트의 얼굴로 떠올리는 평범한 팔레스타인 사람과 비슷할 것이다. 그러나 중요한 건 예수의 실제 얼굴이 아니라 우리 마음속의 얼굴이다. 예수는 언제나 억압받고 슬픔에 빠진 사람의 편이었다. 예수는 남성이 아니라 여성이며 백인이 아니라 흑인이며 잘난 사람이 아니라 못난 사람이다……'

그러나 나는 더 말하지 않기로 한다. 나는 내 마음속의 예수를 김단이 그리게 하기보다는 김단이 제 마음속의 예수를 그려서 언젠가 그가 그린 예수의 얼굴에 내가 감동받는 쪽을 선택한다.

2003.08.23...『씨네21』

추모

"이오덕 선생님, 김규항입니다.""예. 조금 아까도 김 선생이 전화하셨습니까?""예. 삼십 분쯤 전에 제가 했습니다.""누워서 주사를 맞고 있어서 일어나기가 어려웠습니다.""많이 편찮으십니까?""좀 그렇습니다.""잡지가 이제 거의 짜여서 한 번 찾아뵈려고 연락드렸습니다.""고생하셨습니다. 안 그래도 제가 몸이 많이 안 좋아져서 드릴 이야기도 있고 하니 한 번 와주시겠습니까.""다음주에 언제가 편하십니까?""화요일은 서울 병원에 가고 다른 날은 아무 때나 괜찮습니다.""그럼 월요일에 찾아뵙는 걸로 하고 시간은 그날 아침에 다시 전화드리겠습니다."

나는 월요일 아침에 전화드린다는 약속을 지키지 못했다. 전날 폭우를 무릅쓰고 산에 올랐다가 전화기에 물이 들어가 버렸다. 전화번호야 달리 알아볼 수도 있었지만 그날은 종일 이래저래 경황이 없었다. 전화드려야 하는데, 드려야 하는데 속으로만 생각하다 하루가 다 지났다. 새벽녘에 사무실에서 깜박 잠이 들 즈음에야 나는 선생이 이미 월요일 새벽에 돌아가셨다는 소식을 들었다. 바로 찾아뵈었어야 했다는 소용없는 후회가 밀려왔다.

'거의 짜인 잡지'란 내가 한 해 전부터 준비해 온 '어린이 교양 월간지'다. 내 글을 읽는 사람들이 대개 삶에 대한 태도를 바꾸기에는 이미 늦어 버린 사람들이라는 사실과 그들이 내 글을 제 얼마간의 사회의식을 배설하는 도구로 사용한다는 사실을 알게 되면서 나는 두 가지 결심을 했었다. 하나는 그들을 불편하게 만들 만큼 급진적인 글을 쓰는 것. 다른 하나는 삶에 대한 태도를 바꿀 가능성이 남은 사람들을 위해 뭔가를 만드는 것.

첫번째 결심은 얼기설기 진행 중이고 두번째 결심은 '어린이 교양 월간지'로 이어졌다. '만화라는 그릇'을 사용한다는 내 생각을 선생은 손뼉을 치며 반겼다. 선생은 한글 교열을 자청하기도 했다. 그리고 선생은 당부했다. "아이들에게 어떤 생각을 심어 주겠다고 생각해서는 안 됩니다. 아이들은 어른들이 잃어버린 것들을 아직 가지고 있다는 걸 믿어야 합니다. 우리가 할 일은 그게 잘 열매 맺도록 도와주는 겁니다." 선생의 당부는 내내 기획 작업의 기조가 되었다.

문상은 물론 부조, 화환도 받지 말라는 유언에 따라 문상객들은 마당에 자리를 깔고 앉아 담소나 하고 있었다. 어느 거들먹거리는 인사들이 보냈을 몇 개의 화환은 돌려 세워져 있다. 엉덩이를 옮기며 여기 앉아 좀 드시라 부르는 어떤 이의 호의를 목례로 거절했다. 나는 자리에 앉아 음식을 먹을 수 있을 만큼 편안한 상가라면 굳이 안 가도 된다고 생각해 왔다. 동행한 후배와 감나무에 파란 감이 주렁주렁 달린 선생의 작업실 둘레를 한 바퀴 돌아보고 바로 길을 나섰다.

그날 밤 선생의 사진들을 노트북 화면에 띄웠다. 나는 두 해 동안 반년 간격으로 선생을 인터뷰하고 사진을 찍었다. 선생은 지난해 초순으로 접어들면서 눈에 띄게 쇠잔해지고 있었다. 그 무렵 선생은 당신을 존경하고 따른다는 사람들이 정작 당신의 생각을 잘 알지 못한다는 사실을 발견하고 낙심했다. 선생보다 육체적으로 젊은 누구도 선생보다 정신적으로 젊지 않았다. 그들은 선생의 낙심을 노인의 강퍅함으로 해석하는 듯했다. 선생은 절대 고독에 침잠해 갔다. 제 신념에 제 삶을 완전하게 일치시키는 사람들이 겪곤 하는 숙명적인 절대 고독에.

노트북 화면에 뜬 선생의 커다란 눈을 보며 나는 말했다. "선생님을 온전히 이어받을 사람은 애초부터 없었습니다. 대신 선생님은 여러 사람들의 정신 속에 나누어 살아 계십니다. 이제 편히 쉬십시오."

2003.09.03...『씨네21』

추모

국익

결국 놈들은 전투병 파병을 요구해 왔다. 놈들이 순수한 장사 놀음으로 시작한 침략 전쟁에 우리 죄 없는 청년들을 총알받이로 보내라는 요구다. 워낙 더러운 요구다 보니 광화문에서 성조기를 흔드는 영감들과 미국을 하느님이 축복한 나라라 믿는 목사들 정도를 빼고는 다들 전투병 파병을 반대하는 분위기다. 심지어 함부로 말하는 버릇 때문에 늘 욕을 얻어먹는 노무현 씨조차 이번엔 꽤나 신중해 보인다. "먼저 보내는 것도 국익이 아니고 먼저 거부하는 것도 국익이 아니다."

그러나 매우 신중한 태도를 드러내는 것으로만 보이는 그 말속에는 실은 매우 강한 파병의지가 들어 있다. 바로 '국익'이라는 말속에 말이다. 한국에서 '국익'이라는 말은 주술에 가깝다. 노동자들의 싸움이든 농민의 싸움이든 전쟁을 반대하는 싸움이든 한국에서 일어나는 모든 정당한 싸움들은 언제나 국익이라는 주술 앞에 힘을 잃는다. 국익을 위해서라면 노동자는 시키는 대로 일하고 주는 대로 받아야 하고 농민은 모두 배를 가르거나 몸을 불살라도 어쩔 수 없으며 청년들은 기꺼이 더러운 전쟁에 총알받이로 나가야 한다.

우리가 그 주술에 대적하는 무기는 이른바 '명분'이었다. '노동자의 정당한 권리', '농민을 죽이는 개방', '명분 없는 전쟁.' 그러나 사랑이나 존경 같은 고상한 가치마저 돈으로 사고팔리는 세상에서 명분으로 실리를 이기는 건 애당초 불가능한 일이다. 냉정하게 말해서 오늘 한국에서 명분으로 실리를 이기려는 노력은 한국에도 명분을 좇는 사람이 존재한다는 사실을 알리는 것 외에는 의미가 없어 보인다.

'국익'이라는 주술과 싸우는 유일한 방법은 그 주술 자체를 부수는 것이다. 우리는 우리의 '명분'이 옳지만 어딘가 국익에는 배치되는 데가 있다는 노예의 생각을 버려야 한다. 우리는 정색을 하고 이렇게 물어야 한다. '그런데 그놈의 국익은 대체 누구의 국익이지?'

국익은 '나라의 이익'이란 말이다. 그러나 세상의 어떤 나라에도 '나라의 (단일한) 이익'이란 존재하지 않는다. 나라는 중층의 여러 계급들로 이루어진다. 계급들의 이익은 몹시 다르거나 심지어 적대적이다. (이경해 씨 추모집회에서 제 몸을 불사른 박동호 씨와 제 아비의 막대한 재산을 모조리 물려받는 이재용 씨는 서른넷 동갑내기 한국인이다.)

'국익'이란 실은 지배계급의 이익을 속여 이르는 말이다. 지배계급은 언제나 자기들의 이익을 국익이라 주장한다. (그게 자기들만의 이익이라는 게 밝혀지는 순간 더 이상 지배할 수 없다.) 노동자의 정당한 싸움도 농민들이 제 배를 가르고 제 몸을 불사르는 일도 죄 없는 청년들이 더러운 침략 전쟁에 총알받이로 가는 일도 단지 자기들의 이익을 보전하기 위한 일이지만 국익이라 주장한다. 그리고 그걸 거스르는 사람에게는 애국심이 부족한 사람이거나 반역자라는 오명을 들씌운다.

주술을 깨뜨려야 한다. 진정한 국익은 한 줌도 안 되는 지배계급의 이익이 아니라 정직하게 땀 흘려 일하는 수많은 사람들의 이익을 드러내는 것이어야 한다. 그럴 때 비로소 우리는 모든 뒤엉킨 것들을 바르게 할 수 있다. 노동자들의 정당한 싸움을 존중하는 게 국익이며 농민의 아픔을 함께하는 게 국익이며 더러운 침략 전쟁에 절대 전투병을 보내지 않는 게 바로 국익이라면 누군들 애국자가 되려 하지 않겠는가.

2003.09.27...『씨네21』

풍요

일산 중산, 파주 운정, 용인 기흥, 다시 파주 교하……. 지난 몇 해 동안 내가 산 곳들이다. 남보다 게으르게 살지 않았지만 일가친척을 다 뒤져 당장 돈 오백만 원 빌릴 데 없는 알량한 배경을 가진 내가 그런 형편인 건 그다지 이상한 일이 아니다. 한국은 단지 정직하게 일한다고 집을 마련하거나 돈을 모을 수 있는 사회가 아니다. 나는 사회주의자로서 예수를 좇는 사람으로서 내 그런 형편에 만족한다.

아내는 나와 열세 해 동안 살면서 열세 번 이사를 다녔다. 유랑 생활은 아무래도 여자 쪽을 더 고단하게 만들지만 그는 불평하지 않는다. 남편을 공경하는 봉건적 여성이어서가 아니라, 집이야 오르면 다른 데로 옮기면 되고 돈이야 인간으로서 품위를 유지할 정도면 되지만, 같이 사는 인간이 돈이나 명예 따위에 자존심을 내주는 꼴은 볼 수 없어서다. 내가 개혁과 진보의 경계를 줄타기하는 잘나가는 지식상품의 행보를 접을 때도 그는 당연한 일이라는 반응이었다.

아내는 대화하는 걸 좋아한다. 대화할 때 아내는 담배를 피우고 나는 술을 마시다가 얼마 전 그가 담배를 끊고 나선 함께 술을 마신다. 아파트나 땅 따위가 대화 소재가 되는 일은 없다. 그런 걸 잘 알지도 못하거니와 그런 걸 할 만한 형편이 되어 본 적이 없다. 대화는 대개 아이들 문제에 대한 토론이거나 서로의 일에 대한 토론이다. 열 살 먹은 김단에게 일찌감치 '여성의식'을 심어 준 것 역시 토론의 산물이었다.

초고를 쓰면 대개 아내에게 읽히곤 한다. 뭘 쓰는가에 대해 그는 참견하지 않지만 배운 놈들이나 알아먹을 문장이나 여성에 대한 편견을 담은 문장은 냉정하게 골라낸다. 그런 검열이 필화의 방어막은 아니다. 언젠가 「그 페미니즘」이라는 글의 초고를 읽고 그는 말했다. "맞는 얘기다. 그러나 큰 소란이 날 테니 알아서 하라." 물론 나는 알아서 했다.

사람들과 어울리는 걸 좋아하는 아내는 혼자 있길 좋아하는 내 습성을 불편해했다. 미안해진 나는 내 습성을 고치려고 노력해 왔다. 그 덕에 얼마 전 동네 친구들을 얻게 되었다. 나는 짬이 날 때마다 그들과 어울려 술을 마시거나 교하 숲에서 자전거를 탄다. 그들은 살아온 배경도 하는 일도 제각각이지만 아직 소년의 눈빛을 가진 사람들이다. 그 아내들 역시 소녀의 눈빛을 잃지 않았다.

나는 동네 친구들에게 내가 단이와 건이의 아빠이자 모자 쓰고 운동하는 걸 좋아하는 사람으로 여겨지길 바랐다. 나는 동네 친구들에게 내가 사회주의자라는 사실이 내 알량한 허명이나 내 글이 아니라 내가 살아가는 모습을 통해서만 전해지길 바랐다.

그들은 나를 '추장'이라 부른다. 물론 세상에는 나를 추장이라 불러 줄 사람보다는 딱하게 여길 사람들이 훨씬 더 많다는 걸 안다. 그러나 나는 그들의 작은 변화에서 세상이 변화할 수 있다는 희망을 본다. 나는 풍요롭게 살고 있다.

2003.10.08...『씨네21』

더러운 공화국

국가보안법은 일제 시기 독립운동을 탄압하던 수단인 치안유지법의 외아들이다. 일제가 물러간 후 남한 사회는 일제에 붙어 영화를 누리던 부역자 세력이 지배하게 되었다. 이른바 대한민국은 세계사에서 가장 더러운 피를 가진 공화국이다. 아무런 정통성을 가지지 못한 남한의 지배 세력은 국가보안법을 통해 남한 사회를 반공주의 파시즘 체제로 만들어 갔다.

반세기 동안 남한은 반공주의의 수용소였다. 학문과 종교와 예술을 포함한 남한의 모든 정신 활동은 국가보안법의 울타리 안에서만 존재했다. 반공주의 파시즘을 제외한 모든 의견은 모조리 공산주의적 활동이자 친북 활동으로 규정되었다. 사회주의도 아니고 혁명도 아니고 단지 민주주의와 자유를 생각했다는 이유만으로 수많은 사람들이 고통을 받거나 죽게 되었다. 국가보안법은 단 한번도 '나라를 지키는' 법이 아니었다.

국가보안법에 대해 공개적으로 질문할 수 있게 된 건 90년대 이후, 반공주의 파시즘의 절대적인 권위에 조금씩 금이 가기 시작하면서부터다. 매우 한정된 사람들끼리나 알고 있던 '국가보안법의 비밀'이 빠른 속도로 퍼져 나갔다. 90년대 말에 이르러서는 최소한의 교양을 가진 사람이라면 누구나 21세기의 첫해가 뜨기 전에 국가보안법이 폐지되거나 적어도 개정될 거라 믿었다.

그러나 국가보안법은 21세기가 된 지 3년이나 지난 오늘 여전히 건재하다. 그 배후에 거대한 타협이 있다. 국가권력은 그 법을 조금은 덜 야만적으로 보이게 사용하는 대신, 국가보안법을 반대한다는 사람들은 그 법의 존재에 잠시 눈을 감는 타협 말이다. 송두율 씨를 둘러싼 이런저런 상황들은 그런 거대한 타협의 실체를 송두리째 드러낸다. 민주화운동 이력과 국가보안법에 의한 상흔을 훈장처럼 달고 행세하는 자들은 말한다. "정말 몰랐다." "당혹스럽다." "국민에게 사과한다."

국가보안법을 일용할 양식으로 삼아 온 극우 세력과 파시스트 언론이 이 맛난 먹이를 놓치려 하지 않는 건 당연하다. 쥐어뜯고 할퀴고 뒤에서 찌르는 일이야말로 그들의 일이다. 문제는 그들이 아니라 그들을 "너무 심하다"고 비판하는 사람들이다. 그들 가운데 누구도 "국가보안법으로 송두율을 말하지 말라!"고 하지 않는다. 그들은 단지 몹시 곤혹스러운 얼굴로 '관용'을 말한다. 대체 누가 누구에게 관용을 애걸하는 건가. 파시스트들에게? 반세기 동안 빨갱이의 딱지를 쓰고 광장에 끌려 나온 사람들에게 '죽여라!'를 외쳐 온 잘난 국민들에게?

송두율이 노동당원이면 어떻고 민노당원이면 어떤가. 송두율이 가족을 이끌고 북한으로 들어가면 어떻고 남한으로 들어오면 또 어떤가. 그런 건 분단 덕에 영화를 누려 왔기에 분단이 영원하길 바라는 놈들에게나 상관 있는 일이다. 분단 조국을 둔 지식인이 남북을 넘어 민족을 생각하는 건 당연한 일이다. 더구나 독일이라는 제3국에 거주하는 지식인이 반세기 동안 반공주의 파시즘이 지배해 온 남한을 일방적으로 지지했다면 그는 어떤 의미에서도 지식인이 아니다. 사람들이 의혹에 찬 눈으로 바라보는 송두율의 이런저런 행적들은 분단 조국을 살아가는 지식인이 가져야 할 최소한의 양식을 드러낼 뿐이다.

우리는 "송두율은 어떤 사람인가?"라고 질문하기 전에 "국가보안법은 어떤 법인가?"라고 우리 자신에게 질문해야 한다. 그 질문은 주먹을 쥐고 소리치는 별스런 사람들만의 것이 아니다. 이미 '국가보안법의 비밀'이 밝혀져 있고 그 법에 당하는 사람이 실재하는 이상 그 법에 눈감는 일은 노예의 행동이다. 우리가 국가보안법에 반대한다면 그 법을 무시해야 한다. 그리고 국가보안법을 전제로 한 송두율에 대한 어떤 의견이나 조처도 무시해야 한다. 누가 감히 추방을 말하는가. 누가 감히 관용을 말하는가. 이 더러운 공화국에서.

2003.10.23...『씨네21』

희망

"멸공!" 『고래가 그랬어』 창간호 나오고 어느 날 자정 넘어 조 중사가 전화를 했다. '멸공'은 내 이념에 대한 그의 장난 섞인 지지고 '중사'는 그가 스스로에게 달아 준 계급이다. 그는 내가 '브로커'라고 놀릴 만큼 출판이나 회사 경영에 경험이 많다. 그는 내 나름의 원칙과 명분을 주식회사라는 현실적 틀 속에서 실현해 나가는 데 많은 도움을 준다. 나는 노련하고 듬직한 중사를 둔 셈이다. 조 중사는 이따금 자정 넘어 전화한다. 대개 나에 대한 염려를 주정이라는 형식으로 드러내곤 한다. "힘들면 힘들다고 해요, 씨바", "솔직히 무슨 일 있는 거 모를 줄 알아요" 하는 것이다. "일은 무슨 일, 씨발놈아." 그럴 때면 나도 편안해져 욕을 한마디 한다. "왜 애들처럼 욕을 하고 그래요." 내가 웃음을 터뜨리고 자정 넘어 싱거운 통화는 끝나는 것이다.

그러나 이날은 목소리가 유난히 쾌활하다. "씨바, 기분 좋네요, 정말." "넌 술 먹으면 기분 좋잖아." "씨바, 그게 아니라니까요." "아니긴 뭐가 아닌데." "지난번에 설문조사 한다고 ㅎ초등학교에 창간호 보냈잖아요." "그랬지." "6학년 한 반 아이들 전부가 책을 읽었거든요. 그런데 오늘 한 아이 엄마가 그 반 행사 때 아이들 먹으라고 빅맥 세트를 숫자대로 가져왔나 봐요." "그런데?" "한 명도 안 먹어 버렸대요." "정말이야?" "정말이니까 이 시간에 전화한 거 아닙니까.

한 아이가 벌떡 일어나서 '맥도날드 먹으면 안 돼'라고 외치니까 모든 아이들이 '뚱보 된다', '맥도날드는 나쁘다' 등등 저마다 한마디씩 하며 동조했답니다." "저런." "교사가 햄버거 사온 아이 엄마에게 자초지종을 설명해 주니까 민망해하면서 몽땅 싸들고 돌아갔대요." "그것 봐라, 애들은 된다니까." "그러게 말예요. 기분 좋네요, 정말."

대부분 만화로 이루어진 『고래가 그랬어』엔 짧은 글로 된 막간 꼭지가 몇 개 있는데 그 가운데 하나가 아이들이 환호하는 거대 기업들의 속을 언뜻 보여 주는 '나쁜 장사꾼들'이다. 그 첫번째는 맥도날드였고 아이들은 그걸 읽었던 것이다. 설문조사는 계층과 지역으로 나누어 선정한 몇몇 학교에서 진행했다. ㅎ초등학교는 그 가운데 '부잣집 아이들이 다니는 학교'의 경우였다. 말하자면 부자 아비를 둔, 매우 보수적인 환경에서 자라는 아이들이라는 얘기다. 실제로 그 학교에 책을 보낸 다음날엔 한 아이 엄마가 교사에게 항의를 해왔다. "이런 걸 읽고 아이들이 미국에 대해 나쁜 생각을 가지면 책임질 거예요?"

설문 결과는 나와 조 중사를 비롯한 동료들에게 많은 깨달음을 주었다. 전태일의 일생을 그린 '태일이'가 가장 재미있는 만화로 꼽힌 건 작가인 최호철 씨조차 믿지 않을 만큼 뜻밖의 일이었다. 반면에 내용을 떠나 재미와 즐거움을 목적으로 집어넣은 다른 꼭지는 '어른식 키치'로 판명 났다. 무엇보다 가장 인상적인 성과는 설문 결과가 계층이나 지역 따위로 구분되는 흔적을 찾을 수 없었다는 것이다. 부잣집 아이들이 좋아하는 만화와 가난한 집 아이들이 좋아하는 만화가 별다르지 않고 도시 아이들이 싫어하는 꼭지와 시골 아이들이

희
망

싫어하는 꼭지가 별다르지 않았다. 아이들은 제 아비의 계급이나 지역 따위에 아직은 제 정신을 앗기지 않은 상태에 있다.

그리고 빅맥 세트를 거부한 부잣집 아이들처럼 아이들은 제가 스스로 깨달은 것은 삶에 반영한다. 아이라 불리는 인간들이 어른이라 불리는 인간들과 가장 다른 점은 "사는 게 다 그런 거지" 혹은 "세상이 다 그런 거지"라는 말을 할 줄 모른다는 것이다. "사는 게 다 그런 거지" 혹은 "세상이 다 그런 거지"라는 말이야말로 진보와 보수를 넘어서는 한국인들의 절대적 이념이다. 지성이나 예술 혹은 종교 따위는 그 절대적 이념 아래 무수한 장식물로 존재한다. 한국인들, 한국의 어른들에게 더 이상 희망이 없는 건 그래서다. 한국에서 아이들은 삶의 태도를 바꿀 가능성이 남은 유일한 인간들이다. 아이들이 있다. 그거야말로 한국의 유일한 희망이다.

2003.11.06...『씨네21』

선택 2

홍기선을 만났다. 놀랍게도 그는 그대로다. 수더분한 외모에서 어눌하지만 지적 결기가 느껴지는 말씨까지. 그를 10년 전에 한 번 만났다. 이효인, 이정하 들과 함께였을 것이다. 나는 간간이 그를 떠올리며 그의 근황을 궁금해했다. 좀더 정확하게 말하면, '과연 그도 변했을까' 궁금해했다. 10년 동안 홍기선의 동료들은 앞서거니 뒤서거니 모두 변했다. 영화와 현실을 함께 고민하던 그들은 자본과 제휴하다 스스로 자본에 꿇어 갔다.

그 10년 동안 재벌자본과 투기자본과 유통자본이 차례로 한국 영화판을 쓸고 지나갔다. 한국 영화는 양적으로 팽창했고 매출도 늘어났다. 사람들은 흔히 그걸 한국 영화의 르네상스라 말한다. 그러나 르네상스란 한 예술 장르가 얼마나 양적으로 팽창하고 얼마나 많은 매출을 올리는가를 말하는 게 아니다. 르네상스란 온갖 꽃들이 만개한 봄 들판처럼 온갖 예술적 시도들이 공존하는 것을 말한다. 모든 영화가 마케팅의 율법을 경배하며, 독립영화가 제도 상업영화의 예비 인력시장으로 투항한 한국 영화판은 해질 녘 기지촌의 요사스런 풍경을 닮았다.

홍기선의 동료들이 보인 변화는 그들의 의식이나 내면적 변화를 넘어서는 것이다. 요약하자면, 10년 동안 한국은 정치적으로 민주화했고 사회적으로 천민자본주의화했다. 군사 파시즘에 녹아다던 한국

145

인들은 민주화의 수혜자인 시민과 천민자본주의의 수혜자인 노동자 민중으로 분화했다. 시민에게 세상은 참으로 살 만한 곳이 되었다. 그들의 상식을 모욕하던 군사 파시즘도 물러갔다. 그러나 노동자 민중에게 세상은 더욱 나빠졌다. 그들은 33년 전 제 몸을 불사르며 죽어 간 전태일과 똑같은 유서를 남긴 채 죽어 가고 있다.

그 10년 동안 한국 영화의 가장 큰 사회적 기여는 현실에 대한 청년들의 관심을 앗아 간 것이다. 오늘 한국 청년들에게 영화란 취미 가운데 하나가 아니라 '현실의 온전한 대체물'이다. 그들은 영화 속의 현실에서 그들이 가져야 할 모든 인간적 분노와 정의와 낭만과 이상주의를 완전하게 발산한다. 그들에게는 실제 현실에서 사용할 인간적 분노와 정의와 낭만과 이상주의의 여분이 없다. 그들에게 오늘 빼앗기고 맞아죽는 사람들의 현실은 영화보다 먼 현실이다. 영화는 그들에게 열심히 현실의 대체물을 판매하고 그들은 열심히 그 현실의 대체물을 구매한다. 그게 오늘 한국 영화산업의 뼈대다.

그런 점에서 〈선택〉은 특이한 영화다. 〈선택〉은 현실을 발산하게 하는 게 아니라 현실을 반추하게 하는 힘이 있다. 45년을 감옥에서 보낸 비전향 좌익수를 다룬 비장한 영화라서가 아니다. 〈선택〉은 오히려 상쾌하다. 아둔한 사람이 아니라면 스치듯 지나가는 감옥 풍경과 담백한 국악풍 음악이 부드럽게 녹아드는 타이틀에서 이 영화가 관객을 계몽하려는 게 아니라 관객과 속삭이려 한다는 걸 알아차린다. 카메라는 그 세월 동안 단 한번도 감옥 밖으로 나오지 않는다. 관객은 그 유별난 사람들의 현실에 은근히 끼어든다.

허문영 씨는 〈선택〉을 "이념이 아니라 명예를 그린 영화"라고 했다. 물론 그건 대단한 찬사다. 그러나 그 찬사엔 이념이라는 게 비인간적이고 차가운 것이라는 상투적 편견이 깔려 있다. 이념은 이념이 생겨나던 날부터 그렇게 공격받아 왔다. 우리는 이념이 휴머니즘의 산물이라는 사실을 잊고 있다. 인간에 의한 인간의 착취를 모른 체하지 않는 것, 그 지극히 인간적인 행동이 바로 이념이다. 이념은 다름 아닌 인간의 명예다.

지나간 역사, 다른 나라의 현실에 올바른 선택을 하긴 쉽다. 게바라와 마르코스가 애호되는 건 그래서다. 그러나 오늘 현실, 오늘 진행하는 역사에 올바른 선택을 하긴 쉽지 않다. 그 선택이 제 밥그릇과 안락을 위협할 수 있기 때문이다. 33년 전 전태일에 서슴없이 올바른 선택을 하는 우리는 오늘의 전태일에 올바른 선택을 하지 않는다. 우리는 배달호(1월 9일), 박동준(9월 27일), 김주익(10월 17일), 이해남(10월 23일), 이용석(10월 26일), 곽재규(10월 29일) 들에 올바른 선택을 하지 않는다. 우리의 선택은 과연 무엇인가.

2003.11.20...『씨네21』

청년들의
근황 1

80년대에 청년이던 사람들이 만나 대화하면 심심찮게 등장하는 안주가 '요즘 애들'이다. "요즘 애들은 책을 안 읽어", "요즘 애들은 이기적이야. 도무지 사회현실에 관심이 없어", "요즘 학생운동이 그게 운동이야" 등등.

더 이상 책을 안 읽고, 저와 제 식구 외엔 아무런 관심이 없으며, 운동은커녕 운동의 장애물에 가까운 그들이 그렇게 떠들어대는 풍경은 기괴하지만, 어쨌거나 80년대의 청년들과 오늘 청년들이 많이 다른 건 사실이다. 대학 학생회장 선거에서 갈수록 비운동권이 우위를 보이는 건 그런 현실의 한 단면이다.

그런 현실은 좌파운동의 미래를 어둡게 만든다. 좌파 청년들이 줄어든다는 것은 곧 좌파운동이 고령화하고 또 고립되어 머지않아 영향력을 잃게 된다는 얘기가 된다. '청년들을 어찌할 것인가'는 좌파운동의 가장 중요한 숙제 가운데 하나가 되었다.

한국에서 청년·학생운동은 수십여 년 동안 운동의 주력이자 메마르지 않는 우물이었고 80년대는 그 정점이었다. 80년대에 좌파청년들은 차고 넘쳤다. 그러나 그런 '풍요'는 좌파운동의 노력이나 역량보다는 현실의 엄혹함에서 온 것이었다. 온 나라가 병영화하여 청년들의 정신을 가두었고 군인들이 대낮에 양민을 도륙하고 어제 만난 친구가 사라져 얼마 후 주검으로 떠오르는 현실은 평범한 청년의 가슴에도 쉽게 불을 지를 수 있었다.

이제 군인들은 더 이상 대낮에 양민을 도륙하지 않으며 한국 청년들은 세계에서 가장 쿨한 영화광들이다. 빨갱이라 불리던 사람들이 잇따라 대통령을 맡고 있으며 평범한 청년들의 가슴에 불을 지를 만한 현실은 눈에 띄게 줄어들었다. 이쯤 되면 오늘 청년들 가운데 적게라도 좌파들이 재생산된다는 사실은 신기하고 감사한 일이다.

오늘 청년들이 사회현실에 관심이 없다는 개탄은 사실과 다르다. 청년들은 언론개혁이니 정치개혁이니 하는 이런저런 개혁운동에 무시할 수 없는 규모로 투신하고 있다. 그 투신이 제 연애와 영화감상과 취업시험 준비를 하고 남은 시간에 '모니터 앞에서' 혹은 '촛불을 들고' 이루어진다 해도 그들은 나름대로 사회현실에 투신하고 있다.

우리는 그 청년들에게 희망을 둘 만하다. 우리가 '모니터 앞에서' '촛불을 들고' 사회현실에 투신하는 청년들에게 희망을 둘 근거는 그 청년들이 '진보'가 뭔지 모른다는 것이다. 그 청년들은 극우가 보수를 자처하고 개혁이 진보를 자처하는 현실에 그대로 사로잡혀 있다. 말하자면 그들은 개혁운동이 세상을 바꾸는 운동이라 여기고 '진보적 열정'으로 개혁운동에 투신하고 있다.

우리는 그 청년들에게 진실을 알려 주어야 한다. 개혁과 진보는 전혀 다른 것이라는 것, 개혁운동은 세상을 바꾸는 것처럼 보이지만 실은 오늘 세상을 강화하는 것이라는 사실을 알려 주어야 한다. 물론 그건 그리 간단한 일이 아니다. 개혁이 진보를 거의 완전하게 대체하는 데는 참여연대에서 강준만과 노사모를 거쳐 네티즌운동에 이르는

10여 년의 과정이 있었다. 그 10여 년 동안 개혁운동은 좌파운동을 '낡고 어리석으며 실현 가능성이 없는 미망에 빠진 무리들'로 만드는 데 성공했다.

이젠 우리 차례다. 우리는 청년들에게 개혁운동의 주장들이야말로 얼마나 '낡고 어리석은' 것이며 개혁운동이라는 것이 얼마나 '실현 가능성이 없는 미망'인지를 알려 주어야 한다. 개혁 정권의 침략 전쟁에 대한 태도나 더러운 정치자금을 둘러싼 진흙탕 싸움은, 청년들로 하여금 극우와 개혁이 어떤 차이를 갖는지, 과연 개혁이 세상을 바꿀 수 있는지 되새기게 하는 생생한 자료들이다. 바로 지금 우리는 청년들에게 유례 없이 친절하고 부드럽게 다가가야 한다.

2003.12.15...『노동자의 힘』

청년들의
근황 2

80년대 진보운동이 갖는 급진성은 당연히 진보운동의 주체적인 힘이 지만, 군사 파시즘의 폭압과 책상물림 이론가들의 관념성에 크게 힘 입은 것이기도 했다. 인정하고 싶든 않든 그건 이미 확인된 사실이 다. 90년대 들어 군사 파시즘의 폭압이 수그러지고, 현존 사회주의가 무너져 책상물림들의 관념성이 정처 없어지자 진보운동의 급진성도 참으로 맥없이 사그라졌다. 거품이었다.

그 거품 속에서 최소한의 진보적인 소양(이론적이고 관념적인 차원의 진보적 소양을 갖추는 건 '학습'으로 해결할 수 있지만 인간 적이고 실천적인 차원의 진보적 소양은 '삶'으로만 갖출 수 있다. 물 론 '삶'은 책으로 하는 게 아니다)을 갖추지 못한 사람들조차 진보주 의자 노릇을 할 수 있었다. 80년대에는 그 거품도 진보운동의 대열에 속했지만 80년대의 급진성이 무너지자 그 거품은 이내 진보운동에 비수로 돌아왔다.

그런 사람들은 90년대 이후 파시즘의 폭압과 이론적 관념성이 라는 받침대가 사라지자 보수주의자로서의 이기심과 탐욕을 스스럼 없이 드러내며 살아간다. 문제는 그들이 보수주의자로 살면서도 제 젊은 시절의 '진보운동의 이력'을 계속 내세운다는 것이다. '진보운 동의 이력을 내세우는 보수주의자들'은 오늘 한국에서 무시할 수 없 는 규모로 존재한다. 그들은 사회·문화 전반에서 가장 유력한 엘리트 집단을 이루고 있다.

　그들은 대개 그들이 자랑스러워 마지않는 이력에 걸맞은, 혹은 그 이력보다 훨씬 더 많은 사회적 대우를 받는다. 이따금 그들의 끝없는 탐욕이 그들의 천박함을 드러내기도 하지만(이를테면 저자의 반대를 무릅쓰고 사신을 책으로 펴냈다가 회수 소동을 벌인 아무개 출판사 사장이나 송두율 씨를 초청했다가 국가보안법의 굴레가 다가오자 "그런 사람인지 나는 몰랐다. 처벌이 필요하다"고 떠들어대는 아무개 기념회 회장처럼) 대체적으로 그들은 먹고살 만한 데다 사회적 존경까지 받는다.

　그들은 제 안락한 삶을 유지하기 위해 매우 단순하고 명쾌한 논리를 구사한다. 1. 나는 세상을 바꾸는 일에 투신했다. 2. 이제 세상은 바뀌었다. 이 명쾌한 논리는 다시 '오늘 세상을 바꾸기 위해 싸우는 사람들'과 '아직 세상이 바뀌지 않았다고 생각하는 사람들'이 '언급할 가치조차 없는 비현실적인 사람들'이라는 것을 명쾌하게 논증한다.

　우리는 그들이 그런대로 양식을 갖춘 시민들이라 착각하는 편이다. 그러나 실제적인 차원에서 그들은 오늘 진보운동에 가장 큰 해악을 주는 사람들이다. 애당초 진보운동을 적대하게 되어 있는 우익들의 공격과 그들의 공격은 사회적 공신력에서 비교할 수 없는 차이가 있다. 대중들에게 그들은 여전히 '우리 사회의 민주화를 이룬 사람들'인 것이다.

　그들이 진보운동에 미치는 좀더 치명적인 해악은 청년들이 진보운동에 접근하는 것을 차단하는 것이다. 요컨대 그들은 그들의 주장과 행태를 통해 90년대 이후 청년들이 진보운동에 대해 두 가지 편견을 갖게 했다. 하나는 진보운동이 '이제 끝났거나 더 이상 필요하지 않다'는 것이고, 둘째는 '진보운동에 투신하는 사람들은 결국 그것을 제 일신의 안위를 위해 사용한다'는 것이다.

이쯤 되면 출생 전에 무슨 신령한 진보의 은총이라도 입은 게 아닌 이상 어떤 청년도 진보운동에 관심을 갖기 어렵다. 오늘 청년들이 진보운동을 잘 모르고 진보운동에 관심이 없는 건 자연스러운 일인 셈이다. 오늘 우리가 참으로 심란스럽게 바라보는 청년들은 바로 그런 처지에 있다. 우리는 그 청년들에게 연민을 느낄 만하다.

2003.12.28...『노동자의 힘』

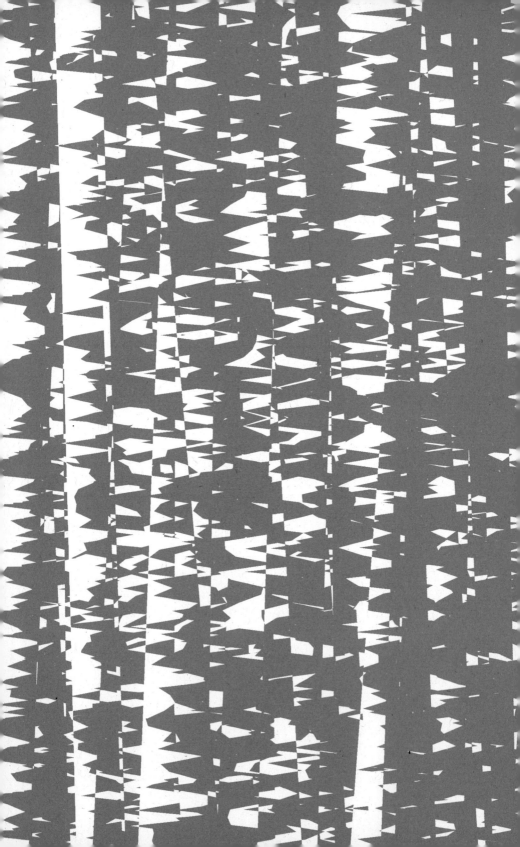

2004년

딸은 단지 딸아들 하는 자식 중의 하나가 아니다.
딸은 한 남자가 어떤 삶을 살고 있는지 가장
정교하게 알아낼 수 있는 '삶의 시험지'다.
한 남자가 '딸에게서 존경받는 인간'이 되려고
애쓴다면 그의 삶은 좀더 근사해질 것이다.

청년들의
근황 3

정리되지 않은 10대의 반항의식으로만 가득하던(머리 속에 든 거라곤 록 음악과 오토바이와 여자뿐이던) 내가 대학에 들어가 운동에 관심을 갖게 된 건 전적으로 운동하는 선배들에 대한 호감 때문이었다. 그들은 적어도 당시 대학생들 가운데 가장 진지하고 지적이면서 가장 인간적인 사람들이었다. 나는 그들에게 매료되었으며 그들과 동아리가 되기를 서슴지 않았다.

알다시피 오늘 대학 신입생들은 운동하는 선배들에게 호감을 갖지 않는다. 신입생들에게 그 선배들은 아무 데서나 '운동권 사투리'를 남발하며 설득과 공감의 과정 없이 '삭발하고 구호나 외쳐대는' 썰렁한 사람들이다. 텔레비전 연예 프로그램에서 최수종 씨의 20년 전 CF화면에 폭소를 터뜨리는 관객들처럼, 신입생들은 그들에게 실소를 보낸다.

그런 반응은 대개 오늘 청년들이 사회현실보다는 제 안락에만 관심을 갖기 때문이라 설명된다. 오늘 청년들이 20년 전 청년들보다 개인주의적인 건 사실이지만, 그런 설명은 일부만 옳다. 그런 설명이 전적으로 옳다면 왜 오늘 청년들은 언론개혁이니 정치개혁이니 하는 개혁운동에 그렇게 관심이 많으며, 인터넷을 무리지어 오가며 사회적 여론을 만들고 심지어 말도 안 되는 인물을 대통령으로 변신시키기까지 하는가.

그런데 그들은 진보운동엔 무관심하다. 개혁운동에 그토록 열심인 그들은 진보운동엔 왜 그토록 무관심한가. 지난 10년 동안 '넥타이 맨 운동가들'이 시민혁명가로 떠오르고 개혁운동이 청년들의 가슴에 불을 지피는 동안 진보운동은 청년들의 시야에서 벗어났다. 청년들에게 진보운동은 지난 시절의 박제가 되었다.

왜 그렇게 되었을까. 진보운동에 내용이 부족해서라는 사람도 있다. 그렇다면 개혁운동에는 무슨 대단하고 체계적인 내용이 있는가. 지난 10년 동안 승승장구해 온 개혁운동의 내용은 단 한번도 "나쁜 놈들을 몰아내자" 수준을 넘은 적이 없다. '나쁜 신문 몰아내자', '나쁜 정치인 몰아내자…….' 진보운동은 언제나 그보다 훨씬 더 정확한 현실 분석과 내용을 가져 왔다.

그럼 왜일까. 이유는 실은 간단하다. 진보운동은 지난 10년 동안 청년들과 소통 자체를 거부해 왔다. 이런 말에 갸우뚱하는 사람도 있을 것이다. 우리가 언제 소통을 거부했단 말인가. 그러나 소통이란 일방적으로 말하는 게 아니라 서로 말하는 것이라는 점에서 진보운동은 소통을 거부해 왔다. 진보운동에서 대중을 상대로 만든 문건 몇 개만 살펴보면, 그 문건들을 강준만이나 유시민이나 노사모나 참여연대 같은 데서 만든 문건들과 비교해 보면 금세 알 수 있는 일이다.

가슴 아픈 일이지만, 오늘 청년들에게 진보운동은 '거부감을 주는 언어로 듣든 말든 지들끼리 떠들어대는 사람들의 집단'이다. 학생운동의 쇠락은 그리 중요한 게 아니다. 학생운동의 쇠락이 진보운동의 쇠락을 뜻하는 것도 아니다. 학생운동, 즉 대학 시절과 대학 공간이라는 일시적 유한함을 기반으로 한 지사적 운동은 반독재 민주화운동에서나 적절했다. 진보운동, 자본주의를 넘어서려는 운동은 자본주의 체제에 노출된 상태에서 일생을 거쳐 유지되는 운동이어야 한다. 학생운동은 그 효용성을 다했고 쇠락은 필연적이다.

중요한 건 진보운동과 청년들과의 관계다. 소통을 시작하자. 쉬운 언어와 친절한 말씨로. 청년들과 소통하지 않는 한, 청년들의 가슴에 불을 지피지 않는 한 진보운동에 미래는 없다.

2004.01.21...『노동자의 힘』

가치관

나는 녹색평론사의 책들이 좋다. '이 책이 무슨 책인가'를 정직하게 드러내는 차원을 넘어서지 않는 소박한 디자인에 재생지를 사용하여 두툼하지만 가벼운 그 책들을 집어들 때 나는 중얼거린다. '다들 책을 이렇게 만들면 좋으련만.' 그러나 그보다 더 좋은 건 그 책들이 '다른 가치관'을 담고 있다는 것이다. 그 책들은 매우 초라하고 불편한 삶의 방식을 제시하지만, 그 '다른 가치관'에 동의할 때 그 초라함과 불편은 기쁨과 자부가 된다.

'다른 세상'을 꿈꾸는 일의 출발은 '다른 가치관'을 갖는 것이다. '네놈들이 잘 먹고 잘 살았으니 우리도 한 번 잘 먹고 잘 살아 보자'라는 생각은 고통스런 삶을 사는 피억압자에게 정당한 것이지만 그게 혁명의 전부는 아니다. 혁명은 단지 '급격한 역할 교환'이 아니다. '한 줌의 지배계급이 잘 먹고 잘 사는 세상'에 대한 혁명은 '한 줌의 지배계급이 차지하던 것을 공정하게 분배하는 세상'이 아니라 '남보다 잘 먹고 잘 사는 일 자체를 부끄러워하는 세상'을 만드는 것이다. 혁명의 최종 목표는 '가치관'을 바꾸는 것이다.

제아무리 이상적인 분배 시스템이 만들어진다 해도 '남보다 잘 먹고 잘 사는 걸 자랑스러워하는 가치관'이 살아 있다면 그 사회는 여전히 원래 상태로 돌아갈 가능성이 남은 셈이다. '다른 가치관'은 오늘처럼 혁명이 요원해 보이는 시절부터 마련되어야 한다. '적의 가

가
치
관

치관'에 사로잡혀 있는 한 혁명은 불가능하다. 혁명을 노래하는 좌파 인텔리들이 '혁명을 두려워하는' 행태를 보이는 것도 그들이 '적의 가치관'에 사로잡혀 있기 때문이다.

이를테면, 제 자식이 '진보적인 엘리트'가 되길 바랄지언정 고등학교나 마친 노동자가 되길 바라는 좌파 인텔리를 본 적이 있는가? 제 자식이 이른바 일류대학에 들어가는 걸 꺼리거나 적어도 진지하게 부끄러워하는 좌파 인텔리를 본 적이 있는가? '적의 가치관', 즉 '혁명의 대상과 같은 가치관'을 가진 상태에서 진행하는 모든 혁명 운동은 그저 '혁명 게임'일 뿐이다.

개인적으로도 존경해 마땅한 좌파 인텔리들 가운데 제 자식 문제에까지 연결되는 '다른 가치관'을 갖는 이는 거의 보지 못했다. 오늘 우리가 얼마나 천박한 세상을 살아 내고 있는가를 생각한다면 '단 한 명도 보지 못한 건 아니라는 사실'에 위안을 받아야 하는 것일까. 그 한 예는 다큐멘터리 감독 김동원이다. 그의 몸은 이 천박한 세상에 묶여 있지만, 그의 정신은 이미 '다른 세상'을 살고 있다.

"무엇보다 가난해야 한다. 강요된 가난은 죄악이고 극복해야 하는 것이지만 자발적으로 선택한 가난은 바로 예수의 모습이다. 그것에 의심이 없다. 이젠 버리는 게 어렵지 않고 갖지 않는 게 편안하다는 걸 몸으로 알고 있다. 돈이 없으면 없는 대로 버틸 수 있다고 믿고 웬만한 건 걱정을 안 한다. 아이들 과외도 못 시키지만 과외를 시키는 게 비정상인 거고 설사 아이들이 대학을 못 가고 가난한 기층 민중으로 살더라도 전혀 걔들한테 불행한 게 아니라고 믿는다. 도시 빈

민이나 농민 노동자의 삶 속에는 지식인들이나 중산층들의 삶이 가
질 수 없는 게 있다."

"당신에게 가난은 자기 절제인가."

"편안한 거다. 그러나 무작정 편안한 게 아니라, 가난해야만 가
난의 가치를 가질 때만 세상의 여러 문제들이 해결될 수 있다는 믿음
이 있고 나는 그걸 따라가는 거다. 가난은 이제 내 가치관이고 다른
생각은 하지 않게 되었다."

2004.02.02...『노동자의 힘』

숙제

오랜만에 점심 먹으러 온 후배가 말했다. "이념은 이기적이어야 한다고 생각하거든요. 기득권 세력은 한나라당 지지하는 게 당연하고, 시민들은 민주당이나 열린우리당 지지하고……. 자신에게 필요한 상품을 구매하는 것처럼 말입니다." "맞는 얘기야. 이기적이어야 하지. 그런데 이기심의 사회적 가치가 다 같은 건 아니겠지. 지배계급이 자기 이익을 보전하려는 건 사회적으로 정당하지 않지만, 노동자나 농민이 자신의 생존권을 찾으려는 건 이기적이면서도 사회적으로도 정당하지."

후배 말마따나 이념은 이기적인 것이다. 그리고 이념이란 다름 아닌 '어떤 계급의 이해를 지지하는가' 다. 이를테면, 『좌우는 있어도 위아래는 없다』는 책 제목은 그른 것이다. 좌우는 더도 덜도 아닌 '위아래'다. 지배계급의 이해를 지지한다면(오늘 체제가 유지되길 바란다면) 보수(우파)고, 피지배계급의 이해를 지지한다면(오늘 체제가 바뀌길 바란다면) 진보(좌파)인 것이다. 그리고 그 사이에 '시민'이라는 중간계급의 이해를 기반으로 하는 개혁적 우파니 개량적 진보니 하는 다양한 이념들이 촘촘히 끼어 있다.

한국인들은 지난 3대에 걸쳐 '극단적인 형태의 반공주의'를 기반으로 하는 지배계급의 이념을 강요당해 왔다. 그걸 거부하는 건 죽여 마땅한 반역자였다. 그 결과 상위계급은 제 이념에 뻔뻔스러울 만치 익숙해진 반면, 중간계급과 하위계급은 '남의 이념'에 오히려 더 익숙하게 되었다. 90년대 들어 중간계급은 이른바 '개혁운동'(참여연대를 비롯한 시민운동, 강준만이 주도한 정치개혁·언론개혁운동, 노사모를 비롯한 이런저런 인터넷 시민운동……)을 통하여 제 이념을 찾게 되었다.

그러나 하위계급, 즉 노동자 민중들은 여전히 남의 이념에 더 익숙한 상태다. 늘 열심히 노동하지만 사는 꼴은 형편없어, 세상이 확 뒤집어지지 않고서는 도무지 희망이 없어 보이는 사람들이, "진보정치가 진출하면 세상이 혼란스러워질 거"라 염려하고, "이라크 파병이 가져다 줄 국가적 실리"를 기대하는 슬픈 코미디가 벌어지는 것이다.

'이념적 혼란'은 90년대 이후 한국 사회를 말할 때 가장 중요한 문제다. 특히 90년대 이후 개혁적 우파가 '민주화의 공'을 독식하고 '오늘의 진보'를 자처하기 시작한 일은 좌파에게 가장 치명적인 타격이 되었다. 오늘 한국에서 '이념의 명찰'은 한 칸씩 왼쪽으로 붙어 있다. 극우는 보수의 명찰을, 개혁적 우파는 천연덕스럽게 진보의 명찰을 붙이고 있다. 붙일 명찰이 없는 좌파는 그저 '논외의 상태'다.

오늘 노동자 민중이 이리저리 손쉽게 내몰리는 것도 그들의 이념이 그런 정처 없는 처지에 있기 때문이다. 좌파의 가장 시급한 숙제는 '논외의 상태'를 벗어나는 것이며, 진보를 자처하는 개혁적 우파야말로 오늘 좌파의 가장 주요한 적이다. 성실하고 열정적인 현장 활동가들은 '동지들이 죽어 나가는 판에 무슨 소린가' 싶을 수 있을 것이다. 그러나 우리는 대체 왜 좌파가 민주화가 된 지 10여 년이 지나 고작 '동지들이 죽어 나가는 판'을 맞게 되었는가를 되새겨야 한다.

좌파가 '가장 좌파적인 소재'에 집중하려는 건 자연스럽고 당연한 일이다. 그러나 오늘의 '이념적 혼란'에 대한 고려 없이 오로지 '가장 좌파적인 소재'에만 집중한다면 운동은 자족적인 게 되기 쉽다. 80년대 이후 늘 그래 왔듯, 투쟁으로 얻어지는 사회적 성과는 모조리 개혁적 우파에게 내주고 운동의 현실적 한계는 좌파 본연의 한계라 치부되어 버리는 것이다. '논외의 상태'에 있는 운동이 사회를 위협할 방법은 없다. 그리고 사회를 위협하지 않는다면 더 이상 좌파가 아니다. 개혁에서 진보로! 오늘 한국 좌파의 숙제다.

2004.02.18...『노동자의 힘』

강연회

오랜만에 강연회에 갔다. 원고나 강연 청탁에 간간이 응하기로 마음 먹고 한 첫 강연이다. 나와 이영희, 최장집, 하종강 같은 이들이 돌아 가며 한다는데 내가 맡은 주제는 '민주화와 언론운동'이었다. 나는 80년대 민주화운동은 절차적 민주화운동과 근본적인 민주화운동이 있었는데 앞의 것만 이루어졌다는 이야기, 언론운동을 제도 언론 중 심으로만 보는 건 잘못이며 실제 민주화운동에서 언론 역할을 한 것 들은 팸플릿, 전단, 소식지, 회보 같은 언론 취급도 못 받는 비제도권 매체였다는 이야기들을 했다.

이야기를 한 시간쯤 하고 질의응답을 두 시간 했다. 새내기들도 많고 해서 신선하게 느껴지는 질문이 많았다. (나이가 들고 아는 게 많아질수록 질문은 '짧은 강연'이 된다.) 간간이 싱거운 소리들도 해 가면서 활기 있는 분위기였다. 맨 마지막에 한 여학생이 질문했다. "얼마 전에 남자 선배하고 이야기를 하는데 그 선배가 '노동해방이 되면 여성해방도 된다'고 말했거든요. 저는 고개를 숙이고 아무 말도 할 수 없었습니다. 선생님은 계급의식이 투철한 분인데 역시 그렇게 생각하시나요?"

"일부 여성주의자들 사이에선 제가 그런 사람이라고 많이 알려 져 있지요." 강의실에 잔잔한 웃음이 번졌지만 나는 웃을 수 없었다. "주류 여성주의의 어떤 편향을 비판한 것인데 여성주의 전체를 비난했다는 오해를 받은 건 저로서도 안타까운 일입니다. 내용보다는 말하는 태도와 방식의 문제라는 생각도 하고……. 하여튼 오해를 낳은 게 저니 제가 풀어야 할 문제겠지요. 그건 그렇고……." 나는 말을 이었다.

"저는 노동해방이 된다고 해서 여성해방이 된다고 생각하지 않습니다. 여성의 억압은 계급 문제로 치환할 수 없는 소수자 문제입니다. 초기 마르크스주의에 여성 문제가 빠져 있는 건 사실입니다. 그러나 그건 그 시대의 한계였습니다. 마르크스주의는 여전히 계급 문제를 기반으로 하지만 여성 문제를 비롯해서 미처 발견하지 못했던 소수자 문제, 사회변화에 따라 새롭게 발견되는 억압들을 자기 요소로 받아들이면서 발전합니다. 오늘 시점에서 마르크스주의자가 여성 문제를 배제하는 건 상상할 수 없습니다. 마르크스주의자는 당연히 여성주의자기도 합니다."

강의실을 빠져나가던 한 여학생이 목례하며 말했다. "저도 선생님이 그렇게 생각하시는 줄 알았어요." 몹시 안도하는 얼굴이다. 말없이 웃는 나에게 그가 말했다. "아까 '100인위' 이야기 하시려다 말았는데……." 나는 돌아가야 했으므로 그의 이메일 주소를 받았다. 그날 밤 편지를 썼다.

"몇 년 전만 해도 좌파 진영에서 성폭력 사건이 일어나면 피해자 여성이 침묵을 강요당하는 일이 잦았습니다. '조직 보위'를 이유로 말이죠. 100인위는 그래서 생겼는데 정확한 이름은 '운동사회 성폭력 뿌리뽑기 100인 위원회'지요. 100인위는 실명공개라는 방법을 사용했습니다. 비판도 많았죠. 실제로 명단에 오른 남성 가운데는 애

매한 경우도 있었고, 그래서 '의도는 존중하지만 방법상의 문제가 있
다'는 의견이 많았습니다. 저는 100인위를 처음부터 지지했습니다.
저도 방법상의 문제가 있다고는 생각했지만 그게 100인위 활동을 가
로막는 빌미가 되어선 안 된다고 생각했습니다. 저는 100인위가 그
본래 의미 말고도 큰 의미가 있다고 생각했습니다. 그건 바로 '성찰'
입니다. 억압과 싸우는 사람에게 성찰보다 중요한 건 없습니다."

'억압과 싸우는 사람에게 성찰보다 중요한 건 없습니다.' 그 말
이 계속 내 머리 속을 맴돌고 있다.

2004.05.15...『노동자의 힘』

강
연
회

주례사

열한 살 먹은 제 딸에게 제가 주례를 선다고 했더니, "아빠는 안 어울리는데" 그랬습니다. 그 아이가 생각하는 주례 선생님의 이미지와 그 아이의 아빠는 많은 거리가 있는 모양입니다. 사실 저는 신랑보다 고작 열 살쯤 많고, 주류 사회 혹은 제도권 사회에서 내세울 만한 지위를 갖고 있는 사람도 아니니, 일반적인 의미에서 주례의 자격은 갖추지 못한 셈입니다.

그런 제가 두 사람의 주례 부탁을 받아들인 이유는, 두 사람이 사는 모습이 예뻐 보여서기도 하지만, 두 사람이 저에게 주례를 부탁하는 이유라고 말한 '주례의 세 가지 조건' 때문이기도 했습니다. 그것은 이렇습니다.

첫째, 신랑과 신부 둘 다 존경하는 사람이어야 한다. 둘째, 본받을 수 있는 부부 생활을 하고 있는 사람이어야 한다. 셋째, 본받을 수 있는 자녀 교육을 하고 있는 사람이어야 한다.

두 사람은 참 욕심이 많은 사람들입니다. 물론 저는 그 세 가지 조건을 만족시킬 만큼 훌륭한 사람이 아닙니다. 그러나 저는 두 사람이 저를 그렇게 생각했다는 게 고맙고, 두 사람의 부탁을 들어 줌으로써 그 고마움을 제 삶에서 책임지는 계기로 만들고 싶다는 생각을 했습니다.

저는 두 사람에 대한 고마움을 담아 두 사람에게 다시 세 가지

당부를 합니다.

첫째, 두 사람은 대화를 지속하길 바랍니다. 결혼을 하고 살다 보면 연애 시절의 열정은 시들해지고 대화가 줄어들게 마련입니다. 그러면 어느새 서로에 대한 이해와 신뢰를 잃게 됩니다. 모든 인간관계가 그렇지만 대화는 특히 부부 생활의 기초입니다. 그리고 대화는 민주적이어야 합니다. 민주적이지 않다면 대화가 아닙니다. 특히 신랑은 우리 사회가 여전히 남성 위주의 사회고, 자신이 그런 사회에서 오랫동안 길들여져 왔다는 걸 늘 생각하기 바랍니다.

둘째, 두 사람은 존경을 지속하길 바랍니다. 서로 존경하려면 바로 살아야 합니다. 오랜 권위주의 시절에서 빠져나온 우리는, 어느새 모든 가치를 돈으로 환산하는, 경쟁력이 있으면 살아남고 경쟁력이 없으면 죽어 나가는 세상에 살게 되었습니다. 두 사람은 두 사람이 가진 경쟁력을 두 사람의 삶을 안락하게 하는 일보다는, 이 불공정한 세상에서 고통받는 사람들과 연대하는 데 사용하길 바랍니다. 그렇게 살 때 두 사람은 비로소 내 아내 내 남편을 넘어 한 인간으로서 서로 존경할 수 있습니다.

셋째, 아이를 세상에 이로운 사람으로 키우길 바랍니다. 그래서 세상에 한 인간을 추가한 장본인들로서 최소한의 책임을 다하길 바랍니다. 부모가 자식에게 하는 교육은 말로 하는 게 아닙니다. 부모가 서로 존경하며 민주적인 삶을 살아가는 게 바로 교육인 것입니다. 그렇게 살아갈 때 비로소 아이도 제 부모를 제 부모라서가 아니라 한 인간으로서 존경할 수 있습니다.

제가 드린 세 가지 당부의 말은 저 자신에게 하는 말이기도 합니다. 그리고 여기 모이신 모든 분들이 한 번쯤 되새겨 보는 말이길 기대합니다.

오늘은 정말 기쁜 날입니다. 사람이 모여서 하는 일 가운데 혼인 잔치처럼 기쁜 일이 또 있겠습니까. 이 세상의 모든 선한 사람들이, 오래도록 두 사람의 출발을 기쁘게 기억할 수 있도록 두 사람이 살아가길 빕니다.

2004.06.11

그 여자와
함께한 10년

"김단. 먹고 자는 시간을 뺀 하루의 대부분을 그리기와 종이접기 따위로 보내는 내 딸이다. 김단이 태어나자 아내와 난 김단에게 결혼을 권유하지 않을 것을 약속했다. 갓난아일 두고 좀 싱거운 짓이었고 얼마간 관념적이었지만 여자가 자존을 지키며 살기 힘든 세상에 또 하나의 여자를 내놓은 장본인들은 긴장했고 그렇게라도 미래를 대비하고 싶었다."(「딸 키우기」, 1998년 8월)

나를 아는 사람들은 대개 김단의 이름도 기억한다. 그는 98년에 쓴 「딸 키우기」라는 글에 처음 등장한 이래 여러 번 내 글에 등장했다. 한 사람이 세계를 바라보는 방식은 그가 접촉하는 모든 대상에 반영되는 것이지만 누구에게나 다른 모든 대상들을 가늠할 만한 기준 대상 같은 게 있다. 내 경우는 아이들, 특히 김단이다. '특히 김단'인 건 물론 그가 여성(이라는 소수자)이기 때문이다. 김단은 이제 초등학교 4학년, 우리 나이로 열한 살이 되었다.

"메신저 창에 '조폭소녀'가 접속을 해왔다. 김단이다. '이 녀석은 제 별명을 만족해하는군.' 나는 혼자 조용히 웃었다. 몇 달 전 김단이 제 동무들, 특히 남자 동무들 사이에서 '조폭소녀'라 불리는 걸 알았다. 겉모습에서부터 하고 노는 짓까지 여느 여자아이들과 다를 게 없는 김단은 유독 '남자의 폭력' 앞에선 자못 전사로 변한다고 했다. '잘 가고 있군.' 나는 그때도 혼자 조용히 웃었다."(「딸 키우기 2」,

2003년 4월)

　　지난해 어느 날, 언제나처럼 아내와 식탁에 앉아 이런저런 이야기를 하는데 아내가 뭔가 생각났다는 듯 말했다. "형, 단이가 욕을 좀 하나 봐." "욕?" "응, 병수 엄마가 그러는데 엄마들끼리 그런 이야기가 있대." "김단이 여자라서 더 그렇게 말하는 거겠지." "그 엄마들이 '여자애는 욕을 하면 안 된다'는 편견을 가진 건 사실이야. 그렇다고 하더라도 욕을 많이 하는 게 좋은 일은 아니잖아." "그야 그렇지."

　　그날 밤 나는 김단의 방문을 두드렸다. "단아, 아빠가 궁금한 게 있는데." "뭔데, 아빠?" "김단이 욕을 많이 한다는 이야기가 있어서." "누가 그래?" "그냥 들은 얘긴데, 욕을 좀 하긴 하지?" "응." "어떤 욕인지 아빠한테 말해 줄래?" "말하기 싫은데." "아빠가 욕을 해야 할 때 못 하는 건 바보라고 했었잖아. 괜찮으니까 말해 봐." "음…… 씨팔." "씨팔, 그리고?" "좆같이." "아빠가 하는 걸 보고 배운 거니?" "영화 같은 데서도 나오잖아." "그런 욕을 누구한테 하지?" "남자애들한테." "여자애들한테는?" "한번도 한 적 없어." "남자애들이 어쩔 때 하는데?" "여자애들 이유 없이 때리고 괴롭히고 그럴 때." "자주 하니?" "아니, 몇 번 한 적 없어." "그래, 말해 줘서 고맙구나. 나중에 또 이야기하자."

　　서둘러 이야기를 마친 건 터져 나오는 웃음을 참기 어려웠기 때문이다. 이유 없이 사람을 괴롭히는 놈들에게 욕을 해주었다니 잘못은커녕 오히려 대견스럽기만 했다. 초등학교 남자아이들이라는 게 좀 보태서 말하면 앞뒤 없이 날뛰는 원숭이 새끼들과 다를 바 없는데

(더 지난다고 반드시 나아지는 것도 아니지만) '씨바'나 '졸라' 따위 체제내화한 욕으로 제압하기란 쉽지 않으리라. 아내 역시 "그 엄마들이 그런 욕을 들었으니 얼마나 놀랐겠어" 하며 웃고 말았다.

그러나 그 일은 그렇게 끝나지 않았다. 몇 달 전 어느 날 아내가 다시 말했다. "단이가 남자아이들에게 너무 반감을 갖는 것 같아." "김단은 여자애들 괴롭히는 놈들한테 그런다잖아." "그건 좋은데 남자애들한테는 전반적으로 좀 거칠게 행동하는 게 보여." "거칠게 안 하면 안 되니까 그렇겠지." "단이가 욕하는 걸 알고도 가만 두었던 건 여자 남자를 떠나서 단이가 이유 없이 약한 사람을 괴롭히는 일과 싸웠기 때문이잖아." "동감이야." "그런데 내가 요즘 관찰해 보니까 남자애들한테는 무작정 거칠게 대하는 경향이 있어." "그래……." "단이네 반 홈피에 들어가 봤는데 단이 게시물에 남자아이들이 뭐라고 해놓은 줄 알아?" "뭐라고?" "'사람이나 패지 마라!' '조폭소녀는 지구를 떠나라!' 그런 식이야." "재미있군." "그런데 그걸 올린 게 여자애들을 이유 없이 괴롭히는 남자아이가 아닐 수도 있겠구나 싶었어." "그래, 그건 좋은 게 아니지."

말하자면 김단은 '분리주의'적 경향을 보인다는 얘기였다. 아내와 나는 김단에게 어릴 적부터 여성의식을 심어 주고 주체적인 여성으로 키우는 데만 집중하느라 그런 과정에서 나타나는 또 다른 편향에 대해선 많이 생각하지 않았다는 걸 비로소 깨달았다. 간단히 끝날 문제가 아닐 수도 있었다. 김단은 나름대로 '체험'에 기반하여 그런 것일 테니 말이다. 그러나 이 문제를 잘 해결하면 김단의 의식이 한층 성숙해진다는 것도 분명했다. 나는 김단의 행동도 좀 살펴볼 겸

며칠 묵혀 두었다가 김단과 대화했다.

"단이는 남자애들이 싫어?" "응, 조금." "남자애들이 다 여자애들 괴롭히는 건 아니잖아?" "그렇지는 않지만 바보 같은 짓 하는 건 거의 다 그래." "아빠가 보기에도 남자애들이 좀 그렇긴 해." "얼마나 짜증나는데." "그래." "아빠가 남자애들한테 지면 안 된다고 했잖아." "아빠가 그랬지. 그런데 아빠가 남자애들을 전부 미워하라고 한 건 아니야." "그런데 남자애들이 거의 다 그렇다니까." "그래 아빠도 알아. 그런데 거의 다 그렇다는 게 전부가 그렇다는 건 아니야." "그건 그래." "김단이 그렇게 보여서 아빠가 좀 걱정이 돼." "……." "김단, 진짜 강한 사람은 겉으로 거칠지 않다고 아빠가 그랬지?" "응." "평소엔 거친 사람들은 꼭 필요할 땐 겁쟁이들이야. 아빠는 단이가 누구에게나 편안하고 부드럽지만 꼭 필요할 땐 용감하고 그랬으면 좋겠어." "아빠는?" "김단이 보기에는 어때?" "좀 그런 것 같아." "솔직히 말하면 아빠도 그렇지 않아. 하지만 그렇게 되려고 노력을 하지. 단이도 조금만 노력하면 어때?" "알겠어요, 아빠."

김단은 부러 존댓말로 대화를 마무리하고는 환하게 웃어 보였다. 코끝이 찡해졌다. 그와 함께한 10년의 시간들이 내 가슴속에서 환등기 소리를 내며 돌아가기 시작했기 때문이다.

_추기

어느 존경받는 진보적 인사가 정작 제 식구들, 특히 제 딸에게서 전혀 존경받지 못하는 걸 보고 놀란 적이 있다. '저렇게 훌륭한 아버지를 왜 존경하지 않는 걸까?' 얼마가 지나서야 나는 그 이유를 알게 되었다. 흔히 짐작하듯(그리고 그런 인사들의 가장 편리한 면죄부인) '세상에 헌신하느라 가족에게 소홀해서'라는 이유 때문이 아니었다. 그는 실은 매우 가부장적인 사람이었던 것이다.

딸은 단지 딸아들 하는 자식 중의 하나가 아니다. 딸은 한 남자가 어떤 삶을 살고 있는지 가장 정교하게 알아낼 수 있는(폭로하는) '삶의 시험지'다. 한 남자가 '딸에게서 존경받는 인간'이 되려고 애쓴다면 그의 삶은 좀더 근사해질 것이다.

2004.08.11...『한겨레21』

예수 이야기 1

예수는 인류 역사를 통틀어 가장 유명한 사람이다. 그리고 동시에 인류 역사를 통틀어 가장 잘못 알려진 사람이기도 하다. 누구나 예수를 안다고 생각하지만 정작 예수가 누구인지 제대로 아는 사람은 거의 없다. 그건 무엇보다 예수와 (예수를 창시자로 하는 종교인) 기독교의 거리에서 나온다. 사실 예수는 새로운 종교를 만들려 한 적은 없다. 그가 당시 유대교 지도자들과 '하느님의 뜻'을 놓고 사사건건 갈등을 빚고 그 때문에 죽음을 당했지만, 바로 그 점에서 보듯 그의 활동은 '유대교 갱신운동'의 하나였다. 그는 새로운 종교를 만들려 한 게 아니라 이미 존재하는 종교를 허물어 다시 세우려 했다.

그러나 그의 뜻이 무엇이었든 그가 죽은 후 그를 창시자로 하는 종교인 기독교가 생겼다. 처음에 기독교는 예수가 그랬듯 하층계급 인민들을 위한 종교였고 그런 계급성에 걸맞게 가혹한 탄압도 받았지만 조금씩 성장해 가면서 그 정체성을 잃어 갔다. 기독교는 예수를 처형했던 로마의 국교가 되고부터 지배계급의 종교가 되어 세계를 점령해 갔다. 점령은 예수가 죽은 지 2000년이 지난 지금도 진행 중이다. 이라크 침략 전쟁에서 보듯, 인류가 겪는 가장 악랄한 사건들이 기독교의 이름으로, 예수의 이름으로 저질러진다.

한국의 사정도 그리 나을 게 없다. 근래 불거진 몇몇 대형 교회의 행태가 말썽을 빚고 있지만 그런 경향은 한국 교회의 일반적인 신앙관이기도 하다. 정말이지 한국엔 교회가 많다. 밤이면 온 세상이 붉은 네온 십자가들로 넘쳐 난다. 한국에 이렇게 교회가 많아진 건 박정희 군사 파시즘 이후의 일이다. 물론 그건 시간상의 우연한 일치가 아니다. 한국 교회는 군사 파시즘의 홍위병이자 가장 충직한 선교사였으며 인민들의 사회의식을 배설하는 공간이었다.

"믿으면 받는다"는 한국 교회의 신앙관은 "하면 된다"는 군사 파시즘의 구호에 봉사했다. 한국 교회의 철저한 빨갱이 콤플렉스는 군사 파시즘의 존립 기반이던 반공주의에 봉사했다. 그리고 한국 교회는 관제 행사가 아니라면 여럿이 모이는 일조차 불편하던 시절, 인민들(특히 파시즘과 전근대적 가부장제의 이중적 억압에 시달리던 여성들)이 마음껏 소리치고 교제할 수 있는 유일한 공간이었다.

이른바 '한국 교회의 놀라운 부흥사'는 그렇게 이루어졌다. 결국 한국 교회는 세계에서 가장 저급한 신앙관을 자랑하게 되었고 그 저급한 신앙관은 다시 가장 반동적인 사회의식으로 작동한다. 오늘 한국 인민들의 반동적인 사회의식을 생산하는 가장 결정적인 도구는 '수구 신문'이 아니라 교회다. 오늘 한국에서 교회 문제는 더 이상 '종교 문제'가 아니다. 한국 사회의 진지한 변화를 모색하는 사람에게 교회 문제는 '운동과 별개의, 교회에 안 나가는 자식을 염려하는 어머니와의 문제'가 아니다. 교회 문제는 한국 사회의 가장 근본적인 문제다.

단지 '교회 문제를 비판하는 것'으로는 그 문제를 해결할 수 없다. 그런 비판은 결국 교회 체제의 내부에 기생하게 마련이다. 해결은 "성전을 허물고 다시 짓겠다"던 예수의 선언처럼 좀더 근본적인 방식으로만 가능하다. 그건 "예수는 누구인가"라는 질문에서 시작한다. 그 질문만이 오늘 대개의 한국 교회가 교회가 아니라는 것, 교회를 빙자한 상점에 불과하다는 사실을 드러낼 수 있다.

2004.11.29...『노동자의 힘』

예수 이야기 2

당연한 말이지만, "예수는 누구인가"를 알기 위해선 예수가 어떻게 살았는가를 알아야 한다. 이건 예수를 종교적으로 받아들이냐 아니냐와 무관하다. 예수를 그리스도라 떠받드는 기독교인들 가운데는 예수가 어떻게 살았는가에 대해선 무관심한 경우가 많다. 그러나 예수가 어떻게 살았는가를 알고 나서 그리스도로서 예수가 있는 것이지, 어떻게 살았는지 누구인지조차 모르면서 무작정 예수를 '내 죄를 대속한 그리스도'라 떠받드는 건 우스꽝스런 일이다. '사람의 아들' 예수가 없다면 '신의 아들' 예수도 없다.

예수가 어떻게 살았는가에 대한 가장 유력한 자료는 역시『신약성서』의 맨 앞에 실린 네 개의 복음서들(「마태복음」, 「마가복음」, 「누가복음」, 「요한복음」)이다. 그 가운데 「마태복음」, 「마가복음」, 「누가복음」 셋을 '비슷한 관점'에서 씌어졌다고 해서 '공관(共觀) 복음'이라 부른다. 「요한복음」은 공관 복음보다 훨씬 더 종교적으로 채색된 것이다. 공관 복음 가운데 가장 일찍 씌어진 건 「마가복음」이다. 「마가복음」은 70년경에 씌어졌다. 「마태복음」과 「누가복음」은 「마가복음」보다 늦게, 「마가복음」을 참고로 씌어진 것이다. 「마태복음」, 「마가복음」, 「누가복음」이 '공관'을 갖게 된 것도 마가복음이 먼저 씌어지고 나머지 둘이 그것을 기본 자료로 해서 씌어졌기 때문이다.

그런데 왜 같은 관점을 가진 복음서가 세 개나 존재하는 걸까? 그것은 복음서가 씌어진 목적 때문이다. 복음서는 역사적 사실을 서술하려는 것보다는 그것을 쓴 작가가 소속된 교회 공동체의 '신앙 고백'의 차원에서 씌어졌다. 각각의 교회 공동체들은 저마다 조금씩 처지와 사명이 달랐고 그에 걸맞게 신앙관도 조금씩 달랐다. 그래서 '같은 관점이지만 조금씩 다른' 자신들의 복음서가 필요했던 것이다.

복음서의 그런 성격을 둘러싸고 신학자들 사이에서 이런저런 논쟁이 있어 왔다. 아예 복음서를 통해 '예수의 생애'를 파악하려는 게 잘못이라는 주장도 있다. 그러나 복음서가 역사적 사실을 서술하려고 씌어진 게 아니라고 해서 곧 그 내용이 전적으로 역사적 허구라고 말하는 건 어리석다. 복음서는 예수에 대한 각 교회 공동체의 신앙고백이며 그것은 무엇보다 예수의 생애를 근거로 한다. 복음서는 '예수가 어떻게 살았는가'를 서술하는 것을 목적으로 하지 않지만, '예수가 어떻게 살았는가'를 증언하는 가장 진솔한 기록인 것이다.

복음서, 특히 공관 복음서의 배경이나 맥락을 함께 읽는다면 우리는 2000년 전 집도 절도 없이 팔레스타인 땅을 유랑하다 초라하게 죽어 간 한 사내의 모습을 생생하게 파악할 수 있다. '일자무오설'이니 '축자영감설'이니 해서 성서에 씌어진 한 자 한 자 그대로가 하느님의 영감에 의한 것이니 사람이 그것을 분석하려 드는 건 위험한 일이라는 주장도 있다. 얼핏 경건하기 짝이 없어 보이는 그런 주장은 실은 '하느님의 영감'을 '인간의 영감'으로 재단하려는 태도일 뿐이다.

생각해 보라. 한낱 사적인 대화에서도 우리는 끊임없이 상대의 말과 그 말이 갖는 배경이나 맥락을 동시에 들으려 노력한다. 그런 노력은 우리에게 너무나 당연하고 자연스러워서 오히려 의식조차 못하는 경우가 많다. 우리가 그렇게 하는 이유는 그렇게 해야만 상대의 말을 제대로 알아들을 수 있기 때문이다. 하물며 성서처럼 함축적이고 상징적인, 가장 최근에 씌어진 부분이라고 해봐야 2000여 년 전 것인 텍스트를 '글자 그대로'만 읽는다는 건 그 안에 담긴 뜻을 읽지 않겠다는 것과 다르지 않다.

2004.12.12...『노동자의 힘』

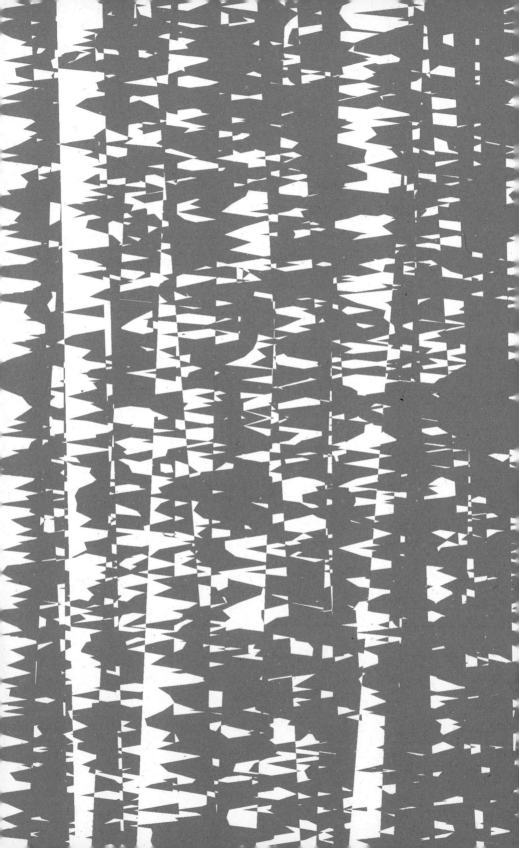

2005년

하느님은 골방에도 시냇가에도 화염병과 최루탄이
난무하는 거리에도 슬픔과 비탄이 있는 어디에도
있다. 회개와 구원은 골방에서도 시냇가에서도
화염병과 최루탄이 난무하는 거리에서도
슬픔과 비탄이 있는 어디에서도 가능하다.
하느님을 볼모로 잡고 회개와 구원의 독점권을
주장하는 제도 교회는 오히려 회개와 구원이
어려워 보이는 유일한 공간이다.

예수 이야기 3

연대를 표기하는 방법은 한 사회 집단의 정체성을 드러낸다. 이를테면 북한은 김일성이 태어난 해를 기원으로 하며 남한에서도 민족애가 강한 사람들은 단군왕검이 고조선을 세운 해를 기원으로 하는 '단기'를 쓴다. 올해는 주체 94년이자 단기 4338년이다. 그러나 오늘 일반적으로 쓰는 연대표기 방법은 서력기원, 즉 '서기'다. 서기는 예수가 태어난 해를 기원으로 한다. 재미있는 건 예수가 태어난 해는 서기 1년이 아니라 기원전 4년경이라는 것이다. 525년 교황의 명을 받아 서기를 계산해낸 수도사(디오니시우스 엑시구스라는 긴 이름을 가진)의 실수로 그렇게 되었다.

역사적 예수에 대한 연구가 본격적인 성과를 얻기 시작한 건 현대에 들어와서다. 지금 이 순간에도 예수에 대한 주목할 만한 연구들이 진행되고 있다. 역사적 예수에 대한 이해가 그렇게 오랜 세월 동안 별 진척이 없었던 첫번째 이유는 기독교를 국제화하는 데 결정적인 역할을 한 바울이 역사적 예수보다는 그리스도 예수에 집중했기 때문이다. 그 자신도 죽음을 당할 만큼 험악했던 당시의 사회적 정황에서 정치범으로 죽은 예수를 '탈현실화'하는 그의 방식은 이해할 만한 것이지만 그 덕에 기독교(가톨릭이든 개신교든)는 역사적 예수를 소홀히 하는 전통을 갖게 되었다.

"전능하사 천지를 만드신 하나님 아버지를 내가 믿사오며 그 외아들 우리 주 예수 그리스도를 믿사오니, 이는 성령으로 잉태하사 동정녀 마리아에게 나시고 본디오 빌라도에게 고난을 받으시고, 십자가에 못 박혀 죽으시고, 장사한 지 사흘 만에 죽은 자 가운데서 다시 살아나시며, 전능하신 하나님 우편에 앉아 계시다가 저리로서 산 자와 죽은 자를 심판하러 오시리로다. 성령을 믿사오며 거룩한 공회와 신도가 서로 교통하는 것과 몸이 다시 사는 것과 영원히 사는 것을 믿사옵니다."

좋든 싫든 이 글을 읽는 상당수의 동지들이 외울 수 있을 「사도신경」의 전문(개신교판)이다. 여기엔 예수가 성령으로 잉태되어서 동정녀에게서 태어났다는 이야기와 십자가에 못 박혀 죽었다가 부활했다는 이야기는 있지만 정작 예수의 삶에 대해선 아무 언급이 없다. 예수는 시종일관 머리 뒤편에 둥그런 빛을 달고 다니는 신인 것이다. 노동자의 자식으로 태어나 아버지를 일찍 여의고 대가족을 건사해야 했던 평범한 팔레스타인 청년의 30여 년은 흔적조차 없다.

만일 바울이 좀더 역사적 예수에 집중했다면 역사적 예수에 대한 이해가 충분했을까? 꼭 그랬을 것 같진 않다. 예수는 2000년 전, 우리로 말하면 바야흐로 고구려·백제·신라가 생겨나던 무렵의 사람이다. 그러나 말이나 행적에서 보이는 예수의 사고방식은 그런 고대사회의 사람이라고 믿기 어려운 것이다. 예수의 사상과 행적엔 사회주의, 페미니즘, 아동인권, 생태주의 같은 인류가 이룬 가장 최근의 정신적 진척들이 이미 가장 조화로운 형태로 들어 있다. 그를 직접 보았다 해도 그런 개념의 씨앗조차 없던 사람들이 그를 이해한다는 건 어려운 일이었다.

예수 같은 경우는 역사 속의 모든 위대한 인물들을 통틀어 봐도 찾기 어렵다. 사람이란 자기가 속한 사회의 지배적인 정신을 근본적으로 거스를 수 없다. 어느 한 부분에 매우 급진적인 사람이라 해도 다른 부분에서는 여전히 지배적인 정신을 드러내게 마련이다. 사상과 행적 면에서 예수와 비슷한 데가 많은 수운 최제우가 1824년생이라는 걸 생각한다면(수운은 예수의 영향을 받기도 했다) 예수는 참 놀라운 사람이다. 이제 하나씩 짚어 보기로 하자.

2005.01.11...『노동자의 힘』

예수 이야기 4

'주일성수'(主日聖守)라는 말이 있다. 한번이라도 교회에 나가 본 사람들은 들어 본 말일 게다. (하긴, 이 극성스런 기독교 국가에 살면서 교회에 한번도 안 나간 사람이 있을까만.) 주일을 거룩하게 지켜야 한다, 다시 말해 일요일에 다른 일 말고 꼭 교회에 나가야 한다는 말이다. 주일성수는 특히 보수적인 교회에서 매우 강조한다. 그런 교회에선 일요일에 교회에 나오는가 안 나오는가를 신앙의 척도로 삼는다. 교회에 나오면 구원받은 사람이고 안 나오면 지옥불에 떨어질 죄인인 것이다.

주일성수는 기독교의 가장 기본적인 생활규범이라 할 십계명 가운데 네번째 계명인 "안식일을 거룩하게 지키라"를 근거로 한다. 십계명은 기독교에서 만든 게 아니라 예수 이전, 즉 구약 시대에 만들어진 것이다. 이집트에서 노예 생활을 하던 이스라엘 민족을 이끌고 탈출한 모세는 시나이 산에서 하느님과 계약을 맺고 십계명을 받는다. 그후 유대인들은 십계명을 자신들의 사회와 일상생활에 적용해 가면서 세세하게 발전시켰다. 예수 당시에 이르러 율법(십계명)은 어떤 법이나 윤리와도 견줄 수 없는 유대 사회의 유일한 생활규범이 되었다.

율법을 지키며 사회에 적용하는 일을 맡은 사람들이 바리사이인들과 율법학자들이었다. '바리사이'는 '분리하다'는 뜻이다. 말 그대로 그들은 율법을 엄격하게 지켜서 자신들을 거룩하게 분리시키는 사람들이었다. 그들은 율법을 세분화하여 600여 개의 세부조항을 만들었는데 그 조항들은 대부분 '금지하는 것'이었다. 안식일에 대한 조항만도 서른아홉 개나 되었다. 율법에 따르면 안식일에는 노동이나 농사는 물론 여행을 하거나 짐을 운반할 수도 없었다. 안식일에는 심지어 의료 행위도 할 수 없었다.

서른아홉 개의 조항에는 다시 수백 가지의 '사례집'이 달렸다. 이를테면 안식일에 무너진 담벼락에 사람이 깔렸을 경우에 대한 답은 이렇다. "1. 그 사람이 죽었는지 살았는지를 알아볼 만큼만 무너진 담을 헤쳐 본다. 2. 그 사람이 살아 있다면 구할 수 있으나, 죽었다면 안식일이 지난 다음 시체를 꺼낼 수 있다." 우리로선 웃음이 나올 법하지만 당시 유대인들은 이런 조항을 목숨처럼 진지하게 지키며 살았다.

예수와 그의 제자들은 걸핏하면 안식일을 어기곤 했다. 예수의 제자들은 안식일에 밀밭을 지나면서 예사롭게 밀 이삭을 따먹었다. 그것은 율법적으로 추수, 타작, 키질, 음식장만의 네 가지 조항을 한꺼번에 어기는 행동이었다. 예수의 제자들이 다 노동하던 청년들인데 고작 밀 이삭으로 배를 채울 수 있었겠는가. 그건 거룩한 사람들을 엿 먹이는 시위였다. 그들의 스승 예수는 한술 더 떴다. 예수는 안식일에 버젓이 환자를 치료했다. 그 환자들은 당장 목숨이 위급한 환자들이 아니라 수십 년 동안 앓아 온 만성질환자들이었다.

불한당 같은(예수의 별명 가운데 하나는 '먹고 마시길 즐겨하는 자'였다), 그러나 매우 빠른 속도로 인민들의 호감을 얻어 가는 예수에게서 뭔가 꼬투리 잡을 기회만을 노리던 바리사이인들과 율법학자들이 그냥 넘어갈 리가 없었다. 그들은 예수에게 "왜 안식일을 지키지 않느냐" 따졌다. 예수는 그들에게 대꾸한다. "안식일이 사람을 위해 생겼지 사람이 안식일을 위해 생기지 않았습니다."(「마가복음」 2:27) 예수는 자신의 목숨을 위태롭게 만들 사회적 스캔들에 대해 설명하거나 타협하기는커녕 '할 테면 해봐라' 식의 태도를 보인다. 예나 지금이나 사회비판은 체제가 허락하는 범위 안에서만 안전한 것이다. 물론 예수도 예외는 아니었다.

2005.01.25...『노동자의 힘』

예수 이야기 5

80년대 그 시절 나는 다른 모든 진지한 청년들과 마찬가지로 마르크스주의에 빠져 들었다. 그러나 나는 한참 동안 마르크스를 읽으면서도 예수와 수운을 함께 읽어야 비로소 안도감을 얻곤 했다. 나는 당시 그런 나 자신을 늘 미심쩍어 했고('나는 왜 이리 리버럴할까' 하며) 80년대 후반에 이르러선 그런 것에 한눈팔 여유도 없었지만, 돌이켜 보면 그런 미심쩍은 행동들이야말로 소중한 것이었다 싶다. 그 미심쩍은 것들이 처음부터 없었다면 나는 나와 함께 마르크스주의에 빠져 들었던 많은 청년들이 그랬듯 마르크스주의를 버렸을 것이다.

우리가 흔히 잊고 있는 사실은 마르크스는 인간해방의 문제를 완전하게 해명한 게 아니라는 것이다. 이를테면 마르크스는 여성이나 환경, 혹은 문화 예술의 문제에서 별다른 진척을 남기지 않았거나 당시의 습속에 사로잡힌 평범한 모습을 보이기까지 했다. 물론 그건 마르크스에게 책임 지울 문제가 아니며 '마르크스주의의 결함'은 더더욱 아니다. 마르크스는 한번도 자신의 의견이 인간해방의 완전한 방법이라고 공언한,적이 없다. 마르크스는 오히려 자신의 의견을 철저하게 한정했다. 마르크스는 인간해방의 문제에서 가장 직접적이고 근본적인 문제라 여겨진 정치경제적 문제를 해명하는 데 일생을 바쳤다. 마르크스는 인류의 가장 큰 적으로 나타난 자본주의라는 괴물을 해명하고 그것을 잡는 방안을 '시안' 형태로 제시했다.

마르크스는 그의 동지와 후배들에게 '마르크스주의'라는 숙제를 남겼다. 자신의 성취에 살을 입히고 피를 통하게 하는 숙제. 마르크스주의에 인간의 삶과 관련한 모든 문제를 담아내는 숙제. 그러나 "나는 적어도 마르크스주의자는 아니다"라는 마르크스의 자조대로 그의 동지와 후배들은 그 숙제에 소홀했다. 특히 마르크스의 '시안'을 근거로 만들어진 현실 사회주의 사회에서 마르크스주의는 '이미 완성된 것'으로 여겨졌다. 그러나 '완성된 마르크스주의'에는 자본주의에 대한 정치경제적 해명 말고는 무엇 하나 제대로 담겨 있지 않았다. 심지어 '민주주의'나 '개인'과 같은 부르주아들의 정신적 성취들조차 들어 있지 않았다. '지도자 동지'의 주검 앞에서 울부짖다 수천 명이 깔려 죽는 '봉건적 풍경'은 괜한 것이 아니었다.

앙상한 마르크스주의. 그것은 현실 사회주의뿐 아니라 20세기의 사회주의운동에서 전반적으로 나타나는 문제였다. 한국처럼 80년대 중반 이후 불과 몇 년 동안 급진화한 사회에서 그런 편향들은 더욱 압축적으로 나타났다. 그리고 현실 사회주의가 무너지자 다들 '대체 내가 무슨 짓을 한 거지?' 중얼거리며 집으로 돌아가게 하는 원인이 되었다. 동료들이 모두 돌아가고 남은 마르크스주의자들은 그 앙상한 마르크스주의가 만들어 낸 모든 오해와 편견의 주인공이 되었다. 한국의 잔류한 마르크스주의자들은 자신들의 활동을 벌이기 전에 먼저 자신들이 '역사적으로 증명된' 앙상한 마르크스주의자가 아님을 증명해 내야 하는 처지가 된 것이다.

어떻게 할 것인가? 우리는 일상에서 우리도 모르게 엉망으로 꼬여 버린 문제를 해결하는 방법을 알고 있다. 그것은 바로 얽힌 실타

래를 풀 듯 그 문제의 경과를 천천히 복기해 보는 것이다. 엉켜 버린 우리의 마르크스주의도 그렇게 해보는 게 어떨까. 특히 우리는 80년대 중반을 넘어 우리가 급격하게 마르크스주의에 빠져들 무렵 우리 스스로 '운동에 도움이 안 되는 것'이라 미심쩍어 했던 것들을 기억해 낼 필요가 있다. 그런 미심쩍은 것들이야말로 우리의 마르크스주의에 살을 입히고 피를 통하게 하는 것일 수 있다.

그 '미심쩍은 것들' 가운데 하나가 70년대와 80년대 사이에 꽃을 피웠던 예수와 관련한 성찰들이다. 그것은 변혁운동에 대한 의지와 전망을 대놓고 표현할 수 없는 현실 속에서 그 의지와 전망을 표현하는 우회적인 방법이기도 했지만, 바로 그 '우회'가 그 성찰들을 더욱 농익게 했다. 그것은 현실에 대한 실존적 성찰과 변혁에 대한 의지의 조화의 면에서 한국의 사회운동 역사상 가장 성숙한 정신적 성취였다. 장일담을 아는가?

2005.02.27...『노동자의 힘』

들쥐,
혹은 레밍에 관한 단상

1980년 어느 날 주한미군 사령관 위컴은 지껄였다. "한국인들은 들쥐와 같다. 들쥐의 습성은 한 마리가 맨 앞에서 뛰면 덮어놓고 뒤따라가는 것이다." 물론 그의 발언은 '망언'이라 비난받았다. 그는 "레밍(우두머리를 따라 떼 지어 몰려다니는 쥐처럼 생긴 동물. 절벽을 만나 떼죽음을 당해도 절대 멈추지 않는다)을 들쥐로 오역한 것"이라 해명했지만 들쥐든 레밍이든 그의 말이 틀린 건 아니었다. 한국인들이 누구든 맨 앞에서 뛰면 덮어놓고 뒤따라가는 습성을 보여 온 건 사실이었고 그런 습성은 그후로도 그리 달라지지 않았다. 나는 98년에 어느 글에서 이렇게 적었다. "위컴은 '망언'을 사과했지만, '들쥐들'은 18년 동안 덮어놓고 맨 앞에서 뛰는 놈만 따라다녀 왔다." 이제 7년이 더 지났다. 다시 '18'을 '25'로 고쳐 적어도 좋을까?

한국인들이 '레밍의 습성'을 갖게 된 원인은 물론 그들이 치러야 했던 저 특별한 근현대사 탓이다. 일반적으로 그런 습성은 봉건 사회에선 그저 백성의 도리다. 나라의 주인은 왕이며 백성은 그저 왕을 위해 존재하기 때문이다. 봉건 사회를 지나 근대 사회에 이르러 백성은 비로소 '개인'이 된다. 그러나 조선의 백성들은 봉건 사회에서 바로 일본 제국주의의 신민이 되어야 했다. 36년의 식민지 생활이 어떤 것이었는지 굳이 말할 필요는 없을 것이다. 일제에서 가까스로 해방된 조선의 백성들은 비로소 그들의 나라를 건설할 기회를 맞은

듯했지만 조선은 남북으로 분단이 되고 둘은 다시 잔혹한 전쟁까지
치렀다. 그후 우리가 살고 있는 남쪽은 강력한 반공 파시즘의 지배에
들어갔다. 한국인들은 이승만에서 박정희, 박정희에서 전두환, 노태
우 정권에 이르기까지 반세기를 반공 파시즘 치하에서 살아야 했다.

'민주화'가 된 오늘 그 시절은 종종 이렇게 표현된다. "박정희
군사 파시즘의 폭압에 신음하던 국민들." 아픈 상처를 보듬는 아름다
운 말이지만 그 말은 과장된 것이다. 그 시절에 "신음하던 국민들"이
몇이나 되었던가? 대개의 한국인들은 그저 초등학교에 다니는 제 자
식에게 '대통령 이야기하면 큰일난다'고나 가르치며 조용히 살았다.
그 시절을 겪지 못한 사람이라면 '조용히'라는 말에서 어떤 '저항'을
추정할지도 모르겠다. 그러나 대개의 국민들은 신음하는 소수를 '세
상을 모르는 사람들'이라 여겨가며 오순도순 살았을 뿐이다.

파시즘을 연구하는 어느 학자는 그런 사실을 두고 '합의독재'라
는 말을 붙이기도 한다. 그 파시즘이 폭력적 강압이 아니라 파시스트
와 민중의 합의에 기초한 것이었다는 것이다. 민중이라면 밑도 끝도
없이 미화해 놓고 보는 게 진보적이라 여겨지는 풍토 속에서 그 의견
은 나름의 신선함을 갖는다. 그러나 그 의견은 '평범한 사람들에게
지나치게 비범한 의식을 가정하는' 엉뚱한 것이다. '평범한 사람들'
이란 무엇인가. 그것은 사회적 지위나 학력 따위를 말하는 게 아니
라, 그 사회의 지배적인 가치관 즉 지배계급의 가치관에 순응하는 사
람들을 말한다.

평범한 사람들의 관심은 역사나 유토피아가 아니라 제 식구 챙
기며 사는 것이다. 그들이 파시즘을 대하는 기본적인 태도는 적극적

인 반발도 적극적인 동의도 아닌 순응이다. 강물에 떠내려가는 종이 배를 두고 '종이배는 바다를 그린다'고 말하는 건 문학적 수사는 되겠지만 합리적이진 않다. 물론 이상적인 사회란 지배계급이나 미디어의 조작에 속아 넘어가지 않는 수준의 의식을 가진 사람들이 사회의 대부분을 차지하여 진정한 민주주의를 이루는 것이겠지만 그건 만들어 갈 현실이지 이루어진 현실은 아니다. 그런 기회를 전혀 갖지 못한 사람들에게 그런 기준을 적용하는 건 좋은 뜻에서든 나쁜 뜻에서든 잘못이다.

더 중요한 건 그 파시즘이 일방적인 것이었나 합의에 의한 것이었나가 아니라 그 파시즘이 어떤 것이었나다. 파시즘이 뭔지 알 기회조차 갖지 못한 사람들이 파시즘 치하에서 반발도 동의도 하지 않는 걸 비평할 순 없지만 그런 태도가 결국 파시즘을 보전하는 가장 강력한 힘이라는 것도 분명한 사실이다. 이제 파시즘이 물러나고 이른바 '민주화'가 된 지 20여 년이 되어 간다. 한국의 평범한 사람들은 이제 파시즘이 뭔지 알게 되었고 심지어 그 시절이 남긴 이런저런 수구적 잔재들에 매우 비판적이다. 그렇다면 이제 그들은 '레밍의 습성'을 벗어났는가?

애석하게도 아직 그렇진 않은 것 같다. 한국인들은 여전히 늘 대열을 이루고 그 대열에서 이탈하길 두려워한다. 최신형 휴대폰과 초고속 인터넷으로 무장한 그들을 이끄는 구호는 이제 "뜬다"다. 전지현이 뜨면 모든 한국인들은 전지현을 이야기하고 이효리가 뜨면 모든 한국인들은 이효리를 이야기한다. 여성 연예인의 사생활 영상이나 연예인 X파일 따위가 뜨면 며칠 내로 모든 한국인들이 그것을 본다. 한국의 모든 젊은 여성들은 성형수술을 통해 한 가지 얼굴로 변신하는 중이다. 웰빙이 뜨면 모든 한국인들의 삶의 방식은 웰빙이 되며 아홉 시 뉴스에 무슨 음식이 몸에 좋다고 나오면 모든 한국인은 그 순간부터 그 음식을 먹어댄다. 반신욕이 뜨면 며칠 내로 온 나라의 '빨간 다라이'가 동이 난다. 한국인들은 한 시기에 한 가지 취향과 기호로 통합된다.

"6월항쟁의 재연"이자 "위대한 민주 시민들의 승리"라 일컬어진 탄핵반대 광장에서조차 '탄핵반대'라는 한 개의 구호 외의 모든 구호는 "불순한 의도"라 몰아세워진다. '전쟁반대'라는 깃발조차 끌어내려진다. (얼마 후 그 깃발이 '뜨고' 다시 광장을 가득 채운다.) 그 '위대한 민주 시민'은 자신들의 분노를 보완하거나 더 깊게 만드는 모든 시도를 거부한다. 아이를 목말 태우고 촛불행진을 하는 그들은 바로 그 광장에서 1년 내내 방패에 목이 찍혀 넘어가고 군화에 배를 차여 피를 싸대고 몸이 얼어붙는 날 물대포에 맞아 주저앉은 사람들과의 연대를 거부한다. 그들은 뜨지 않았던 것이다. 결국 그 분노의 대열은 야당과의 입씨름만 일삼은 어느 대통령을 민주주의의 순교자로 만들고 다시 민주주의의 부활자로 만든다.

반공 파시즘 시절에 한국인들의 대열을 이끈 구호는 '국가'나 '민족'이었다. 국가나 민족이라는 구호 앞에서 한국인들은 줄에 묶인 인형처럼 움직였다. 그 구호 역시 아직은 사라지지 않았다. 그 구호가 '죽은 아비가 살아 돌아오듯' 등장한 게 2002년 월드컵이다. 그때 한국이 얼마나 '소란했는지' 모르는 사람은 없을 것이다. 그 소란이 무작정 나빴다는 건 아니다. 월드컵은 이미 세상의 어떤 축제보다 사람들을 흥분시키는 마력이 있다. 게다가 제 나라 팀이 4강까지 올랐으니 고단하기만 한 한국의 평범한 사람들이 흥분하는 건 당연했다. 대체 제 조국에 자부심을 가질 일이 얼마나 없었으면 고작 그런 일에 "대한민국 국민으로서 자부"를 외치겠는가.

문제는 그 "대한민국 국민으로서 자부"가 결국 누구에게 사용되었나. 결론적으로 말해서 그 가슴 아픈 자부의 대열은 대개 "고객의 행복이 우리의 행복입니다" 따위 사악한 광고나 일삼는 삼성이나 SK 같은 자본들과, 자신의 문제를 '애국심'으로 통합하려는 지배계급에게 사용되었다. 그 대열은 그 대열을 이룬 수많은 평범한 사람들의 삶을 개선하는 데 전혀 사용되지 않았다. 지식인들, 특히 진보적이라 분류되는 지식인들은 그저 다른 모든 사람들처럼 '축구에 흥분했을 뿐'이지만 제아무리 사소한 것도 그럴싸하게 꾸며 떠들어대는 그들의 재주를 한껏 살려 '국가'와 '민족'으로 시작하는 온갖 장엄한 수사의 범벅을 만들었다. 그 가슴 아픈 자부의 대열은 고스란히 자본과 지배계급의 먹이가 되었다.

대열을 이루고 대열에서 이탈하는 것을 두려워하는 습성은 이제 한국인들의 삶이 되었다. 그들은 그들을 옥죄던 모든 억압의 대열에서 빠져나와 마음껏 자유를 구가하는 것 같지만 실은 그들 스스로 만든 대열에 자신을 옥죈다. 모든 일과를 마친 밤 인터넷에 모여 앉아 온 세상을 '종합 평론' 하는 그들은 마치 세상을 만들어 가는 듯하지만(자본과 지배계급은 늘 그들을 '세상을 만들어 가는 사람들'이라 부추긴다) 실은 이미 만들어진 세상을 되새길 뿐이다. 그들의 모습은 수십 년 전 복덕방에 모여 앉아 "대중이가 말야" "영삼이가 말야" 하며 '세상을 만들어 가던' 영감들을 빼닮았다. 세상의 진실을 말하는 사람들이 언제나 그들 가까이에 있지만 스스로 세상을 다 아는 그들은 아무도 필요로 하지 않는다. 수십 년 전 영감들이, 신음하던 소수를 "세상을 모르는 사람들"이라 비웃었듯 말이다. 다시 '18'을 '25'로 고쳐 적어도 좋을까?

2005.03.10...『GQ』

예수 이야기 6

장일담은 백정 아비와 성매매 여성 어미에게서 태어난 도둑놈이다. 그는 자기 처지를 비관하다가 어느 날 깨달은 바 있어 임꺽정처럼 의적이 된다. 감옥에 들어가서도 도둑들에게 혁명을 가르친다. 탈옥한 장일담은 경찰에 쫓기게 되고 집창촌에 숨어드는데 그곳에서, 성병과 결핵과 정신병으로 만신창이가 된 성매매 여성이 건강한 아이를 낳는 것을 보고 "오, 나의 어머니여!" "발바닥이 하늘이다!" "하느님은 당신들의 썩은 자궁 속에 있다! 하느님은 밑바닥에 있다!"고 외친다. 일담은 '해동극락교'를 선포하고 '시천주'(侍天主) '양천주'(養天主) '생천주'(生天主) 세 단계의 수행과 '공동소유'를 설교한다. 그는 인민들에게 전도를 하며 제사를 올려 모든 옛것을 불태우고, 폭력은 불가피하지만 '단'(斷)이 중요하다고 가르친다. 그는 군중들과 함께 서울을 향해 깡통을 들고 진군한다. 그는 극락이란 "밥을 나눠 먹는 것"이며 "밥이 하늘이다"고 선포한다. 하지만 일담은 패배하고 현상수배되어 쫓기다 배신자 유다스의 밀고로 잡혀 한마디 변명도 없이 반공법, 국가보안법, 내란죄의 죄목을 쓰고 목이 잘려 죽는다. 일담은 사흘 만에 부활하는데 잘린 목은 배신자의 몸통 위에 붙는다. 일담은 영원히 억압받는 사람들의 구세주가 된다.

'2000년 전 예수가 어땠는가'를 알려고 노력하는 건, '지금 여기에서 예수가 어떨 것인가'를 알기 위해서다. 그런 노력을 통해서 예수는 2000년이라는 시간을 뚫고 지금 여기 우리 삶의 현장에 부활한다. 2000년 전 예수라는 팔레스타인 남성의 죽은 몸이 3일 만에 다시 살아났는가 아닌가는 본질이 아니다. 설사 그 '생물학적 기현상'을 증명해 낸다 해도 그 삶이 지금 여기 우리 삶의 현장에 살아 있지 않다면, 그건 단지 '생물학적 기현상'일 뿐이다. 예수의 부활은 그가 지금 여기 우리 삶의 현장에서 어떻게 생각하고 행동할 것인가를 고민하는 사람들을 통해 이루어진다.

예수의 부활을 가장 훼방하는 건 역설적이게도 (혹은 당연하게도) 기독교의 중심 교리다. "1. 우리에겐 원죄가 있다. 2. 하느님이 그 원죄를 사해 주려고 당신 아들 예수를 속죄양으로 삼았다. 3. 우리는 예수만 믿으면 구원받는다." 이 편의적이고 앙상한 3단계 구원론은 실은 제도 교회의 존재와 운영을 위한 이데올로기다. 그 교리는 교회의 영원한 안녕을 위해 예수의 부활을 훼방한다.

늘 무시되는 사실이지만, 예수는 단 한번도 '원죄' 따위는 얘기한 적이 없다. 그는 오로지 '회개'를 촉구했다. 예수가 말한 회개란 종교적 결신(교회에 나가고 계명을 지키는)이 아니라 '삶의 완전한 전복'을 뜻한다. 나밖에 모르던 사람이 남을 섬기게 되며, 신분이나 세속적 조건으로 사람을 구분하던 사람이 모든 인간을 똑같은 형제자매로 여기게 된다. 그런 극적 변화가 회개며 그로 인한 삶이 바로 구원이다. 그리고 그 구원을 통해 "양과 사자가 함께 뛰노는" 하느님의 나라가 이루어진다. 예수는 그렇게 말했다.

하느님은 교회에 '안치'되어 있는 게 아니다. 하느님은 골방에도 시냇가에도 화염병과 최루탄이 난무하는 거리에도 슬픔과 비탄이 있는 어디에도 있다. 회개와 구원은 골방에서도 시냇가에서도 화염병과 최루탄이 난무하는 거리에서도 슬픔과 비탄이 있는 어디에서도 가능하다. 하느님을 볼모로 잡고 회개와 구원의 독점권을 주장하는 제도 교회는 오히려 회개와 구원이 어려워 보이는 유일한 공간이다.

그러나 제3세계 현대 역사 속에는 감옥 창살에 이름 없는 풀꽃이 피어나듯 '교회를 넘어선 교회들'이 피어났다. 그 교회들은 '유약한 백인 남성' 예수를 2000년 전 팔레스타인의 예수 그대로, 가난하고 고통받는 제 나라 인민들의 가장 수더분한 동무로 부활시킨다. 그 교회에서 예수는 남성이 아니라 여성이며 백인이 아니라 흑인이다. 제3세계의 수많은 예술가들이 그렇게 '우리 예수'를 형상화했다. 김지하의 장시 구상 '장일담'은 그 가장 훌륭한 예 가운데 하나다. 비록 구상 단계에서 끝나긴 했지만(선생은 이제 그런 쪽엔 관심이 없어 보인다) '장일담'은 여전히 '예수의 한국적 형상화'에서, '남한 인민의 구세주 상'에서 가장 높은 성취다.(계속)

2005.03.28...『노동자의 힘』

딸에게
보내는 편지

단아. 아빠는 지금 강원도 어느 시골 마을에 와 있다. 아빠가 좋아하는 작가 아저씨 집이야. 일 때문에 왔지만 "날씨가 죽이기 때문"이라는 핑계로 둘이 술만 먹고 있다. 아빠는 즐겁다. 갈수록 사람들은 빠르고 돈으로 계산할 수 있는 시간만 좋아한다. 그러나 아빠는 이런 아무것도 아닌 시간, 느리고 돈으로 계산할 수 없는 시간이 참 좋다.

술을 먹다 단이가 생각났다. 눈을 동그랗게 뜨고 "난 그렇게 생각하지 않아" 말하는 단이 얼굴을 떠올리며 혼자 웃었다. 아빠는 그럴 때 담담한 체하지만 속으론 아주 많이 기쁘다. 어른들은 아이들에게 '자기 생각'을 '옳은 생각'처럼 말하는 버릇이 있다. 그럴 때, 아빠는 단이가 아빠의 잘못을 들추어내길, 그래서 아빠가 잘못을 인정하길 기대하곤 한다. 기대는 점점 더 잘 이루어지고 있다.

단이는 단이 이름을 닮았다. '丹'(붉을 단). 처음 그 이름을 지었을 때 좋다는 사람이 없었다. 칭찬은커녕 "이름이 그게 뭐야?" "배추 단이냐 무 단이냐?" 따위 놀리는 말만 가득했다. 그런데 단이가 이름과 합쳐지면서 확 달라지더라. "너무나 잘 어울리는 이름"이라는 말은 아빠가 억울할 만큼 빨리 나왔다.

아빠도 아빠 이름을 조금 닮았다. 단이는 아빠 이름이 무슨 뜻인지 아니? 홀 규에 늘 항, '늘 홀로'라는 뜻이다. 아빠는 이름을 왜 그렇게 지었는지 어른들에게 물어 본 적은 없다. 아빠는 어릴 적부터 왠지 그 이름이 좋았다. 지금도 그렇다. 아빠가 외롭냐고? 그래 아빠 주변엔 좋은 사람들이 아주 많다. 하지만 단아, 주변에 좋은 사람들이 많다고 해서 꼭 외롭지 않은 건 아니다. 사람은 외롭지 않아도 생각은 외로울 수 있단다.

이오덕 할아버지를 기억하니? 아빠가 누구보다 좋아했던 분이지. 아빠는 그분을 돌아가시기 5년 전쯤부터 사귀었다. 할아버지는 워낙 훌륭하게 사셨기에 그 뜻을 따르는 이들이 참 많았다. 그분이 아빠 글을 읽고 연락을 해오자 아빠도 한달음에 만나러 갔다. 그분을 사귀면서 많은 걸 배웠지만 한편으론 마음이 많이 아팠다. 그분은 당신을 존경한다고 말하는 수많은 사람들에 둘러싸여 있었지만 너무나 외로워하셨다.

아빠는 그분의 외로움이 그분의 올바른 삶에서 나온다는 것을 알았다. 단아, 올바르게 산다는 게 뭘까? 아빠 생각엔 '다른 사람들이 보지 못하는 걸 보는 삶'이다. 사람들은 지난 올바름은 알아보지만 지금 올바른 건 잘 알아보지 못한다. 그래서 가장 올바른 삶은 언제나 가장 외롭다. 그 외로움만이 세상을 조금씩 낫게 만든다. 어느 시대나 어느 곳에서나 늘 그렇다.

예수님은 가장 외롭게 죽어 갔다. 아무도 예수님을 제대로 이해하지 못했다. 예수님을 이해하지 못한 사람은 예수님을 죽인 힘세고 욕심 많은 사람들뿐 아니라 따르고 존경한다는 사람들 중에서 오히려 더 많았다. 그후 2000년 동안도 그랬다. 예수님을 믿는다는 사람들이 넘쳐나지만 예수님을 제대로 아는 사람은 여전히 드물다. 예수님은 '2000년의 외로움'이다.

단이는 남을 배려하는 마음이 많으니 주변에 좋은 사람들이 아빠보다 더 많을 거다. 하지만 단이의 거짓 없는 성품과 행동이 단이를 외롭게 만들지도 모르겠다. 아빠는 단이가 외롭길 바라지 않지만 단이가 올바르게 산다면 단이는 어쩔 수 없이 외로울 거다. 단이가 외로울 거라 생각하면 아빠는 마음이 아프다. 외로움은 어디에서 오든 고통스럽기 때문이야. 단이가 외롭고 고통스러울 때 이 편지를 기억하면 좋겠다.

아빠는 아빠 책 머리말에 이렇게 적었었다. "그러나 내 딸 김단이 제 아비가 쓴 글을 읽고 토론을 요구해 올 순간을 기다리는 일만으로도 얼마나 행복한가." 아빠는 정말 그 순간을 기다린다. 지금은 아니지만 머지않아 단이도 술을 좋아하게 될 거다. 내 딸아, 너의 외로움을 사랑한다.

2005.04.25...『보그』

광주의 정신,
민주주의의 정신

얼굴은 본 적이 없지만 이따금 이메일을 교환하는 사람들이 몇 있습니다. 그 중 한 사람이 얼마 전에 광주항쟁에 대해 잘 모르니 알 수 있는 책이나 사이트를 소개해 달라고 했습니다. 저는 좀 의외였습니다. 그는 요즘 사람치곤 꽤 반듯한 사회의식을 갖고 있는 대학생인데 어떻게 광주를 모를까 싶었던 것이지요. 그런데 가만히 생각해 보니 그럴 법도 했습니다. 지금 대학생이면 1980년엔 태어나지도 않았거나 어린아이였으니 말입니다. 당시 고3이었고 청년 시절 내내 광주를 품고 살았던 저희 세대와는 다를 수밖에 없지요.

그러나 저와 비슷한 세대면서 광주에 대해 잘 모르는 사람도 많이 있습니다. '사태'라고 할 때는 '사태'인 줄 알고 '항쟁'이라고 하니 '항쟁'인 줄 아는 그런 사람들이지요. 그런 사람들을 우리는 '무식하다'고 합니다. 유식하다 무식하다는 제도 교육의 학력과는 상관이 없습니다. 사회의 한 성원으로서 알아야 할 최소한의 것을 알지 못하는 사람, 그래서 자기 눈으로 세상을 볼 줄 모르는 사람, 그런 사람이 바로 무식한 사람입니다. 한국 사회는 갈수록 그런 무식한 사람들로 가득 차고 있습니다.

하여튼 광주는 25년이 되었고 다른 모든 사건들과 마찬가지로 현실 속의 사건이 아니라 역사 속의 사건이 되어 갑니다. 그래서 여러분이 광주항쟁에 대해 잘 모르는 것도 이해합니다. 하지만 당부하고 싶은 건 광주항쟁에 대해 따로 공부를 하라는 겁니다. 광주항쟁을 제대로 모르면서 한국 사회와 역사에 대해 말한다는 건 어불성설입니다. 학술적인 책을 사볼 것까진 없고 아마도 매일 인터넷에 들어가실 테니 시간을 조금만 내서 광주항쟁 관련한 사이트를 찾아보시기 바랍니다. 기본적인 것들을 파악할 수 있는 곳은 5·18기념재단도 있고 여럿 있습니다.

광주항쟁이 갖는 역사적 의미는 아주 많습니다. 그러나 제 생각에 가장 중요한 것은 광주항쟁을 통해 이른바 '민주주의'의 뜻이 바뀌었다는 것입니다. 광주 전의 민주화운동은 반독재운동, 즉 선거나 개인의 자유 같은 민주주의의 절차를 회복하려는 운동이었습니다. 좀 딱딱하게 말하면 부르주아 민주주의 운동이었지요. 그러나 광주 이후의 민주화운동은 좀더 근본적이고 진정한 민주주의를 이루려는 운동으로 바뀝니다.

그 동기는 미국입니다. 광주가 계엄군이 일시 퇴각하고 해방된 상태던 80년 5월 24일 미국 항공모함 코럴씨 호가 부산항에 들어왔다는 소식에 시민들은 자유의 나라 미국이 우리를 구하러 오는가 생각하기도 했습니다. 그러나 실제로는 신군부의 쿠데타나 계엄군의 작전은 미국의 암묵적인 승인 아래 진행되고 있었죠.

광주를 거치면서 한국의 사회운동에는 미국에 대한 자각이 생기는데 이건 미국이라는 일개 나라에 대한 자각을 넘어 미국식 민주주의, 이른바 자유민주주의에 대한 자각으로 발전합니다. 80년 5월 22일부터 닷새 동안의 해방 광주의 모습은 바로 그 진정한 민주주의가 어떤 것인지, 그런 세상이 어떻게 가능한지 우리에게 보여 주었습니다.

광주를 진압한 군사 파시즘은 더 강력한 공포정치에 들어갔지만 그럴수록 저항은 되살아났습니다. 80년대 중반이 채 되기 전에 한국의 사회운동은 절차적 민주주의를 좇는 부분이 남아 있었지만 그 성원의 대부분은 진정한 민주주의를 좇는 변혁적인 성격을 갖게 됩니다.

87년 6월 29일 대통령 당선자 노태우가 민주화와 직선제 개헌을 수용하겠다는 선언을 함으로써 한국에서 절차적 민주주의가 이루어지기 시작합니다. 노태우 정권과 김영삼 정권을 거쳐 절차적 민주주의는 계속 정착이 되어 갑니다. 그런데 그와 동시에 희한한 일이 벌어집니다. 80년대에 변혁운동을 했던 운동세력의 상당수가 변신하는 것이지요. 진정한 민주주의니 변혁이니 하는 건 다 지나간 일이라는 선언을 하는 것입니다.

여기엔 두 가지 요인이 있습니다. 그들 대부분은 현실 사회주의에 대한 정확한 정보가 없는 상태에서 현실 사회주의에 대한 동경에 빠져 있었습니다. 그런데 현실 사회주의가 80년대 말 무너지자 그들도 함께 무너지게 되었지요. 그러나 그보다 더 중요한 요인은 그들이 그들 자신을 속이기로 한 것입니다.

절망감에 빠진 많은 청년들이 사회운동을 포기하고 평범한 일상으로 돌아갔습니다. 그런 사람을 욕할 수는 없습니다. 처음부터 운동 안 했던 사람에 비하면 백배 훌륭한 사람들이지요. 모든 사람이 활동가로 살 수는 없는 것이니 현실적인 삶을 살면서도 얼마든 운동을 지지하고 후원할 수 있습니다. 그러나 어떤 사람들은 조용히 일상으로 돌아가는 게 아니라 자신의 이력을 사용해서 주류 사회에 진출하기 시작했습니다.

가장 불거진 경우는 이른바 '386 정치인들'입니다. 학생 시절의 신념은 슬그머니 뒤로 버리고 그 운동을 통해 얻은 제 명망을 사용해서 제도 정치권에 들어갔습니다. 세상이 달라졌다느니 패러다임이 바뀌었다느니 이런저런 핑계를 대지만 다 개소리고 그들은 결국 국회의원 배지를 달기 위해 운동을 했던 것입니다. 기분 나쁘게 들리겠지만 10년쯤 지나면 이 자리에서도 역시 그런 사람이 나올 것입니다.

또 하나는 운동의 종목을 바꾼 사람들입니다. 바로 90년대 중반 이후 급성장한 시민운동입니다. 활동가라면 한눈에도 체제의 바깥에 있는 사람들, 영등포나 구로동의 구질구질한 사무실에서 구질구질한 옷차림으로 왔다갔다 하는 사람들이었는데 이젠 시내 한복판 번듯한 사무실에 넥타이를 맨 활동가들이 나타났습니다. 운동의 주제는 근본적인 것에서 시민의 일상과 관련한 것들, 다시 말해서 체제를 넘어서는 게 아니라 체제 안의 문제들이 위주였고 시위나 싸움보다는 텔레비전이나 신문 같은 미디어를 이용하는 방식으로 이 운동은 빠른 시간 안에 대중의 각광을 받습니다. 그리고 이런 흐름은 안티조선운동을 비롯한 언론개혁운동, 정치개혁운동 들과 결합하고 확산되면서 결국 정권을 만들어 냅니다.

저는 그런 개혁운동들이 갖는 의미를 부인하지 않습니다. 저 자신도 안티조선운동의 초기에 매우 적극적으로 가담했고 제가 만들었던 『아웃사이더』라는 잡지는 일종의 좌우합작이었지만 공동의 적은 조선일보라고 밝히고 있지요. 저는 개혁운동이 진보운동의 일부라는 사실과 기존의 진보운동이 놓치고 있던 부분을 잡아냈다는 사실을 존중합니다.

그러나 저는 동시에 그 운동이 갖는 반동성에 주목하는 것입니다. 그 운동이 여전히 좀더 근본적인 변화를 좇는 진보운동을 철 지난 운동, 관념적이고 비현실적인 행태로 몰아붙이는 부분에 대해 주목하는 것입니다. 이것은 의도하든 안 하든 개혁운동이 '오늘의 진보운동'을 자처하는 한 필연적인 것입니다. 왜냐하면 개혁운동이 진보를 자처하면 한국 사회는 보수 대 진보의 구도가 아니라 극우보수 대 개혁보수의 구도가 되고 진보는 아예 무대에서 밀려나 버리게 됩니다.

개혁이 세상을 바꾼다고 말합니다. 그러나 개혁은 세상을 바꾸는 게 아니라 겉으로 드러나는 야만과 폭력성을 제거하여 '합리화'하는 운동입니다. 세상이 바뀐다고 하는 것은 나쁜 신문이 곤경에 처하고 비리 정치인이 잡혀 들어간다고 되는 게 아니라 세상의 구조 자체가 바뀌어야 하는 것입니다. 그런데 제도 언론이나 정치란 바로 세상의 구조를 기반으로 하는 것이기 때문에 왜곡이나 비리가 줄어든다고 해서 세상이 바뀌는 것은 아닙니다. 세상이 바뀐다는 건 바로 그 언론이나 정치의 뿌리를 바꾸는 것입니다.

그것은 바로 경제의 문제고 계급의 문제입니다. 그 부분에서 한국 사회는 민주화와 개혁이 진행될수록 오히려 더 심각해지고 있습니다. 빈부격차가 심해지고 양극화되고 있다는 건 이젠 한나라당 의원들도 인정하는 일입니다. 노동자들의 생활이 나아졌다고 하지만 그 절반은 비정규 노동자고 그 비율은 늘어가는 중입니다. 농업은 국가에서 공식적으로 포기한 지 오래지요. 그런 문제들은 개혁운동에서 배제되고 촛불시위에서도 배제됩니다.

이런데도 여전히 언론개혁이나 정치개혁이 세상을 바꾼다고 생각한다면 초인적으로 순진한 사람이거나 어리석은 사람이라고밖에 할 수 없습니다. 여러분들은 아마 이 학교 안에서는 가장 급진적인 의식을 가진 사람들에 속할 것입니다. 그런데 저는 근래 마르크스주의가 어떻고 좌파가 어떻고 말하는 학생들 가운데 상당수가 자기도 모르게 개혁운동의 최면에 빠져 있는 것을 종종 봅니다.

한국 사회는 여전히 파시즘 상태에 있습니다. 새로운 파시즘, 군사 파시즘이 아니라 자본의 파시즘이지요. 군사 파시즘은 억압과 폭력으로 우리를 다스리지만 자본의 파시즘은 우리에게 자본의 욕망을 심어서 스스로 복종하게 만듭니다. 현재 대부분의 한국인들은 자본의 매우 충성스런 백성들입니다. 얼마 전 고대에서 일어났던 일과 그와 관련한 반응들은 바로 그 사실을 드러냅니다.

어떤 사람은 고대나 고대 학생들의 태도가 "밥그릇 때문"이라고 하더군요. 인터넷 신문에 그 발언을 두고 "직격탄을 날렸다"고 적혀 있던데 저는 그렇게 생각하지 않습니다. "밥그릇 때문"이라는 말은 속으론 인정하지 않지만 먹고사는 문제 때문에 어쩔 수 없이 인정한다는 뜻인데, 제가 보기엔 그게 아니라 그들은 진짜로 진심으로 이건희를 인정하고 존경합니다. 그들이 이건희와 다른 건 이건희보다 돈이 없다는 것뿐입니다.

노동자 착취와 정경유착과 온갖 비리로 부자가 된 아버지를 둔 덕에 부자가 되어선 다시 온갖 편법을 동원해서 재산을 제 자식에게 상속하는 사람이 한국이 자랑하는 기업인입니까? 노조조차 만들 수 없는, 노동자들의 위치를 추적하고 노동자들을 협박하는 회사가 세계적인 첨단기업입니까? 지금 한국 사람들이 얼마나 어려운 시절을 보내는지 뻔히 알면서 프랑스의 스키장을 통째로 빌려서 스키를 타는 인간이 과연 철학을 가진 인간입니까? 그런 인간에게 이 나라의 대표적인 명문대학이라는 곳에서 명예 철학 박사학위를 주려고 작전을 벌이고 그나마 정신이 제대로 박힌 학생들이 현실을 깨우쳐 주었는데도 총장은 엎드려 용서를 빌고 보직교수들은 사퇴서를 내고 수천 명의 학생들은 총학생회를 탄핵하는 서명을 하고, 이게 대체 대학입니까, 정신병원입니까?

　　그러나 바로 그 모습이 우리의 모습, 한국인들의 모습입니다. 대부분의 한국인들은 이건희라는 파렴치한 인간을 진심으로 존경합니다. 한국인들에게 사람이 어떻게 살아야 하는지에 대한 진지한 고민은 더 이상 존재하지 않습니다. 삼성이라는 회사에 다니는 사람들은 "먹고사는 게 원수라 저런 놈 밑에서 일한다"고 부끄러워해도 신통치 않을 판에, 그런 파렴치한 인간을 왕처럼 떠받들며 노조조차 없는 회사에서 '삼성맨'의 자부심에 젖어 삽니다. 참으로 무지한, 그러나 배불리 먹여 주는, 돈은 많은 주인 아래 있다는 걸 자랑으로 삼는 머슴들이지요. 그리고 대부분의 한국인들은 그런 삼성맨을 부러워합니다. 대학생들은 삼성맨이 못 되어서 안달이 나고 그들의 아버지들은 이건희처럼 살 수 없다는 것을 인생의 한으로 생각합니다.

　　이런 상태, 모든 사람이 자본의 권력에 자발적으로 사로잡혀 있는 사회는 아무런 희망이 없습니다. 탄압받고 억압받아도 정신만은 해방되어 있던 시절보다 스스로 정신을 내어 준 시절은 더욱 끔찍한 것입니다. 그러나 우리는 그 시절보다 나은 음식을 먹고 자가용과 휴대폰을 갖게 되었다는 이유만으로 더 잘 살고 있다고 생각합니다. 자본의 욕망이 인간을 억압하는 걸 넘어 우리 스스로 자본의 욕망에 젖어서 인간성 자체를 파괴하고 변화시키고 있습니다.

이렇게 살면서 우리가 아이들에게 뭘 가르칠 수 있을까요? 실제로 오늘 부모들은 아이에게 아무것도 가르치지 않습니다. 오로지 경쟁에서 동무를 누르고 이길 것만을 가르치고 사랑이나 존경조차도 돈을 주고 살 수 있는 것이라고 가르치지요. 아이들이 그렇게 자라서 엘리트가 된다 한들 진정한 행복을 느낄 수 있을까요? 돈으로 안락을 살 수 있지만 돈으로 행복을 살 수는 없습니다. 돈으로 박사학위를 얻을 수는 있지만 그 박사학위는 내가 아니라 돈에게 수여된 것입니다.

이건희가 돈이 없다면 누가 그를 존경할까요? 모든 사람이 그의 돈을 존경하는 것입니다. 이건희 씨는 세상에서 가장 불쌍한 사람입니다. 여러분, 생각을 해보세요. 돈이 많다고 프랑스에 가서 스키장을 통째로 빌려서 울타리 밖에선 다 보고 있는데 혼자 스키를 타는 사람이 과연 자의식을 가진 인간일까요? 여러분 같으면 쪽팔려서 그렇게 하겠습니까? 정신이 완전히 파탄 난 사람이나 할 수 있는 일이지요. 그런데 이건희라는 사람은 그렇게 합니다. 대체 얼마나 추켜올렸으면 사람이 그 지경이 되었을까요?

오늘은 5·18입니다. 여러분이 저를 부른 이유도 오늘이 5·18이기 때문입니다. 아까 사회자의 진행에 따라 묵념도 했지만 5월에 죽어 간 사람들, 사람답게 사는 게 무엇인지 보여 준 사람들이 지금 우리를 지켜보고 있습니다. 광주는 처음엔 엘리트 지식인들, 대학생들이 주도했지만 마지막에 가선 그런 사람들은 대부분 떠납니다. 계엄군과 협상을 해서 더 이상의 희생을 줄여야 한다, 헛되게 죽지 말고 힘을 기르자, 이런저런 합리적인 이유를 제시하던 수습파들은 떠나고 무릎 꿇느니 차라리 죽겠다는 항쟁파만 남습니다. 그 순간부터 시민군이라는 말은 어울리지 않습니다. 그 순간부터 광주 인민의 군대라고 해야 맞습니다. 항쟁파의 대부분은 평소에 인간 취급 못 받던 사람들이었습니다. 그들은 태어나서 처음으로 느껴 본 인간으로서의 품위가 목숨보다 귀하게 느껴졌던 것입니다. 어차피 인간 취급 못 받고 사는 세상, 하루를 살더라도 인간답게 살자. 결국 그들만이 인간의 품위를 간직했습니다.

지나간 일, 자신의 이해관계와 직접 관련을 갖지 않는 역사 속의 사건에 대해 올바른 입장을 취하는 건 아주 쉬운 일입니다. 체 게바라나 김산을 흠모하는 건 쉬운 일이지만 현실 속에서 체 게바라나 김산이 되기는 어렵습니다. 그러나 체 게바라나 김산을 흠모한다면 그렇게 살지는 못해도 그렇게 사는 사람들, 현실 속의 체 게바라나 김산을 존경할 줄은 알아야 할 것입니다. 그런데 체 게바라나 김산을 흠모하는 우리는 현실 속의 체 게베라나 김산엔 관심이 없거나 그들을 비웃곤 하지요. "어리석고 비현실적이며 관념적인 사람들"이라고 말입니다.

우리는 광주에서 끝까지 싸웠던 사람들을 훌륭하다고 말합니다. 그러나 내가 그 상황에 있다면 어떻게 했을까 가만히 생각해 보십시오. 얼마나 많은 고뇌가 있었을까요. 얼마나 외로웠을까요. 다시는 만날 수 없는 늙은 어머니, 처음으로 입을 맞춘 날의 두근거림이 그대로 남은 애인, 제 목숨보다 귀한 새끼와 영원히 만나지 못할 상황입니다. 일제시대의 독립군들처럼 죽고 나서 존경과 명예가 남는 것도 아니고 오로지 폭도요, 빨갱이로 남는 것입니다. 남은 가족이나 사랑하는 사람들이 자신 때문에 언제까지 어떤 고통을 겪을지도 알 수 없습니다. 과연 그런 상황에서 우리는 끝까지 총을 들 수 있을까요? 그런데 그들은 그렇게 했습니다. 그게 바로 광주의 정신입니다.

여러분들 매일 밤 인터넷에서 활동하지요? 지금 이 나라의 젊은 사람들 대부분이 하루 일과를 마치고 저녁 먹고 나서 인터넷 세상에 들어가 다들 사회평론가로 활동합니다. 바야흐로 온 국민이 사회평론가인 시절이지요. 그러나 마치 세상을 다 안다는 얼굴이지만 그 대부분은 개혁이라는 체제의 손바닥 안에서 놀고 있을 뿐입니다. 체제는 그들에게 "세상을 바꾸는 네티즌"이라고 부추기고 그들은 다시 "세상을 바꾸는 네티즌들"로서 활동합니다. 오로지 체제가 제공하는 이슈에 매일 밤 메뚜기 떼처럼 몰려다니며 좀더 근본적인 사회적 모순들을 은폐하는 데 동원되지요.

이야기를 마무리하겠습니다. 여러분, 광주의 정신을 기억하기 바랍니다. 당장 실현 가능한 문제에만 매몰되지 말고 우리가 인간임을 진정으로 증명할 수 있는 문제를 소중하게 생각하기 바랍니다. 지금 당장 아니 설사 내 생애에 이루어지기 어려운 일이라 해도 그것이 옳고 그렇게 되어야 한다면 그 일에 대한 신념을 버려선 안 됩니다. 중세의 암흑 속에서 근대라는 세상이 올 거라고 누가 상상했겠습니까? 그러나 그 신념을 버리지 않은 아주 적은 사람들이 있었습니다. 그들이 당대의 사람들에게서 어떤 소리를 들었을지 생각해 보십시오. 바로 "어리석고 비현실적이며 관념적인 사람들"이라고 했겠지요. 그러나 바로 그 "어리석고 비현실적이며 관념적인 사람들"이 깨지고 또 깨지면서 결국 중세는 무너집니다. 우리의 암흑도 그렇게 무너질 것입니다. 그게 바로 광주의 정신, 진정한 민주주의의 정신입니다.

2005.05.18...연세대 강연문

자본주의와
기독교

중세 교회는 봉건 지배체제의 일부였습니다. 교회는 엄청난 땅을 소유했고 평민들에게서 세금을 걷고 사법권의 상당 부분을 가지고 있었습니다. 교회는 이렇게 설교했습니다. "하느님이 준 권력인 국왕과 하느님의 대리인인 교회에 복종해야 한다." "현실은 죄로 물든 고통스러운 것이며 인생의 진정한 목적은 천국에 가는 것이다."

그럴싸한 말이지만, 이 설교에 따르면 모든 현실적 욕망(부도덕한 탐욕뿐 아니라 인간해방의 욕망 같은 정당한 것까지 포함한)은 사악하고 부질없는 것입니다. 교회는, 그 자체로 봉건체제의 지배 이데올로기였습니다. 성직자와 귀족을 제외한 전체 인구의 95%가 넘는 사람들이 그런 신앙의 사슬에 묶여 수입의 8할 이상을 귀족과 교회에 바치며 평생 죽도록 일만 했습니다. 죽어서 천국에 가기 위해서 말입니다. 그러나 현실적 욕망을 사악한 것이라 설교하는 교회는 현실적 욕망에 가장 충실했습니다. 토지와 돈에 대한 교회의 탐욕은 그야말로 끝이 없었고 평민들의 불만도 점점 높아 갔습니다.

상공업이 발달하고 도시가 생기면서 상황이 변하기 시작했습니다. 중세사회는 성직자와 귀족이 제3신분인 평민들을 착취하는 사회였지만 평민들 가운데 일부가 새로운 중간계급을 이루기 시작했습니다. 이른바 부르주아가 출현한 것입니다. 부르주아들은 한 편으로 저술가, 의사, 교사, 변호사, 판사들이었고 다른 한 편으로 상인, 제조

업자, 은행가들이었습니다. 부르주아는 무능한 귀족과 타락한 교회와 대결하기 시작했습니다. 부르주아들은 경제에서 자유방임, 사회적으론 '이성의 지배'를 표방하며 성장했고 자신들에게 마지막 남은 제약, '신분'을 해결합니다. 그게 바로 시민혁명입니다.

시민혁명은 프랑스혁명, 영국혁명, 이렇게 일컬어지는 사건이지만 봉건 사회가 부르주아에 의해 점령되는 수백 년에 걸친 과정이기도 합니다. 종교개혁은 그런 과정의 제1막입니다. 흔히 종교개혁을 타락한 교회에 대한 정당한 저항이라고 하지만 그것은 종교개혁의 의미를 기독교라는 카테고리 안에서만 보는 것입니다. 종교개혁은 부르주아가 봉건 지배체제로서의 교회를 자신들의 체제로 변화시키는 사건이었습니다. 종교개혁을 통해 교회는 달라졌지만, 교회가 지배체제의 이데올로기라는 사실은 달라지지 않았습니다. 봉건시대의 교회는 부를 더러운 것이라 설교했지만 종교개혁가들은 부는 하느님의 축복이라 설교했습니다. 칼뱅은 최초의 기업정신을 만듭니다. "사업으로 얻는 소득이 토지 소유로 얻는 소득보다 많아서는 안 되는 이유가 뭔가? 상인의 이윤이 그 자신의 근면과 성실에서 오는 게 아니라면 대체 어디에서 온단 말인가?"

막스 베버는 칼뱅이 말한 근면과 성실, 그리고 금욕으로 요약되는 이른바 '프로테스탄트 정신'이 자본주의를 만들었다고 했습니다. 돈을 축적하는 일은 죄가 아니라 하느님이 축복하는 선한 일이 되었기 때문에 자본주의적 축적이 가능했다는 것입니다. 반면에 마르크스주의는 생산력이 발달하고 자본주의 생산관계가 만들어지면서 그에 조응하는 정신적인 가치들이 생겨났다고 봅니다. 그러나 우리에게 중요한 것은 프로테스탄트 정신이 어떻게 생겨났는지가 아니라 그 정신이 현재 우리에게 무엇인가 하는 것입니다. 프로테스탄트 정신이 봉건 사회에 대한 저항으로서 갖는 개혁적이고 진보적인 의미보다는 그 정신을 담은 자본주의 사회가 어떤 사회인가가 더 중요합니다.

부의 축적은 칼뱅이 말한 대로 여전히 근면과 성실, 그리고 금욕으로 이루어지고 있습니까? 물론 성공한 자본가들은 자신이 정당하게 부자가 되었다는 걸 강조하기 위해 그런 선전들을 많이 합니다. 우리는 김우중 씨의 안경다리가 20년 된 것이라느니 정주영 씨가 근검절약이 몸에 밴 사람이라느니 하는 이야기들을 수도 없이 들었습니다. 그들이 '안경다리'가 아닌 다른 개인 용도에 상상하기 어려운 돈을 쓰기도 한다는 점에서 근검절약은 그들의 호사 취미일 뿐입니다. 그러나 좀더 본질적인 문제는 그들의 부가 근검절약으로 축적된 건 아니라는 것입니다. 그들은 평생 모은 돈을 대학에 기부하는 김밥 할머니가 아닙니다. 자본주의 사회에서 자본가가 부를 축적하는 원리는 어디까지나 노동자의 잉여노동입니다. 즉 노동자의 100원어치 노동을 60원에 사 40원을 먹는 데서 나오는 것입니다.

교회가 사회적 불평등에 참여하는 전통적인 방법은 이른바 자선입니다. 미국의 자본가들은 자선사업에 기부함으로써 사회적 영웅 대접을 받습니다. 그러나 자선은 두 가지 문제를 갖습니다. 하나는 그 대상이 되는 사람들을 '불쌍한 인간'으로 만드는 것인데 이것은 전혀 신앙적이지 않습니다. 둘째는 자선이 가난의 부당함과 가난을 만드는 사회적 모순을 은폐한다는 것입니다. 어떤 사람이든 어떤 노동이든 사람이 일주일에 40시간 이상 노동을 하면 먹고살 수 있고 얼마간의 인간적인 여가를 즐길 수 있어야 합니다. 문제는 아주 많은 사람들이 그렇지가 못하다는 것이고 우리는 그런 불공정한 상태를 고쳐내야 합니다. 자선은 바로 그것을 값싼 눈물과 감동으로 차단합니다.

우리는 워낙 반공주의 경향이 강한 나라에서 살다 보니 흔히 자본주의는 다 같은 줄 알지만 전혀 그렇지 않습니다. 이를테면 미국은 우리보다는 나은데 유럽은 또 미국과 전혀 다릅니다. 우리 기준으로 보면 유럽 나라들은 사회주의 사회에 가깝습니다. 근래 미국의 제국주의적인 정책에 열심히 따른다고 비난을 받는 영국만 보더라도 의료와 교육이 전액 무료입니다. 독일이나 프랑스의 사회복지는 말할 것도 없고 북유럽 쪽의 사회복지는 서유럽보다 더 높은 수준입니다. 몇 해 전에 노키아의 부회장이 오토바이를 타고 가다가 과속으로 걸려서 범칙금으로 1억 3000만 원을 냈다는 이야기는 잘 아실 겁니다. 그런데 작년 말엔 같은 핀란드의 스물일곱 살짜리 부자가 자동차 과속으로 2억 5000만 원을 냈습니다. 우리는 이건희가 과속을 하건 40대 무주택 가장인 김 아무개가 과속을 하건 똑같이 3만 원을 내는 걸 공정하다고 생각하지요.

그런데 유럽에서 기독교는 뚜렷하게 쇠락하고 있습니다. 현대 신학의 중심지라는 독일의 교회는 노인들 몇몇이 앉아서 예배를 봅니다. 반면에 미국이나 한국처럼 자본주의적 모순이 좀더 노골적인 나라에선 교회가 차고 넘치지요. 이것은 현재 기독교의 정신이 자본주의적 모순이 좀더 노골적인 사회에 부응한다는 것을 말합니다. 그리고 기독교 정신이 인류의 미래에 전혀 전망을 제시하지 못하고 있다는 것을 말합니다. 유럽 사회의 사회복지는 본디 자본주의적인 개념이 아닙니다. 그 사회들은 러시아보다 더 먼저 사회주의 나라가 될 뻔했고 그걸 막기 위해 사회주의자들과 타협을 했던 것입니다. 물론 사회주의는 유물론을 기초로 하고 유물론자들은 대개 하느님의 존재에 관심이 없습니다. 그런데 하느님을 부인하는 사람들이 하느님을 떠받드는 사람들보다 훨씬 더 사람답게 살고 있는 것입니다. 기독교인들은 부끄러워해야 합니다.

기독교의 본래 정신으로 돌아가야 합니다. 기독교의 본래 정신은 프로테스탄트 정신도 종교개혁의 정신도 아닌 예수의 정신입니다. 예수를 그리스도로 받아들이는 건 기독교인에게 당연하고 아름다운 일입니다. 그러나 그리스도 예수만 강조하여 예수가 우리에게 가르친 삶의 방식을 외면하는 건 종교체제로서 기독교나 교회에 사로잡혀 예수를 다시 한번 팔아먹는 행위라는 것을 되새겨야 합니다. 예수는 단 한번도 새로운 종교를 만들려고 한 적이 없습니다. 예수는 단지 어떻게 사는 게 사람답게 사는 것이고 하느님을 섬기는 삶인지 몸소 보여 주었습니다. 교회는 그런 삶을 실천하고 전하기 위한 조직입니다.

기독교 정신의 가장 위대한 지점은 '하느님 앞에서 모든 사람이 형제자매'라는 것입니다. 백인이든 흑인이든 여성이든 남성이든 어른이든 아이든 부자든 가난뱅이든 배운 사람이든 못 배운 사람이든, 심지어 기독교인이든 불교신자든 이슬람교도든 모든 사람은 하느님 앞에서 형제자매입니다. 예수는 바로 그 사실을 몸소 보여 줌으로써 유대인의 신으로 여겨지던 하느님이 온 인류의 신임을 가르쳐 주었습니다. '하느님 앞에서 모든 사람이 형제자매'라는 건 참 무서운 이야기입니다. 그 정신은 어떤 형태의 차별이나 착취도 불가능하게 합니다. 사회주의가 분배의 공정함을 목표로 한다면 기독교 정신은 분배의 공정함을 이룬 다음에도 남는 '내 형제에 대한 염려'입니다.

기독교인이 남보다 더 좋은 것을 입고 먹는 일은 바로 헐벗고 가난한 내 형제에 대한 배신입니다. 8억이 넘는 사람들이 굶주림에 허덕이고 그 가운데 3억이 어린아이들입니다. 기독교인은 바로 지금 자그마치 3억 명의 제 새끼가 굶고 있는 사람들입니다. 그런데 우리는 오늘은 어떤 맛있는 걸 먹을까 찾아다니고, 돈을 들이면서 비만을 치료하고, 지역마다 음식 쓰레기를 맡지 않겠다고 싸웁니다. 세계 어느 곳에서 부당하게 고통받는 사람이 단 한 명이라도 있다면 기독교인은 편하게 잠을 이룰 수 없습니다. 왜냐하면 그는 바로 '내 형제'기 때문입니다. 우리는 바로 이 사실에서 기독교가 사회주의를 훌쩍 뛰어넘는다는 것을 알 수 있습니다. 사회주의는 공정한 분배체제를 만들 수는 있었지만 사람들에게서 그런 마음을 키워 내는 데는 실패했습니다. 그러나 기독교는 그것을 할 수 있습니다. 아니 그런 마음에서 출발합니다. 교회는 그런 마음을 키우고 실현하는 공동체입니다.

예수는 지난 2000년 동안 단 한번도 제대로 이해받지 못했습니다. 그 중요한 원인은 예수의 정신이 너무나 현대적이었다는 것입니다. 예수의 정신엔 사회주의, 여성주의, 생태주의, 아동인권을 비롯한 인류가 현대에 들어서야 깨달은 여러 소중한 정신들이 이미 들어 있습니다. 이를테면 예수의 일행엔 언제나 여성들이 여럿 포함되어 있었습니다. 인류 역사의 어떤 현인이나 종교 창시자도 여자를 일행에 포함시킨 일이 없습니다. 불과 얼마 전까지만 해도 여자는 사람이 아니었습니다. 그런데 예수는 2000년 전에 여자들과 동행했고 여자 가운데서도 가장 천한 성매매 여성과 인격적으로 교우했습니다. 예수의 그런 행동이 사람들을 얼마나 당혹스럽게 만들었을지, 사회에 얼마나 큰 충격을 주었을지 잘 생각해 보십시오. 오늘 기독교인은 과연 어떤 행동으로 사회에 당혹감과 충격을 주고 있습니까?

기독교는 예수의 정신을 되찾아야 합니다. 이기심과 사적소유를 기반으로 한, 땀 흘리지 않고도 땀 흘려 일하는 사람의 수천수만 배의 돈을 벌어들이는 사람이 찬미되는, 계급적 착취와 제국주의적 착취가 공공연한, 사랑이나 존경까지도 돈으로 매매되는 자본주의는 기독교인에게 말 그대로 악마의 사회체제입니다. 이른바 신자유주의 세계화가 진행되면서 자본주의는 초기 자본주의의 야만으로 돌아가고 있습니다. 신자유주의 세계화는 80년대 말 자본주의의 강력한 경쟁자이던 동구 사회주의들이 몰락하면서 더 빠르게 진행되고 있습니다.

이 신자유주의 세계화가 지금 인류를 나락으로 떨어뜨리고 있습니다. 빈부격차는 급속하게 벌어지고 이윤을 차지하기 위해선 공공연한 침략 전쟁도 불사합니다. 그런데 교회는 그런 현실에 대응하지 못하고 있습니다. 대응하기는커녕 오히려 그에 부응하고 있습니다. 그런 경향이 가장 강한 곳이 바로 한국의 교회입니다. 한국 교회가 이렇게 된 배경은 흔히 미국식 근본주의 기독교, 말하자면 지금 부시

일당이 믿는 그런 기독교가 들어왔기 때문이라고 합니다. 맞는 얘기지만 보다 더 결정적인 배경은 세계 교회사에서 유례가 없다는 이른바 '한국 교회의 놀라운 부흥사'와 관련이 있습니다. 한국 교회의 놀라운 부흥은 주로 박정희 개발 파시즘 기간의 일입니다. 물론 그건 시간상의 우연한 일치가 아닙니다. 한국 교회는 개발 독재의 가장 충직한 선전선동 장치였습니다.

"믿으면 받는다"는 한국 교회의 설교는 "하면 된다"는 개발 독재의 구호와 일치했습니다. 한국 교회의 무조건적 반공주의는 민주주의적 의견을 빨갱이로 몰아붙이는 독재의 의도에 결정적인 기여를 했습니다. 또한 교회는 사람들의 자연스런 저항의식을 배설하게 하는 공간이었습니다. 관제 행사가 아니라면 여럿이 모이는 일조차 불편하던 시절, 교회는 사람들이 마음껏 소리치고 교제할 수 있는 유일한 공간이었습니다. 특히 파시즘이라는 사회적 억압에다 "암탉이 울면 집안이 망한다"는 식의 전근대적 가부장제에 시달리던 여성들에게 교회는 그야말로 해방의 공간이었습니다. 게다가 믿으면 남편도 자식도 잘된다는데 당시 여성들에게 그보다 더한 가치가 어디 있었겠습니까. '아줌마'들은 교회 부흥의 돌격대가 되었습니다.

'한국 교회의 놀라운 부흥사'는 그렇게 씌어졌고 오늘 한국 교회는 세계에서 가장 저급한 신앙관을 자랑하게 되었습니다. 90년대 이후 우리 사회는 파시즘이 물러나고 민주화와 개혁이 진행되었지만 파시즘이 있던 자리를 자본이 대신 차지하게 되었습니다. 자본의 지배는 파시즘의 지배처럼 폭력이나 억압을 통한 게 아니라 사람들에게 자본의 달콤한 욕망을 심어 주어 스스로 복종하게 하는 것입니다. 쉽게 말해서 돈이면 뭐든 다 된다는 생각을 심어 주어서 사람들이 돈 앞에 무릎 꿇게 만드는 것이지요. 인간적이고 품위 있는 세상에 관심을 갖기보다는 부동산과 통장 잔고에 집착하게 만드는 것입니다. 교회는 새로운 지배자에게도 '준비된' 선전선동 장치입니다.

제가 한국 교회를 욕하고 있지만 한국 교회에는 예수의 삶을 본받으려는 세계 교회사에 중요하게 기록될 만한 소중한 실천들도 존재했습니다. 70년대와 80년대 초에 모든 사회운동의 중심에 진보적인 교회가 있기도 했습니다. 그러나 이제 그런 정신을 갖는 교회는 이곳 향린교회와 몇몇을 빼고는 거의 없습니다. 이젠 거의 모든 교회가 하느님 대신에 돈을 섬깁니다. 오늘 대개의 한국 교회는 교회가 아니라 교회를 가장한 상점들일 뿐입니다. 그 살벌하던 파시즘 시절에도 살아 있는 교회가 있었습니다. 그러나 이젠 거의 없습니다. 파시즘보다 '자본의 신'이 기독교인에게 더 무서운 적이라는 사실을 깨달아야 합니다.

잊지 말아야 할 것은, 우리가 살고 있는 자본주의 사회는 예수가 살던 2000년 전 유대 사회처럼 단순하지 않다는 것입니다. 차별과 착취는 언뜻 알아보기 어려운 복잡한 구조로 되어 있고, 신문이나 방송 같은 주류 미디어와 여론을 가장한 온갖 이데올로기 공작, 특히 지배체제의 손바닥 안에서 놀아나는 네티즌의 활약은 그 복잡한 구조를 한 번 더 덮어 버립니다. 깊고 뜨거운 신앙심이나 영적 신령함이 그 구조를 자동으로 보여 주진 않습니다. 자본주의를 들여다볼 수 없다면 예수의 삶을 실천할 방법도 없습니다. 오늘 기독교인에게 자본주의에 대해 공부하는 일은 성경 공부만큼이나 중요합니다. 부동산이나 주식 같은 공부를 말하는 게 아니라 이놈의 자본주의가 대체 사람들의 피를 어떻게 빨아먹고 있는가, 우리의 신앙을 어떻게 파괴하고 있는가를 공부하는 것입니다.

기독교인은 예수가 정치적 박해를 받았다는 사실, 예수가 당대 지배체제와 대결했다는 사실에 정직해야 합니다. 그 대결의 방식에서 나타나는 비폭력성만을 편의적으로 발췌하여 예수의 급진성을 모호하게 만들어선 안 됩니다. 돈 대신에 다른 걸 섬기는 교회도 있습니다. 바로 '내 마음'을 섬기는 교회입니다. 그런 교회의 목사님과 신도들은 다 온화하고 도사들 같습니다. 수염 기르고 개량한복 입고 조용히 앉아서 "부시나 라덴이나 똑같다" 말합니다. 그들은 예수 흉내를 내지만, 그 폭력의 현실과 내 형제의 고통을 '초월'하고 있다는 점에서 역시 예수를 팔아먹는 사람들입니다. 우리는 예수가 단 한번도 현실을 떠나거나 초월한 가치를 말한 적이 없다는 것을 되새겨야 합니다. 우리는 예수가 이 천박한 자본주의 세상에 살았다면 어떻게 했을까 늘 고민해야 합니다.

2005.06.07...평신도 아카데미 강연문

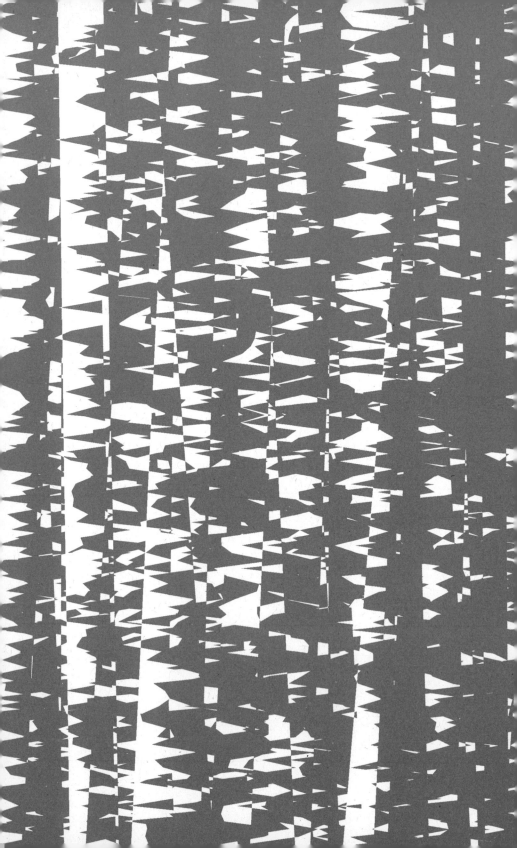

일기 2004~2005

"체제 안팎의 경계를 줄타기하며 안위를
도모하는 처세의 달인들과 함께 놀기 싫어서
제도 매체에 글 안 쓰고 아이들 잡지나 만들며 산다고
다짐했었는데 내가 뭐 그리 혼자 잘났나 싶어
좋은 말로 좀 유연해지려고 하는 그런 즈음입니다."

검소하게

2004.02.05

　　블로그 준비를 위해 여기저기 폴더에 흩어져 있던 지난 글들을 정리하다 나도 모르게 얼굴이 화끈해졌다. 나는 사는 꼴에 걸맞지 않게 소리 높이거나, 그 소리에 걸맞지 않게 한가롭게 살고 있다. 훨씬 더 정열적으로 살거나, 훨씬 더 검소하게 써야 한다.

예수전

2004.02.09

· 　　출근길에 한강을 바라보다 아이들이 읽을 수 있는 '예수
전'을 써야겠다는 생각을 했다. 왜 진작에 생각하지 못했을까. 아이
들이 읽을 수 있다는 건 모든 사람이 읽을 수 있다는 것인데. 아이들
이 읽는 예수전이라 해도 '예수의 껍데기'는 벗겨 내야 한다. 아니,
아이들이 읽기에 더더욱 그래야 한다. 모든 어른과 모든 교회가 아이
들에게 예수의 껍데기를 가르친다. 아이들은 일생 동안 예수를 '머리
뒤에 광휘를 두른 채 모든 사람에게 가르치듯 말하는 섬약하게 생긴
백인 남성'으로 기억하게 된다. 그리고 단지 그를 '믿으면' 현세와
내세가 보장되는 것으로 안다. 그게 한국인들과 예수의 거의 유일한
조우다. 예수전은 처음부터 차근차근 되짚는 게 좋겠다. 동정녀 탄생
이야기는 예수의 신령함이나 순정함을 주장하는 전근대적인 상상력
이다. 그걸 생물학적으로 반박하는 건 의미가 없다. 그 이야기는 생
물학을 말하려는 게 아니므로. 가령 그 이야기는 이렇게 보충된다.
"예수님이 동정녀에게서 태어나든 창녀에게서 태어나든 다를 게 없
어. 사람의 가치가 엄마가 누구냐 아빠가 누구냐에 따라 정해지는 건
아니야." 가만, 그림을 누구에게 맡길까.

수를 내야겠다

2004.02.12

　　취학통지서를 받은 김건에게 홍역 예방주사를 맞히러 교하 보건소에 갔는데 의사가 아파서 못 나왔단다. 김건 왈 "의사도 아파?" "의사도 사람인데 아플 수도 있지." "내가 의사라면 아파서 안 나왔다고 하지 않고 다르게 말할 거야." "왜?" "창피하잖아." 엉성하나마 김건도 '사회적 위신'을 생각하는 나이가 된 모양이다. 서둘러 금촌에 있는 파주 보건소까지 갔다. 김건은 주사 반대 방향으로 머리통을 파묻긴 했으나 울진 않았다. 상으로 점심 때 자장면을 시켜 주기로 약속했다. 돌아오는 길에 부러 곡릉천(옛날 박헌영이 이 하천을 건너 북으로 갔다. 송장인 양 관 속에 누워……) 둑길로 왔는데 반쯤 얼은 곡릉천에 새들이 많다. 새들은 물위를 유유히 움직이거나 하늘을 유영하다 다시 물에 내리곤 한다. 새는 대략 너댓 종류인데 이름을 제대로 아는 게 없다. 김건이 물어보지 않는 게 다행스러울 따름이다. 아이들이 자랄수록 자연에 대해 잘 모르는 게 부끄러워진다. 아이와 밤하늘을 보며 별자리 하나 제대로 설명 못 하는 걸 아비라고 할 수 있을까. 아이와 숲을 거닐며 풀 이름 꽃 이름 하나 제대로 대답 못 하는 걸 아비라고 할 수 있을까. 수를 내야겠다.

230

진실

2004.02.13

· 　　물론, 진실은 옳고 그름의 차원으로만 말할 수 있는 게 아
닐 것이다. 그러나 옳고 그름을 따지려 하지 않는 건 아예 진실에 다
가가려 하지 않는 것과 같다. 사람들은 진실에 다가가지 않기 위해,
'진실은 옳고 그름의 차원으로만 말할 수 있는 게 아니'라고 주장하
곤 한다. 우리가 진실에 다가가는 가장 좋은 방법은 끊임없이 옳고
그름을 따져 보는 것이다. 대개의 우리는 한 세기에 한 번 나올까 말
까 한 현인이 아니다.

231

돈

2004.02.18

· 　　돈으로 살 수 없는 것도 남아 있어야 인간의 세상이라 할
수 있다.

『뿌리깊은 나무』

2004.02.28

『뿌리깊은 나무』는 1976년 3월 발행인 한창기, 편집장 윤구병 체제로 창간해서 1980년 신군부에 의해 폐간되었다. 『뿌리깊은 나무』는 우리 나라 잡지에서 처음으로 한글전용과 가로쓰기 편집을 했다. 잡지사에도 그렇게 기록되어 있다. 그러나 그보다 훌륭한 건 기획과 내용이었다. 여전히 서구의 문물을 소개하는 수준이던 70년대 지식인 사회에 『뿌리깊은 나무』는 한국적인 것, 민중적인 것을 기조로 '당대의 보편적 불온성'을 구현했다. 스무 살 무렵 나는 청계천을 수십 번 오가며 창간호부터 폐간호까지 모두 모았다. 한 1년은 그걸 끼고 살았을 것이다. 돌이켜 보면, 내가 뒤늦게 글쓰기를 시작했으면서도 알아먹게 쓸 수 있었던 데는 그 일이 큰 도움이 되었을 것이다. 80년대 말에 안산에서 운동하던 선배가 노동자 도서실을 만든다며 책을 보내라고 했다. 나는 『뿌리깊은 나무』를 몽땅 보냈다. 선배는 이듬해 운동을 그만두고 영화판에 들어갔고 『뿌리깊은 나무』는 사라졌다. 언젠가는 다시 구해야지 구해야지 하며 10여 년이 흘렀다. 얼마 전 『고래가 그랬어』의 개비를 위해 '영감을 줄 수 있는 것'을 찾다가 『뿌리깊은 나무』를 생각했다. 인터넷 헌책방을 뒤진 끝에 고구

마에서 한 권에 3,000원씩 주고 스무 권쯤 구했다. 사과 상자에 부쳐
온『뿌리깊은 나무』를 꺼내며 퀴퀴한 종이 냄새에 잠시 눈을 감았다.
천천히 나머지도 구해서 아귀를 맞출 생각이다.

시

2004.03.02

점심값을 아껴 시집을 사던 시절도 있었지만 시를 즐겨 읽는 편은 아니다. 좋아하는 김수영도 시보다는 산문을 많이 읽었다. 내가 '시를 읽기 어려운 구조를 가진 사람'이라는 생각을 해본 적도 있다. 그런 내가 외우기까지 하는 시가 이시영의 「바람이 불면」이다. 처연함이 바람처럼 부는 시. 특히 이 부분을 좋아한다.

234

날이 저문다 바람이 분다
바람이 불면 한 잔 해야지
붉은 얼굴로 나서고 싶다
슬픔은 아직 우리들의 것

입학

2004.03.04

 ·   김건의 입학식에 갔다. 대안학교 이야기도 많이들 하지만, 나는 아이를 제가 사는 동네 아이들이 가는 학교에 보내는 게 가장 좋다고 생각한다. 좋은 것만 본다고 좋은 사람이 되는 건 아니다. 아이는 나쁜 것을 보고 때론 나쁜 것에 고통받으며 나쁜 것을 분별할 수 있는 능력을 배움으로써 좋은 사람이 된다. 아이의 현실과 실제 현실이 큰 차이가 나지 않도록 하는 게 아이에게 좋다. 대안학교의 비싼 학비가 이런저런 사교육비를 생각하면 비싼 게 아니라는 말은 꽤 설득력이 있지만, 동네 학교에 보내기도 어려운 형편의 아이들에게는 전혀 해당이 되지 않는다. (계급 사회에선 선택이라 여겨지는 거의 모든 것들이 실은 권리다.) 대안학교의 나름의 의미나 진정성을 모르는 바 아니나, 현재 대안학교는 일정한 정신적, 경제적 안정을 가진 부모들이 제 자식을 대피시키는 뜻을 가진 게 사실이다. 나도 아비고 나도 학교를 다녔는데 김건이 나에게서 독립할 무렵까지 겪어야 할 고통을 생각하면 억장이 무너진다. 그러나 어쩌겠는가. 남 겪는 걸 제대로 겪지 않고는 남과 더불어 살 줄 아는 사람이 될 수 없으니. 김건의 제도사회 진입을 아프게 축하한다.

235

개미의 생활

2004.03.18

·   어젯밤, 자는 줄 알았던 김건이 눈이 동그래져서 달려왔다.
"아빠, 휴지통 옆에 개미가 네 마리나 있어!" "그래?" "아빠, 어떡
해? 죽일까?" "개미들이 널 해쳤어?" "물지도 모르잖아." "물었어?"
"아니 물지도 모른다고." "김건이 개미집에 갔다고 개미들이 죽이면
좋겠어?" "아니." "개미처럼 작은 동물이든 인간처럼 크고 잘난 체하
는 동물이든 생명은 다 같은 거야." "맞아. 그럼 어떡하지?" "그냥 같
이 살지그래." "개미하고?" "걔들은 휴지통 옆에서 살고, 너는 너대
로 살면 되지." "그럴까?" "너무 많아지거나 물면 아빠가 해결해 줄
게." "어떻게?" "단것으로 유인해서 밖에 내놓든가 하면 돼." "알았
어." "개미들 어떻게 사는지 잘 관찰해 봐. 걔들도 사람하고 똑같은
지, 엄마도 있고 친구도 있고 이야기도 하고 사랑도 하는지." 김건은
한참을 휴지통 옆에 엎드려 들여다보더니 이 그림을 그렸다. 돋보기
반대편에서 김건을 보았을 개미들은 김건의 마음을 알았을까. 어쩌
면 그들은 인간이라는 동물에 대해 이미 잘 알고 있을지도 모르겠다.
인간처럼 대놓고 제 종족을 잡아먹는 동물은, 잡아먹히면서도 저항
할 줄 모르는 동물은 어디에도 없으니.

개미의 생활

분노

2004.03.21

광장에 나가는 사람들의 분노를 존중한다. 그러나 광장에 나가지 않는 사람들은 모두 분노가 적은 사람들이라는 말은 사양한다. 분노가 적어서가 아니라 분노가 넘쳐서 광장에 나가지 않는 사람들도 있다. 아이를 목말 태우고 촛불행진을 하는 사람들이, 바로 그 광장에서 1년 내내 방패에 목이 찍혀 넘어가고 군화에 배를 차여 피를 싸대고 몸이 얼어붙는 날 물대포에 맞아 주저앉은 사람들에게 분노가 적다 말하는 건 우스운 일이다.

야신의 죽음

2004.03.24

　　이스라엘은 결국 야신을 죽였다. '헬기에서 휠체어에 탄 노인에게 미사일을 발사'해서. 야신은 팔레스타인 인민의 자존심이었다. 그가 만들고 주도한 하마스는 병원과 학교를 짓고 굶주린 인민들과 식량을 나누면서, 매일같이 팔레스타인 인민을 살해하는 이스라엘과 미 제국주의에 저항해 왔다. 그 저항을 우리는 '테러'라 부른다. 이슬람의 신과 기독교의 신과 유대교의 신은 하나다. 야신은 신에게 돌아갔다. 그러나 더 많은 야신이 돌아오고 있다.

239

결핍

2004.03.28

· 에콜로지, 이를테면 『녹색평론』의 이야기에 늘 관심을 갖게 된다. 나는 아무래도 경제 문제를 위주로 하는 좌파 체질은 아닌 모양이다. 물론 경제 문제, 즉 사회적 불공정의 문제를 소홀히 여기는 온갖 생태, 생명론들은 결국 우파의 장식물이 된다. 내가 "좌파는 현재 체제를 위협하는 사람"이라 말할 때 '현재 체제'는 자본주의를, '위협'은 사회주의적 기획을 말한다. 문제는 사회주의적 기획이 문명, 산업, 개발, 성장 같은 반(反) 생태적 개념들을 충분히 해명하지는 못한 상태라는 것이다. 그러나 '경제 문제를 주로 제기할 수밖에 없는 사람'(이를테면, 분신을 고려하는 비정규 노동자)의 처지에서 경제 문제는 우주와 같다. 사회주의적 기획의 결핍을 인정하는 일과, 현재성을 뛰어넘는 진리는 없다는 믿음은 공존해야 한다. 개인적으로는, 후자에 좀더 무게를 둔다. 아무것도 위협하지 않는 현자보다는 작은 문제 하나라도 위협하는 활동가가 백배 낫다고 생각한다. 위협하지 않는 건 의미 없는 것이다.

240

도구

2004.04.01

· 여전히 익숙하지 않은 일 가운데 하나가 선물 주고받는 것이다. 그런 내가 선물용으로 여러 권 사 본 책이 두 개 있다. 그 중 하나가 리오 휴버먼의 『자본주의 역사 바로 알기』. 자본주의의 비극은 자본주의에 사는 사람들 대부분이 자본주의에 대해 모른다는 사실에서 출발한다. 자본주의에 살면서 자본주의에 대해 모르는 사람이 인간이니 세계니, 민주주의니 공화국이니 떠들어대는 건 가련한 일이다. (요 몇 년 새 등장한 이른바 인터넷 논객들의 대부분은 그런 가련함의 극치다. 그들은 정말 '부처님 손바닥 안의 손오공'처럼 짧고 까분다.) 『자본주의 역사 바로 알기』는 그런 가련함을 면할 수 있는 좋은 도구다. 휴버먼은 초등학교 교사 출신답게 참 쉽고 재미있게 쓴다. 1936년에 나왔지만 이 책보다 나은 도구는 아직 없다. 정말 좋은 도구.

암을 대하는 방식

2004.04.02

　내가 아는 또 한 사람이 암으로 갔다. 암이라는 병의 끔찍함은 암 자체보다는 암을 대하는 방식에서 나온다. 서양의학, 즉 주류의학은 암을 군사 작전하듯 대한다. 그래서 수많은 암 환자들이 온몸이 독극물로 찌들고 난도질당한 채 비참하게 죽어 간다. 미국이 끊임없는 전쟁을 필요로 하듯, '암 산업'은 끊임없는 암을 필요로 하며, 최후까지 치료에 매달리는 태도를 필요로 한다. 암 환자는 죽은 소가 꼬리까지 곰탕이 되듯 더 이상 매출을 일으킬 수 없을 때까지 암 산업에 이용되다 죽는다. 그러나 거의 모든 비주류의학들은 암을 '몸의 조화를 되새겨야 할 신호'라 본다. 비주류의학에서 암을 대하는 방식은 암과 싸우는 게 아니라 몸의 조화를 되살림으로써 몸의 일부인 암을 달래는 것이다. 나는 비주류의학이 암을 대하는 방식을 지지한다. 그렇다면, '사회적 암'을 대하는 내 방식은?

242

인생

2004.04.06

어떤 이가 '무속에 입각하여' 나에게 말하길, 당분간 문상이나 성묘를 가지 않는 게 좋겠다고 했다. 그 말을 들으니 장례든 결혼이든 관혼상제에 가는 걸 좋아하지 않는(그 기쁨이나 슬픔을 표현하는 방식이나 태도의 졸렬함이 멋쩍어) 내가 근래 부쩍 죽은 사람을 찾는 일이 잦아졌음을 되새기게 된다. 내가 죽은 사람을 불편해하는지 죽은 사람이 나를 불편해하는지 모르겠지만, 죽은 사람이든 산 사람이든 불편이 있다면 당분간 안 보는 것도 방법이다. 그게 아니라면 대화(죽은 사람과 산 사람의 대화, 굿)로 풀어야 하는데 나는 무속을 존중하지만 무속에 기대지는 않는다. 대신 기도 시간을 늘리기로 한다. '효험'을 떠나서, 기도는 산 사람이 천년만년 살 것처럼 까부는 것을 절제하게 해준다.

243

밥맛없는 시민의 힘

2004.04.07

까놓고 말해서 지금 진행 중인 '낙선운동'이란 구우파(독재 세력을 잇는 수구 우파)와 신우파(민주화운동 세력을 잇는 개혁 우파)의 싸움박질 속에서 신우파의 손을 들어주는 쇼다. 왜 한 정치인의 '사살을 권유'하는 살벌한 쇼에 인민의 삶을 드나드는 기준은 없는가. 왜 그놈의 낙선운동은, 국가보안법을 옹호하고 이라크 파병을 찬성하며 한-칠레 FTA를 찬성하는 놈들을 '사살'하지 않는가. 만날 '시민의 대표'라고 나서는 얼굴들, 소리만 요란한 이벤트를 꾸며 수많은 사람들을 흥분시켜 놓고는 순교자거나 우국지사 같은 표정으로 신문과 텔레비전에 등장하는 그 얼굴들을 보노라면 비위가 상한다. 신문과 텔레비전에 나오는 게 그리 좋으면 개그맨이나 댄스 가수가 되라. 대한민국엔 '시민에 이르지 못한 사람들'이 훨씬 더 많은데, 그런 사람들이 녹아나는 덕에 '시민의 품위 있는 삶'이 가능한데, 무슨 놈의 시민의 힘이고 무슨 놈의 시민의 대표인가. '시민의 공화국'을 지키는 데 실컷 동원했으면 되었지 뭘 더 뜯어먹으려고.

風葬

2004.04.08

·　　　　존경하던 사람을 더 이상 존경할 수 없게 되는 건 슬프다.
개인적인 관계에서 틀어진다면야 존경 자체는 남길 수 있지만, 자못
일반적인 차원에서 그가 존경할 수 없는 사람이 되었다는 걸 확인할
때 피할 수 없이 슬프다. 더욱 슬픈 건, 그는 이미 그렇게 되었는데,
그가 그렇게 되었다는 걸 대개의 사람들이 모른다는 것, 그래서 대개
의 사람들이 그를 여전히 존경하는 것이다. 물론 그 존경도 시간의
바람에 조금씩 쓸려 간다. 이제 존경받아 버릇해 오만과 아집만 앙상
하게 남은 그는 '사회적 風葬'의 상태에 있게 된다. 고통을 자부로 교
환할 수 없는 시절, 風葬은 늘어만 간다.

선과 점

2004.04.12

·　　동네 친구들과 그 아내들과 술을 마시다가, 이번 선거에서 어떻게 할 거냐 물었다. 민노당을 찍겠다고도 하고 웃기만도 한다. 잠시 망설이다 공책에 펜으로 수평선과 수직선을 한 개씩 그렸다. 그리고 수평선에 점을 찍어 가며 좌우에 대해, 수직선에 점을 찍어 가며 계급에 대해 말했다. 좌는 하층계급을 우는 상층계급을 옹호하는 것이라고 말했다. 동네 친구들과는 동네 이야기만 하는 편인 내가 안 하던 짓을 한 건 그들 가운데 누군가 순진한 마음에 열우당이라도 찍으면 어쩌나 싶어서다. 새벽부터 몸으로 일하는 그들이 우파 정당을 찍는다면 얼마나 슬픈 일인가.

갑옷

2004.04.13

· 한국인들이 입기만 하면 상스러워지는 세 가지 갑옷.

자동차, 예비군복, 인터넷

웹에서는

2004.04.19

· "웹에서는 다들 함부로 말하는 편이다"
라는 말은
"웹에서는 다들 함부로 듣는 편이다"
라는 말이기도 하다.

이후

2004.04.20

후배가 제 아내와 투표하러 가는 길에 어느 당을 찍을 거냐고 물으니 "한나라당!" 하더란다. 적어도 민노당은 찍을 거라 생각했던 후배가 놀라서 "당신 왜 그래?" 물으니 그러더란다. "이놈의 나라 확 망해 버리게!" 그 말을 듣는 순간 가슴이 먹먹해졌다. 갈수록, 개운하게 적대할 수 없는 적들이 많아지고 있다. 분노마저 갉아먹는 적들이.

무식한 김규항

2004.04.21

·   몸으로 하는 일에 좀 과격한 편이다. 무슨 뚜껑 같은 걸 열다가 너무 힘을 주어 통째로 깨뜨린다든가, 동네 술집에서 깽판을 치는 이를 제지하려다 내동댕이친다든가, 홧김에 주먹으로 책상을 쳤는데 구멍이 난다든가 하는 사고는 내 일상의 일부다. 동네 친구들은 처음엔 당황했으나, 이젠 "무식한 김규항"이라 놀려대면서 재미있어 한다. 다른 사람을 재미있게 하는 건 좋은 일이다. 때로 심각한 부상을 입게 된다는 것만 뺀다면.

1년쯤 전 어느 날, 조 중사가 인라인 가방을 메고 나타났다. 한참 전부터 인라인을 타고 출퇴근하고 있다는 거였다. "진작 말하지." 나도 인라인을 시작해 볼까 하던 참이었다. 다음날 인라인을 하나 구해서 조 중사와 월드컵공원에 나갔다. 조 중사의 간략한 강의를 듣고 천천히 인라인을 지치기 시작했다. 오 분쯤 되었을까. 저쪽에서 어떤 이가 엉성한 자세로 나에게 다가오고 있었다. '저 친구가 왜 나한테 오는 거지?' 조 중사와 다가오는 이를 바라보는데 그가 말했다. "죄송하지만, 저 좀 가르쳐 주실 수 있으세요?" "이런, 저 오늘 처음 타는데요." "그럴 리가요. 저는 일주일이나 탔는데……." "거 참……. 조

249

중사, 자네가 좀 가르쳐 드리지.” 겸연쩍어 하면서도 내심 기분이 좋았다. ‘재능이 있는 거야.’ 나는 주말쯤 아이들 앞에 ‘인라인께나 타는 아빠’로 등장하기로 결심했다. 다음날 아침 한 시간 일찍 집을 나선 나는 일산 호수공원에 갔다. 호수공원을 이리저리 돌았다. ‘역시 재능이 있어’라고 되뇌며 말이다. 나는 나를 인라인 중급자로 임명했다. 가다 보니 꽤 경사가 진 내리막을 만났다. 나는 그대로 다운힐 했다. 중급자답게 말이다. 가속이 충분히 붙고서야 나는 문제가 생겼음을 알았다. 정지 방법을 배우지 않은 것이다. 1, 2초면 충돌할 상황이었다. 나는 반사적으로 몸을 돌리며 넘어졌다. 그로부터 석 달 동안 왼쪽 다리를 제대로 사용할 수 없었다. 몸은 180도 돌아갔는데 왼쪽 인라인 바퀴가 바닥의 홈에 끼어서 왼쪽 발은 그대로 있었던 것이다. 침을 놓고 부항을 뜨던 한의사가 나를 한심하다는 얼굴로 내려다보며 그랬다. “무릎은 중요한 신체 부위입니다.”

활동가

2004.04.22

·   세상에서 가장 아름다운 직업.

글과 음악

2004.04.24

·   글과 음악에 대한 내 모든 생각을 정리해서 말하면 이렇다.

좋은 글은 사람을 불편하게 하며
좋은 음악은 가슴이 아프다.

문성근

2004.04.26

·   "문성근 씨는 아버지를 잇고 있는가"는 간단한 질문으로
알 수 있다. "문익환 목사님이 오늘 살아 계시다면 노빠였을까?"

눈물이 난다

2004.05.12

·   행군하는 군인들을 보면
이 같잖은 나라도 조국이랍시고
어머니도 동무도 애인도 다 두고 끌려와
개처럼 행군하는 청년들을 보면
눈물이 난다.

이성욱 형

2004.06.07

고 이성욱 형은 나보다 두 살 많은 과 동기다. 그나 나나 출석일이 부족한 학생들이라 자주는 못 봤지만 친했다. 내가 제대하자 그는 광주 망월동으로 해서 남도를 도는 여행을 제안했다. 보길도에서 동네 청년 넷과 시비가 붙어 달빛 한 점 없는 해변에서 난투를 벌였을 때, 함께 바다에 빠져 죽자 매달리는 두 놈을 간신히 뉘어 놓고 그를 찾으니 웬걸, 그는 다른 두 놈에게 설교 중이었다. 그는 참 언변이 좋았다. 나를 서울영상집단에 소개해 준 것도 형이었다. 나에게 다도를 가르치려 애쓰다, 한국에 처음 들어온 볼쇼이 발레 구경을 시켜 주다 내 불량한 태도(이 무슨 지랄인가, 하는)에 역정을 낸 것도 형이었다. 90년대 들어 그나 나나 어느새 운동판을 벗어나 살게 되었다. 그는 문학평론과 문화평론을 겸하면서도 일정 수준을 잃지 않는 평론가였고, 출판을 한답시고 이런저런 돈 안 되는 책만 골라서 내던 나도 어쩌다 글이랍시고 쓰게 되었다. 살다 보니 조금씩 덜 보게 되었지만 연초엔 그것도 꼭 새벽에 그가 전화를 했다. "규항아, 내 올해는 꼭 장가 가야겠다." "그래야지, 형." 재작년엔 전화가 없었다. 그리고 그해 11월 13일 그의 죽음을 신문에서 보고 알았다. 와세다

253

대학에 유학 중이던 그는 간암3기 진단을 받고는 조용히, 심지어 함께하던 『문화과학』 동료들에게도 알리지 않고 조용히 죽었다. 그는 글을 적게 쓰는 편이 아니었는데 책은 한 권밖에 내지 않았다. 지식인입네 하는 사람들이 책 한 권 분량만 되면 제 얼굴을 표지에 크게 박아 동작 빠르게 팔아먹는 시류에 비하면 특이한 행동이었다. 그가 죽은 지 한 해 반이 지났고 그의 책 네 권이 한꺼번에 나온단다. 그에게 고맙다는 말을 한 번도 못했다. 나중에 만나면 그 말부터 해야겠다.

254

넥타이

2004.06.11

주례를 수락하면서 유일하게 내세운 조건은 "넥타이는 안 맨다"였다. 그런데 날짜가 다가오자 결혼식이라는 게 두 사람만의 일이 아니고, 나 편한 대로만 하려는구나 싶어 "매보겠다"로 번복했다. 그걸 사려면 어디 백화점에라도 가야 하는데 요 며칠 그 만한 경황이 없었다. 어젯밤엔 결혼식 때 썼던 와이셔츠와 넥타이가 있나 싶어 뒤져 보았지만 10여 년 전 한 번 걸친 게 남아 있을 리 없었다. 예식장에 조금 일찍 가서 근처 백화점에 갔다. 와이셔츠부터. 한 번 입고 말 것이니 비싼 걸 살 이유가 없어서 할인매대로 갔다. 그런데 참 난감하다. 민무늬 흰색은 아예 없는데, 주례가 스트라이프 들어간 걸 입어도 되는 건지, 회색이나 파란색을 입어도 되는 건지……. 10년 이상 라운드 티, 점퍼, 모자로만 지내면서 넥타이 맨 인간들과 상종 안 하는 걸 다행이라 여기며 살아왔으니 그럴밖에. 몇 개 들었다 놨다 하다가 넥타이는 시작도 못 한 채 백화점을 나왔다. 유한함이 철철 넘치는 강남의 백화점 풍경에 진작부터 비위가 상하기도 했다. 주례 대기실에 들어온 신랑이 그런다. "결국 안 하셨네요." "백화점에 갔었어. 그런데……." "끔찍하시죠." 신랑이 킥킥 웃는다. 이젠 됐구나 싶다.

255

자전거 도둑 1

2004.06.18

·　　　며칠 전, 문 앞 계단에 묶어 둔 김건의 자전거를 누가 가져 갔다. 이 아파트는 경비업체가 상주하는 데나 1층 현관문이 카드식 이라 외부인 출입이 어렵다. 자연히 옆집을 출입하는 아이들 중 하나 일 거라고 생각하게 된다. 옆집 부부는 아이들을 가르치며 사는데 밤 늦게까지 수십 명의 아이들이 드나든다. 자전거를 묶어 둔 곳은 아이 들이 출입하며 하드도 까먹고 컵라면도 먹고 하는 곳이다. 경비실에 선 넉넉잡아 하루치 테이프만 돌려 보면 자전거를 가져간 게 누군지 알아낼 수 있단다. 김건과 대화했다. "건이 자전거 누가 가져갔을 까?" "어떤 형이." "왜 가져갔을까?" "자전거를 타고 싶은데 집이 가 난해서 자전거 살 수 없으니까." "잡아야겠지?" "응." "잡아서 혼내 줄까?" "아니." "잡아야 한다며." "혼내 주진 말고 그냥 자전거는 돌 려받고 싶어." 아내에게 그 얘기를 했더니 "다시 사주긴 어렵다"고 말해서일 거라고 했다. 이제 막 자전거(는 인간이 만든 가장 근사한 물건이다)의 세계에 빠져 든 아이의 실망이 오죽하랴. 그런데 테이프 를 확인하러 가는 게 내키지가 않아 연신 차일피일이다. 돌려받으면 다시 한 아이가 자전거를 잃게 된다.

자전거 도둑 2

2004.06.21

· 　　아내: "자전거를 돌려받지 않더라도 훔쳐간 게 아이라면 주의는 주자."

영식(동네 친구): "어떻게 하든 일단 테이프를 보자. 내가 보겠다."

신혼여행에서 돌아온 호찬: "주례 보답으로 건이 자전거를 사주고 싶다."

김건: "호찬이 삼촌이 사준다면 도둑을 잡길 바라지 않는다."

어쩔 수 없잖아요 별

2004.06.22

어쩔 수 없잖아요 별
우리가 지구라고 부르는 별의 진짜 이름이다.

퇴화

2004.06.23

족히 15년 만에 손글씨 편지를 썼다.
그것도 컴퓨터로 편지글을 만든 다음, 화면을 베껴 적는 방식으로.
손가락이 많이 아프다. 퇴화했다.

우리의 전쟁

2004.06.24

·   전쟁은 언제나 '조국의 이익'을 빌미로 벌어진다. 그러나 전쟁이야말로 조국은 하나가 아니라는 사실을 보여준다. 전쟁은 언제나 벌이는 놈과 치르는 놈이 따로 있다. '조국의 이익'은 언제나 전쟁을 벌이는 놈들의 이익이다. 말하자면, 전쟁이란 가진 놈들이 좀더 갖기 위해 제 나라의 없는 집 자식들의 목숨을 팔아서 벌이는 장사놀음이다. 그리고 제국주의에 빌붙어 사는 나라의 정권은 제 나라의 없는 집 자식들의 목숨을 용병으로 판다. 이 일사불란한 착취극에서 전투병인가 비전투병인가, 군인인가 민간인인가를 따지는 건 우스운 일이다. 침략전쟁의 저항세력에게 그런 차이를 인정하라고 말하는 건 더욱 우스운 일이다. 김선일은 그 일사불란한 착취극의 첫 제물이다. 제국주의에 빌붙어 사는 나라에서, 없는 집 자식으로 태어난 게 그의 죄다. 그래서 그의 죽음은 그와 같은 죄를 가진 모든 우리의 죽음이다. 민주고 반민주고 이념이고 정치고 다 떠나서, 김선일의 죽음 이후에도 파병을 말하는 모든 세력은 우리의 적이다. 우리는 기꺼이 그들과 싸워야 한다. 그게 우리가 치러야 할, 우리의 전쟁이다.

259

토마스 베른하르트

2004.07.07

아, 토마스 베른하르트. 5년 전 우연히 그의 소설 『옛 거장들』과 『비트겐슈타인의 조카』를 읽고 그에게 반했다. 좌파(는 이상주의자다)인 내가 인간이란 얼마나 가망 없는 존재인가에 대해 끊임없이 중얼거리는 베른하르트를 좋아하는 걸 희한하게 생각하는 사람도 있지만, 내 생각엔 베른하르트야말로 모든 이상주의자들의 의지처일 수 있다. 이상주의자는 그 이상 때문에 '인간과 삶의 실체'를 지나치게 단순화시키는 속성이 있다. 그 단순함은 다시 이상주의를 단순하게 만들고 이상주의의 마지막 실천인 혁명을 단순하게 만든다. 단순한 혁명은, 그 높디높은 정신과 참혹한 현실의 부조화는 얼마나 슬픈가. 그래서 이상주의자에게 꼭 필요한 게 인간과 세계에 대한 혐오다. 혐오를 모른다면 혐오를 넘어설 수 없으며 진정한 아름다움을 구할 수 없다. "이렇게 가망 없는 인간들을 상대로 대체 내가 뭘 하겠다는 거지?" 이렇게 중얼거릴 줄 모르는 이상주의자는 가망이 없다.

불속에 던져라

2004.07.10

　　　탈근대철학이 문제인 건 오히려 '마르크스주의적'이기 때문이다. 마르크스주의는 현실과 대중에게 끊임없이 검증받으며 제 오류와 한계를 수정해 나간다. 그러나 탈근대철학은 도무지 알아먹을 수 없는 언어의 범벅이라 현실에게든 대중에게든 검증받을 수 없는 속성을 가진다. 우리는 '그렇다면 탈근대철학은 대체 무엇에 쓰는 물건인가'라는 자연스런 의문을 가질 수 있다. 마르크스주의를 대중과 현실에서 끝없이 격리시키면서 가장 지적이고 세련된 마르크스주의처럼 행세하는 이 물건 말이다. 촘스키 선생은 그 물건을 "주눅 들 것 없이 불속에 던질" 것을 권한다.

261

성 교육

2004.07.11

·   낮에 김단, 김건과 케이블 채널에서 영화를 보는데 갑자기 섹스신이 나왔다. 김단은 짐짓 태연한 목소리로 "저럴 때가 아닌데……"(영화 속에서 형은 동생이 위기에 빠지는 것도 모르고 섹스한다) 하고 김건은 아는지 모르는지 잠자코 보기만 한다. 나는 이런 문제에 특별한 입장을 가지고 있지는 않다. '성 교육'이라는 말은 그 일방성과 짙게 깔린 성차별적인 코드 때문에 되도록 쓰지 않는다. 그저 자연스러운 게 좋다고 생각하고 그렇게 행동한다. 그래서 이 집 식구들은 "김단의 초경이 언제쯤일까" 하는 이야기를 "첫눈이 언제 올까"처럼 하는 정도는 된다. 두 가지는 잊지 않으려 노력한다. 아이들은 언제나 성에 대해 어른이 짐작하는 것보다 훨씬 많이 알고 있다는 것. 그리고 아이든 어른이든 성 문제는 개인적인 것이며 존중받아야 한다는 것.

262

밤의 주둥아리들

2004.07.27

· "어떤 분들과 자주 어울리십니까?" "동네 친구들입니다."
"동네 친구들요?" "예." "어떤 분들인가요?" "그냥 동네 사람들입니다. 회사원도 있고 장사하는 사람도 있고 그리고 그 아내들, 아이들 다 친구죠." "뭘 하고 어울리십니까?" "놉니다. 산에 가서 자전거도 타고 술도 먹고." "글 쓰는 분이나 문화 쪽에 있는 분들과는 어떠십니까?" "안 어울립니다." "단호하게 들리는데." "글쓰기 시작할 무렵엔 어울리기도 했습니다. 그런데 이젠 안 어울립니다." "특별한 이유라도 있습니까?" "불편합니다. 이를테면…… ○○만들기라고 아시죠." "예, 술집. 지식인들과 예술가들이 많이 모이는 곳이죠." "한다 하는 사람들이 모이는 곳이죠. 거길 몇 번 가봤는데 참 괴상하게 느껴졌습니다." "예……." "그렇게 매일 밤 모여서 자기들이 한국 사회를 운영하는 양 떠들어대죠. 싸우면서도 엘리트 의식은 공유합니다. 얼마나 괴상한 풍경입니까?" "그렇군요." "삶을 몸으로 살아 내는 사람도 있고 입으로 살아 내는 사람도 있습니다." "동네 친구분들은 몸으로 살아 내는 사람들인가요?" "그 친구들도 결점이 있지만 적어도 입으로 살아 내는 사람들은 아니죠." "만나면 무슨 이야기를 나누십

263

니까?" "그냥 사는 이야기죠. 이런저런 사는 이야기." "뭐랄까 지적 갈증 같은 건 못 느끼시나요?" "글쎄요. 정말 지적인 건 평범한 언어로 표현할 수 있는 능력일 겁니다." "그분들이 김 선생이 어떤 분인지 아나요?" "대충은 압니다." "불편해하진 않나요?" "그럴 건 없을 겁니다." "그분들이 듣기에 어려운 말씀도 간혹 하시나요?" "안 합니다. 지난번에 무슨 신문엔가 실린 인터뷰를 읽으며 한 친구가 그러더군요. '우리하고 말할 땐 안 그런데 이런 데선 어려운 말 되게 많이해.'" "재미있군요. 뭐라 하셨나요?" "그냥 웃고 말았죠." "그런 말들을 풀어서는 하시나요?" "글쎄요. 하여튼 무슨 이론이나 원칙 같은 걸 말하진 않습니다. 유일하게 하는 건 남자들이 제 아내에게 가부장적인 모습을 보이거나 할 때죠." "화를 내십니까?" "거의 죽는다고 봐야죠." "그럼 고쳐집니까?" "조금씩 고쳐집니다. 몰라서 그런 거니까." "그 외엔?" "딱 한 번 지난번 선거 때 진보와 보수에 대해 잠깐 이야기한 적이 있죠." "잘 알아듣던가요?" "그럼요. 밤의 주둥아리들보다 백배 낫죠." "밤의 주둥아리들이 누구죠?" "네티즌들 말입니다."

지적 갈증?

2004.08.02

한국에서 '지적'(知的)이라는 말은 무엇보다 '보통 사람들이 못 알아먹는 언어'를 사용하는 것을 뜻한다. 그런 언어는 본디 학술적 소통을 위해 생겨나고 존재하는 것이다. 학술적인 소통의 효율과 정확성을 위해서 그런 '전문적인 임시 언어'들이 필요하다. 그러나 그런 언어들이 학술적인 소통 밖을 떠돌며 지적 '권위'를 행사하거나, 먹물들이 보통 사람들에게서 자신을 '구별'하는 데 사용되는 건 참으로 재수없는 일이다. 늘 하는 말이지만 진리는 쉬우며 쉽지 않다면 진리가 아니다.

개미지옥

2004.08.03

· '당연히 하는 것'이라 생각하는 것이 실은 '인생의 함정'인 경우가 있다. 여성의 경우 '결혼'이 그렇다. 믿을 수 없이 많은 똑똑한 여성들이 개미지옥에 빠진 개미들처럼, 그 함정에 빠져 파괴되어 간다. 여자 후배들과 결혼에 대해 대화하게 되면 부러, 조금은 과격하게 말하곤 한다. "결혼은 여성이 가부장제에 자신을 봉헌하는 절차다", "가장 좋은 남편이란 가부장제의 가장 좋은 관리인이기도 하다", "가장 기초적인 결혼 준비는 가사노동 분담에 대한 상세한 규칙을 정하는 일이다", "어떤 그럴싸한 이유로도 일을 포기해선 안 된다", 등등.

결정적 순간

2004.08.06

'결정적 순간'은 1952년에 펴낸 브레송의 사진집 제목이자 브레송의 사진 세계를 대표하는 말이다. 브레송은 대상의 기하학적 구도의 측면에서, 그 대상에 담긴 진실의 측면에서 가장 결정적인 순간을 잡는 걸 사진이라고 생각했다. 브레송은 스스로 "내 눈의 연장"이라 부르던 라이카 소형 카메라만을 사용했고 일체의 연출이나 트리밍을 하지 않았다. 심지어 플래시도 사용하지 않았다. 카메라에 세계를 담아 넣으려는 욕심보다는 세계를 카메라로 포착하려는 그의 담백한 태도는, 온갖 첨단장비들을 주렁주렁 매달고 다니는 프로 사진가들과, 카메라보다 포토샵을 더 중요한 장비로 여기는 만인의 사진가들로 넘쳐나는 오늘의 사진 현실을 되돌아보게 한다. 문학이든 예술이든 거장의 말년은 대개 시든 재능을 옛 명성으로 포장하며 보내는 것이다. 그러나 브레송은 70년대 중반 이후엔 사진은 접고 데생에만 전념했다. 셔터만 누르면 '거장의 작품'이 되는 시절이 오자 셔터 누르기를 그만둔 것이다. 여러 번 망설이다 브레송 사진집을 주문한 바로 그날, 그가 세상을 떠났다는 걸 오늘 알았다. 결정적 순간은 우리의 삶 자체다.

홉스봄

2004.08.10

    •   에릭 홉스봄은 누구나 인정하는 (혹은 자유주의자들이 가장 애호하는) '20세기를 대표하는 마르크스주의 역사학자'지만, 나는 그의 본격적인 저작들보다 짤막한 산문들이 더욱 흥미롭다. 대역사가의 안목과 통찰이 재즈나 이런저런 자질구레한 문화적 사건들과 조우하는 풍경은 뜻밖에 아기자기하다. 재즈광(홉스봄은 '프랜시스 뉴튼'이라는 필명의 재즈평론가이기도 하다)인 그는 "록이 재즈를 죽였다"고 늘 투덜거린다. 결국 록의 팔자가 재즈보다 나을 게 없다는 걸(록은 자본과 방송에서 재즈를 압도했지만 동시에 그 정신적 죽음을 맞았다) 누구보다 잘 알면서 재즈에 대한 애정을 그렇게 '무식하게' 드러내는 그는, 몹시 불경스러운 표현이나, 귀엽다.

유연해지려고

2004.08.11

·   "체제 안팎의 경계를 줄타기하며 안위를 도모하는

처세의 달인들과 함께 놀기 싫어서

제도 매체에 글 안 쓰고 아이들 잡지나 만들며 산다고 다짐했었는데

내가 뭐 그리 혼자 잘났나 싶어

좋은 말로 좀 유연해지려고 하는 그런 즈음입니다."

(지난밤 어떤 이에게 보낸 답장에서)

병영

2004.08.13

영화 〈말죽거리 잔혹사〉는 바로 내 고등학교 시절 이야기
다. 78년에 고등학생이 되었고 2학년 말 박정희가 죽었고 3학년 초
에 광주항쟁이 있었다. 우리는 매일 아침 "구국의 유신으로 새 역사
를 창조하자"라고 붙은 정문으로 등교했다. 선생은 학생에게 폭력적
이었고 학생은 학생끼리 폭력적이었다. 고등학교는 그저 병영이었
다. 매일처럼 패고 찍고 밟아댔다. 그러나 고등학교가 특별히 더 그
랬던 건 아니다. 세상이 병영이었다. 그 시절을 그리워하며 그때로
돌아가고 싶다고 말하는 사람들이 있다. 그들을 그 시절로 되돌려 보
내 주면 행복하게 살까? 천만에. 아마도 절반쯤은 죽음을 고려할 것
이다. 그들은 그 시절이 끔찍한 폭력의 세상이었다는 사실과 자신이
그런 끔찍한 세상에서 빠져 나왔다는 사실을 잊고 있다. 그걸 깨닫는
순간 그들은 죽고만 싶을 것이다.

사투리

2004.08.14

　　전라도와 경상도에서 모두 5년 넘게 살며 자란 나는 사투리에 능하다. 잘 쓰진 않지만 변별력은 여전해서 영화나 텔레비전 연속극 같은 데서 엉성한 사투리가 나오면 바로 감정이입이 중단된다. 영화 〈황산벌〉(은 김선아가 아이들 감싸며 제 남편 계백에게 항의하는 장면만 빼면, 참으로 한심한 영화다)처럼 감정이입 중단을 넘어 폭발할 지경에 이르는 경우도 있다. 흉내 내기 어려운 건 역시 경상도 사투리다. 〈황산벌〉에서도 신라 쪽 배역 가운데서 제대로 된 사투리를 구사하는 사람이 없다. 전라도 사투리는 흉내 내기 쉬운데 그건 전라도 사투리가 그 자체로 음악이기 때문이다. (판소리 아니리가 경상도 사투리인 걸 상상할 수 있는가?) 그 만큼 재미가 있고 흉내도 보편화되어 있다. 영화 〈목포는 항구다〉에는 꽤 전문적인 수준의 전라도 사투리가 등장한다. 물론 이건 흉내에 국한된 이야기일 뿐이다. 전라도 사투리를 상용하는 건 여전히 주류 사회의 정회원이 되길 포기하는 태도다.

남도불패

2004.08.17

　　남도불패는 남원을 근거지로 활동하는 풍물굿패다. 풍물굿은 다른 민속연희들과 함께 진보적 인텔리들에 의해서 '민족적이고 민중적인 예술'로 채택되었다가 80년대 후반 '러시아적인 예술'에 그 자리를 내주었고 90년대 들어 인텔리들이 집으로 돌아가면서 버려졌다. 내 또래 언저리로 운동 좀 했다는 사람치고 풍물 안 해본 사람이 드물고, 여전히 풍물을 하는 사람은 더욱 드물다. 남도불패는 참 별스런 패거리인 셈이다. 그들은 이런저런 노동으로 일용할 양식을 구하며 오리정(춘향과 몽룡이 애절하게 이별한) 부근 그들의 근거지에 모여 쉼없이 공부하고 또 연습한다. 지난 주말. 눈동자에 화폐의 무늬가 새겨진 인간들을 잠시라도 떠나고 싶어 그들에게 갔다. 그들과 소리하고 춤추고 연주하는 그들의 동무들과 나, 도합 열 명이 밤새 놀았다. 돌아가며 즉흥 공연을 벌였고 그들 가운데 둘은 별렀던 약혼식을 치렀다. 아무리 마셔도 취하지 않은 흔쾌한 밤이었다. 그들과 놀던 소리가 아직 귓전에 생생하다. 화폐의 자리를 사람이 채우는 소리가.

272

일주기

2004.08.27

    ·   25일이 이오덕 선생의 일주기였다는 걸, 오늘 아침 아들 정우 씨에게서 전화를 받고서야 깨달았다. 하여튼 사는 꼬락서니가 이모양이다. 말년에 세상 돌아가는 꼴을 보며 그리 근심하시던 선생은 점점 더 미쳐 돌아가는 세상을 보며 얼마나 더 근심하고 계실까. 부디 '할 만큼 했다' 여기시고 편안히 쉬시길 빈다. 선생 같은 사람이 더 이상 존재할 수 없는 세상이라는 게 우리의 비극이다.

'상업적 매매춘'에 관한 유일한 진실

2004.09.08

· 어떤 이가 종군위안부가 '상업적 매매춘'(성매매)이었다는 식의 말을 해서 소란이 났다. 어이없는 말이지만 그걸 비난하는 사람들도 그다지 곱게만은 보이지 않는다. 수요시위 한 번 나가 본 적 없고, 위안부 할머니들이 모조리 죽어 없어지기만 기다리는 일본 정부와 한국 정부에 대한 진지한 분노도 없으면서, 이승연이 위안부 누드를 찍었다는 소식에나 독립운동이라도 벌이듯 난리 치는, 사회문제에 진지한 성찰 없이 감정적 배설만 일삼는 사람들 말이다. 위안부 할머니들이 생각날 때 한 번씩 꺼내 노는 장난감인가? 그 논란과 관련한 모든 사람들이 당연한 것처럼 여기는 '상업적 매매춘' 여성에 대한 경멸도 딱한 것이다. '갈보'나 '똥치' 같은 노골적인 경멸과 "요즘 창녀들은 지가 돈 벌고 싶어서 하는 애들이야" 하는 우회적인 경멸은 질적으로 다른가? 모든 여성을 깨끗한 여자(성녀)와 더러운 여자(창녀)의 둘로 나누는 가부장제 사회에서 사람들은 여전히 매매춘 문제가 사회구조적 문제가 아니라 개인의 도덕이나 윤리의 문제라 생각하고 싶어한다. 그러나 생각해 보라. 하고 싶지 않은 상대와 섹스하지 않고도 비슷한 돈을 벌 수 있다면 세상에 누가 제 존엄을 팔

아 살겠는가? 성형 수술을 해서라도 결혼 시장에서 높은 가격을 확보하는 일이 중산층의 상식이 되고, 결혼이라는 게 경제적 능력을 가진 상대에게 장기간의 독점적 성적 서비스(와 가사, 육아 서비스)를 제공하는 계약이 된 세상에서 누가 누구를 '상업적 매매춘'이니 뭐니 경멸할 수 있는가? '상업적 매매춘'에 관한 유일한 진실은, 이미 우리는 모두 '상업적 매매춘'에 종사하고 있다는 것이다.

아버지

2004.09.09

후배가 갑자기 정색을 하고 "김규항 사전엔 아버지가 무얼까요?" 했다. 그가 왜 정색을 하고 묻는지 알 수는 없었지만 "글쎄……"라고 하면 안 될 것 같아 대답했다. "지켜 주고 기다려 주는 사람." 그래 놓고 한참 그 말에 대해 생각했다.

멋지게 살아요

2004.09.11

천진한 웃음이 그대로인 후배를 7년 만에 만났다. 점심을 먹기로 했다가, 반나절 동안 시간 가는 줄 모르고 깔깔 웃으며 수다를 떨고 헤어질 때 그가 자신이 디자인한 프란츠 파농의 책에 적어주었다. "규항 형, 정말 반가워요. 우리 멋지게 살아요." 멋지게 살 수 없는 세상에서 멋지게 살자고 말하는 건 얼마나 멋진가. 그 무모함은.

견뎌 내고 있습니다

2004.09.13

무슨무슨 여행 2를 낸 아무개 선생에게 전화했다. "김규항입니다." "아, 오랜만입니다. 어디 계세요?" "집에 들어가는 중입니다. 신문에 책이 나왔기에 전화 한 번 해봤습니다." "예, 잘 지내세요?" "뭐 좀 힘들게 살고 있습니다." "예……." "선생님은 어떠십니까?" "견뎌 내고 있습니다." "예……." "이 더러운 세상 견뎌 내고 있습니다." "술 드십니까?" "예." "언제 술 한 잔 하시지요." "그러시죠. 연락 주세요."

원로

2004.09.17

·   본디 '어떤 일에 오래 종사하며 경험과 공로가 많은 사람'
을 뜻하지만, 2000년대 남한 사회에선 반공 파시즘에 오래 종사하거
나 그에 빌붙어 온갖 영화를 누려온 사람들 가운데 아직 사망하지 않
은 노년 남성들이 스스로를 일컫는 말이기도 하다. 그들은 자신의 운
명을 나라의 운명으로, 자신의 몰락을 나라의 몰락으로 생각하는 망
상 증세가 있어서 모든 사회적 가치를 뒤집어서 본다. 그들이 인민에
게 지은 죄를 생각하면, 이미 오래전에 모든 재산과 사회적 권리를
빼앗고 격리시켰어야 했지만 남한에선 그렇지 못했다. 그들이 여전
히 막강한 세력을 가지고 있어서가 아니라 남한 정부가 그럴 만큼 정
당하지 않기 때문이다. 남한 정부는 '국익을 위해' 제국주의 침략전
쟁에 청년들을 보내면서, '민족의 이익을 위해' 제국주의 전쟁에 청
년들을 보낸 세력을 청산하는 정신분열적 상태에 있다. 인민의 의사
를 대변할 수 있는 정부를 갖는 건 정말이지 중요하다.

279

숨겨진 목표

2004.09.23

·   사회 변화엔 두 가지가 있다. 진정한 변화와 변화를 막기 위한 변화. 후자를 개혁이라고 부른다. 우리가 개혁을 경계하는 건 개혁이 갖는 현실적인 의미를 무시하려는 게 아니라 그 의미에 집착할수록 어느새 진정한 변화를 포기하게 되기 때문이다. 물론 그것이야말로 개혁의 숨겨진 목표다.

양말을 너는 아이들

2004.09.25

· 　　　김단과 김건은 청소, 설거지, 빨래 널기에 참여한다. 도란
도란 이야기하며 양말을 너는 그들을 보고 있노라면, 그 작고 조화로
운 노동을 보고 있노라면 '다들 아이들만큼만 되어도 좋을 것'이라는
생각이 든다. 아이들보다 나은 게 없고, 아이들보다 순수하지도 않은
어른들이 아이들을 가르친다. 우리는 인류가 생긴 이래 최악의 어른
들이다. 우리 전엔, 제아무리 탐욕스런 장사치들도 제 아이에게 동무
를 경쟁자라 가르치거나 돈이 최고의 가치라고 가르치진 않았다. 그
러나 우리는 오로지 그렇게 가르친다. 아이가 유치원에 다니고 초등
학교에 다닐 땐 얼마간 다른 시늉도 하지만 아이가 중학교만 들어가
면 오로지 그렇게 가르친다. 우리는 정말 한심한 인간들이다. 우리가
얼마나 한심한 인간들인지 우리가 잘 모르는 이유는 우리가 하나같
이 한심한 인간들이기 때문이다.

섬세함

2004.10.03

　·　　　동이 틀 무렵 들어와 잠자리에 들었다가 열한 시쯤 전화벨 소리에 잠이 깼다. 밤새 담배를 많이 피운 탓인지 영 개운치가 않아 눈을 감고 누워 있다. 김건이 전화를 받는다. "여보세요. 아, 할아버지?" "……." "아빠 지금 자는데요." "……." "게임하면 아빠한테 혼나요." "……." 잠시 후 거실에 나가 김건에게 묻는다. "김건, 아빠가 게임하면 무작정 혼냈어?" 김건은 '무슨 소린가?' 하는 얼굴로 제 누나를 바라본다. 김단이 끼어 든다. "아빠, 건이가 한 말은 게임이 아니라 아빠 깨우면 혼난다는 말이야." "아, 그래." 다시 김건에게 묻는다. "아빠가 자는데 깨우면 화낸 적 있어?" "안 냈나?" "아빠는 그런 기억이 없지만 아빠도 이유 없이 깨우면 화낼 수도 있겠지. 그런데 할아버지한테 그런 식으로 말하면 안 되는 거야." "왜?" "아빠가 왜 늦잠을 잤지?" "새벽에 들어오셔서." "그래 그 이야기를 해야지. 그 말은 빼고 열한 시가 다 되었는데 자고 있고 깨우면 화낸다고 말하면 아빠는 게으르고 나쁜 사람처럼 되잖아." "맞아." "다른 사람 이야기를 전할 때는 앞뒤를 잘 이야기하지 않으면 욕하는 것처럼 되거나 듣는 사람이 잘못 생각하게 되는 거야. 알겠지?" "알았어요, 아빠." 저

녁에 돌아온 아내에게 이 이야기를 하니 그랬다. "건이가 분명히 당신 깨울 것 같아서 단단히 단속을 하고 나갔거든." 잠시 후 아버지가 전화해서 그랬다. "야, 건이 그놈 철저하더라. 아빠 깨우라고 했더니 딱 안 된다고 그러더라." 이렇게 작은 역사도 사관에 따라 판이하게 달라진다. 대체 삶이란 얼마나 섬세한가?

의리와 기리

2004.10.03

오늘날 한국에서 의리라는 말은 대개 남성들의 인간관계에서 서로 밀어주고 당겨 주고 하는 걸 뜻한다. 그러나 그건 의리가 아니라 '기리'다. 기리는 의리와 한자가 같은 일본말로 '자신이 받은 만큼 되돌려 주어야 한다'는 뜻이다. (루스 베네딕트의 『국화와 칼』은 기리를 한 장으로 다룬다.) 의리(義理)란 본디 "인간이 마땅히 해야 할 도리"를 뜻한다. 의리는 남성적인 말도 아니고 더더욱 개인적 관계를 전제로 하는 말도 아니다. 개인적 관계를 전제로 한다면 의리는 '인간이 마땅히 해야 할 도리'에서 멀어지게 된다. 개인적 관계에 반하더라도 마땅히 해야 할 도리를 하는 것, 손해나 고통을 무릅쓰고라도 원칙과 신념을 지키는 것이 의리다. 알고 보면 의리라는 말처럼 귀한 말도 없다. 그리고 이제 '의리 있는 사람'은 온 나라를 뒤져도 찾기 어렵다.

좋은 사람

2004.10.18

　　"규항 씨~!" 나에게 전화를 하는 모든 사람 가운데 가장
명랑한 목소리, 한대수 선생이다. "목소리 들은 지 100년은 넘은 것
같아서 전화했습니다. 하하하(이하 빈번한 '하하하' 생략)." "300년
은 되었을 겁니다. 건강하시지요?" "양호합니다. 규항 씨는 어떠세
요?" 수다는 휴대전화를 유선으로 바꿔 가며 한 시간 가까이 이어진
다. 물론 그런 활력은 전적으로 그의 덕이다. 처음엔 고독과 고통만
을 노래하는 그가 그럴 수 있다는 게 참 신기해 보였다. 그러나 이젠
그의 그런 활력이 얼마나 눈물 나는 분투인지 잘 안다. 어두운 세상
을 꿰뚫어 보면서도 그 세상을 살아 내는 사람들을 따뜻하게 바라볼
줄 아는 그는 좋은 사람이다.

포도와 삼겹살

2004.10.18

일요일. 저녁을 먹고 김단과 설거지를 하고 있는데 누가 벨을 눌렀다. '건이 어머니'를 만나러 왔다기에 누구냐 물으니 며칠 전에 건이와 사고가 난 택배 트럭 기사의 부인이란다. 아내도 없고 해서 대신 나가 보니 아주머니는 무슨 큰 죄라도 지은 양 연신 머리를 조아린다. 나는 정색을 하며 건이 상처가 넘어져 다친 정도일 뿐이고, 설사 더 다쳤다 해도 부인의 남편에겐 전혀 잘못이 없으니 이러면 안 된다고 거듭 말했지만 아주머니는 그래도 머리를 조아린다. "이거 건이 먹으라고……." 큼지막한 상자를 건네주는데 포도와 삼겹살이다. 받을 이유는 없었지만 그렇다고 도로 들려 보내는 것도 강퍅한 일이라 "좋은 마음으로 알겠습니다" 하며 가지고 들어왔다. 며칠 전 사고란, 김건이 킥보드를 타고 가다가 택배 트럭과 부딪힌 일이다. 김건이 서 있는 트럭을 미처 못 보고 달리다 부딪힌 것인데, 시동을 막 건 순간이라 김건이나 택배 트럭 기사나 꽤나 놀랐던 모양이다. 택배 트럭 기사에겐 걱정 말라고 이야기를 했는데도 그날 저녁부터 "과일이라도 들고 찾아오겠다"고 계속 전화를 했다. 이치에 맞지 않는 일이라 한사코 거절했는데 오늘은 아예 그의 부인이 연락도 없이 찾아와 꼼짝없이 선물까지 받아 챙기게 된 것이다. 삼겹살은 냉장고에 넣어 두고 포도는 씻어서 아이들에게 내주었다. 천연덕스럽게 포도를 먹는 김건이 마땅치 않아서 한마디 했다. "김건, 너 때문에 아무 잘못도 없는 아저씨하고 아줌마가 놀라고 걱정하고 그러시잖아. 포도가 넘어가냐?" "죄송해요." 이럴 땐 꼭 존댓말이다. 물론 포도는 아무런 문제없이 입으로 들어간다. 미안한 건 미안한 거고 맛있는 건 맛있는 거니 아이인 게지, 하고 더는 말을 안 하기로 한다. 그렇게 말렸는데도 기어코 찾아오다니……. 참으로 마음씨가 고운 사람들이구나 싶다. 그러면서 한편으론 씁쓸함을 감출 수 없다. 오죽했으면 아무런 잘못도 없으면서 그렇게까지 마음을 썼을까 싶어서다. 요즘 이 나라 사람들을 보면 나쁜 사회가 사람들을 나쁘게 만든다는 사실을 집단적으로 증명하는 듯하다. 제 이해가 걸린 일이라면 모조리 눈알이 뒤집어져서 악귀처럼 덤벼든다. 위아래도 없고 좌우도 없다. 그런 세상에서 제 차에 남의 아이가 부딪혔으니 얼마나 큰일이 되는가. 나쁜 사회가 사람들을 나쁘게 만들고 나빠진 사람들은 다시 사회를 더 나쁘게 만든다. 이렇게 망해 가는 걸까…….

"호산나!"에서 "죽여라!"로

2004.10.20

복음서를 읽어 본 사람이라면 예수가 예루살렘에 들어갈 때 "호산나!"를 외치던 인민들이 왜 얼마 지나지 않아 "죽여라!"를 외치게 되는지 의문을 갖게 된다. 대개 예수를 적대하던 헤롯과 제사장들의 선동 때문이라고 설명되곤 한다. 그러나 그 일은 좀더 사회적인 맥락에서 살펴볼 수 있다. 당시 예루살렘과 예루살렘 밖 사이엔 갈등과 반목이 있었다. 온 팔레스타인 인민들에게 깊은 신망을 얻은 예수가 드디어 예루살렘에 입성하는 일은 예루살렘 밖의 사람들에겐 경사였고, 누구도 함부로 반감을 드러내기 어려운 사건이었다. 유월절 축제 기간이라 수많은 사람들이 예루살렘으로 모여들고 있기도 했다. 그러나 예수가 예루살렘 성전의 장사꾼들을 매우 과격한 방식으로 몰아내면서 사정은 달라진다. 예루살렘에 사는 사람들이란 결국 성전이라는 특별한 공간 덕에 먹고사는 사람들이기 때문이다. "호산나!"는 그렇게 '이해관계의 이동'을 통해 "죽여라!"로 변한다. 물론 누구도 '내가 먹고살기 위해 예수를 죽여야 한다'고 말하진 않는다. 자기 정당성을 위해 자기 자신을 속이는 일이야말로 인간의 유서 깊은 본능이다.

〈휴먼 스테인〉

2004.10.28

　　·　　이를테면, 한 중년 남성이 성추행 사건으로 평생 쌓아 온 성취와 존경을 한순간에 잃어 버리는데 실은 그가 사회적 불리함을 피하기 위해 남성 행세를 해온 여성이라면? 〈휴먼 스테인〉에서 '인종 문제'는 이를테면 그런 역설로 다루어진다. 영화는 '인종 문제를 다룬다'고 말하기 불편할 만큼 섬세하지만 인종 문제를 그린 어떤 영화보다 인종 문제에 대해 섬세한 성찰을 유도한다. 거기에 계급 문제(와 여성 문제)는 매우 직설적인 방식으로 다루어지면서 '사회 문제'를 '인간의 문제'로 느끼게 하는 묘한 효과를 낸다. 조금 과장해서 말한다면, 이런 영화는 21세기, 즉 '예술에서 전형적인 표현이 식상해져 버린(이젠 누구도 "불타는 분노"라는 표현 앞에서 분노가 불타지 않으며, "뜨거운 사랑"이라는 표현 앞에서 사랑이 뜨거워지지 않는) 시대'에 예술이 메시지를 전달하고 카리스마를 유지하는 비결에 대한 참고가 된다. 아무리 설정이 좋아도 배우가 후졌다면 이러쿵저러쿵 이야기할 게 없었겠지만. 원작을 한번 읽어 봐야겠다.

집.. 은.. 검.. 다

2004.11.02

· 　이란 시인 포르구 파로흐자드(1935~1967)는 죽은 지 40여 년이나 지났지만 압바스 키아로스타미 같은 이란 예술가들에게서 여전히 '누님'으로 불린다. 키아로스타미의 최근작 〈바람이 우리를 데려다 주리라〉는 파로흐자드의 시 제목이기도 하다. 어떤 이의 호의로 파로흐자드가 1962년에 만든 다큐멘터리 〈집은 검다〉를 봤다. 한센씨 병(나병) 환자들의 삶을 그린 다큐멘터리다. 영화 내내 일그러진 얼굴과 썩어 문드러진 손발을 보고 나니 그런 생각이 든다. '우리가 그들의 외모에 시선을 두기 괴롭듯 그들은 우리의 마음에 시선을 두기 괴롭다.' 영화의 마지막에 교사가 아이들에게 질문한다.

"아름다운 것 네 개를 말해 보거라."

"달, 태양, 꽃, 노는 것이요."

"아름답지 못한 것 세 개를 말해 보거라."

"손, 발, 눈이요."

"집이라는 단어를 사용하여 문장을 만들어 보거라."

(한참 망설이던 아이가 칠판에 적는다.)

"집.. 은.. 검.. 다"

인정이 누나와 형숙이

2004.11.03

　　　노동영화제가 벌써 8회째라니, 십 수년 전 서울영상집단 시절이 생각난다. 서교동 연립주택 지하 창고를 근거지로 우리는 매일같이 비디오카메라를 메고 화염병과 최루탄이 날아다니는 거리를 달리곤 했다. 어느 날 고된 하루를 마치고 사진하던 균동이 형(여균동) 작업실에 들렀을 때 그는 그날 찍은 필름들을 정리하며 와인을 마시고 있었다. 명진이 형(주명진)이 나와 양래(김양래)에게 웃으며 속삭였다. "우리는 언제 촬영 마치고 맥주라도 먹어 보냐?" 우리는 가난했고 가난했던 만큼 순수했다. 우리는 운동에 전념하느라 정작 영화엔 소홀한 영화운동가들이었다. 90년대 들어 혁명의 열정이 시들어 방송사 PD로 교수로 하나둘씩 떠나고 그 동료들 가운데 여전히 남은 건 둘이다. 노동자뉴스제작단의 인정이 누나(배인정)와 서울영상집단의 형숙이(홍형숙). 그들에게 새삼스런 존경을 보낸다. 이제와 생각해 보니 그들이 가장 현명했다.

공포가 혐오를 이겼다?

2004.11.11

　　·　　역사 속에서 민중의 선택을 냉정하게 말하지 않는 건 자신을 진보주의자라고 믿는 엘리트들의 오랜 습성이다. 민중의 힘이나 민중의 위대한 선택은 강조되지만 그런 선택의 시점을 제외한 거의 모든 시점에 존재하는 민중의 무지나 비굴은 언제나 생략된다. 이를테면, 박정희 이후 수십 년 동안 진행되어 온 군사 파시즘에 대한 민중의 선택은 그저 '군사 파시즘에 신음하던 민중들'이라 기술되곤 한다. 물론 그건 사실과 다르다. 과연 그 시절 신음하던 민중이 몇이나 있었던가? 신음하면 죽거나 다치던 시절이었다. 대개의 민중들은 제 식구나 챙기며, 파시즘에 저항하는 사람들을 어리석다 말하며 살았을 뿐이다. 민중들의 그런 무지나 비굴은 위대한 선택의 순간과 마찬가지로 진실이다. 한 가지 진실만을 부각하려는 진보적 엘리트들에게 민중은 실제 현실 속의 민중이라기보다는 제 관념 속의 '민중상'에 가깝다. 미국 대통령 선거의 결과를 두고 "공포가 혐오를 이겼다"는 식으로 말하는 것도 결국 비슷한 이야기다. '부시는 나쁜 놈이지만 미국 민중들은 죄 없는 피해자'라는 식의 이야기는 미국 민중의 무지나 비굴을 인정하고 싶지 않은 진보적 엘리트들의 욕구에 봉사

하지만 진실은 아니다. 미국 대통령 선거의 가장 중요한 진실은 '미국 민중들이 부시를 대통령으로 뽑았다'는 것이다. 투표를 한 건 미국 민중들인데 투표의 결과에 미국 민중들의 책임을 묻지 않는 건 역시 관념 속의 민중상에 집착하기 때문이다. 미국 민중들이 부시라는 나쁜 놈에 사로잡힌 것인지, 미국 민중들의 저급한 사회의식과 국가주의를 부시가 반영할 뿐인지, 혹은 그 중간 어디인지를 따지지 않고는 아무것도 이야기할 수 없다. 오늘 미국 민중들의 사회의식과 국가주의의 상당 부분이 오랜 여론 조작과 이데올로기 공작을 통해 만들어졌다는 이유로, 미국 민중들을 두둔하는 것 역시 온당하지만은 않다. 그런 태도는 실은 미국 민중들을 바보 취급하는(자신의 의식에 대해 어떤 주체적 능력도 없이 여론 조작과 이데올로기 공작에 조정당한다고 본다는 점에서) 것이며, 오늘 미국 민중들이 공포에 빠지게 된 원인이라 말하는 9·11 사건과 같은 공포를 평생 겪으면서도 복수가 아니라 평화를 갈망하는, 복수의 희망조차 포기한 수많은 제3세계 민중들에 대한 모욕이다. 최소한의 인간미를 가진 어떤 사람도 9·11 사건 이후 미국 민중들의 공포를 무시하지 않겠지만 그 공포가

293

다른 모든 공포들을 무시할 수 있는 유일하고 절대적인 공포인 건 아니다. 미국 민중들이 피해자라고 생각한다면, 그들을 진심으로 존중한다면 분명히 말해 주는 게 좋다. "너희들의 저급한 사회의식과 국가주의가 인류를 멸망으로 몰아가고 있다."

말러

2004.11.13

　　번스타인의 말러 전집을 노트북에 몽땅 넣어 놓고 듣고 있
다. 오래전, 음악평론을 하는 후배가 나에게 잘 맞을 거라며 말러 시
디를 몇 개 준 적도 있지만 말러를 제대로 듣기 시작한 건 얼마 되지
않았다. '말러리안'이 되려는 게 아니라, 이 문제적 예술가의 세계에
대한 '견해'에 깊은 흥미를 느끼게 되었다. 아도르노의 말마따나 "공
허하고 거대한 세상에 대한, 인간이 기계 부속처럼 맞물려 들어가 있
는 후기 시민사회의 맹목적 세계 운행에 대한 대응방식"에 대해 말
이다.

처남댁

2004.11.14

처남댁은 참 밝고 씩씩한 사람이다. 보아 온 지 15년이 되어 가지만 한번도 궂은 얼굴 하는 걸 보지 못했다. 장인이 병원에 계신 지 두 해가 넘었고 장모의 사업이 기울면서 늘 쪼들리는 살림이지만 그의 커다란 웃음소리가 있어 처갓집엔 여전히 그늘이 없다. 오늘 아침, 그의 남동생이 교통사고로 죽었다. 사람의 슬픔을 계량할 수는 없지만, 평소에 밝고 씩씩한 사람일수록 슬픔은 더 커 보이는 것 같다. 김단과 김건을 잠깐 앉혀 놓고 "동우 오빠(처남 아들)의 외삼촌이 돌아가셨다"는 이야기를 해주고 며칠 만이라도 그 가족들의 슬픔을 생각하는 게 좋겠다고 했다. 둘은 고개를 끄덕인다. "사람에게 확실한 것 한 가지가 뭐지?" "죽는 거." "그래, 죽는 거지. 어떻게 보면 사람은 죽으려고 태어나는 셈이지. 그래서……" 나는 '그래서 착하게 살아야 한다'는 식의 상투적인 설교를 피하면서 이야기를 이어 본다. 둘은 죽음에 대한 제 나름의 생각을 늘어놓는다. 치기어린, 그러나 죽음이라는 주제에 치기 없는 이가 몇이나 될까. 치기는 유지되며 치기를 포장하는 기술만 나아지는 것, 그게 우리의 인생이다.

바람

2004.11.16

바람이 차가워지기에 미선이 효순이에게 들렀다.

벙커들이 줄을 선,

앞을 보면 앞이 캄캄하고 뒤를 보면 뒤가 캄캄한 그 길에,

양놈 차도 조선놈 차도 여전히 씽씽 잘도 달린다.

바람이 물었다.

너희들의 인생이 잠시 속도를 줄이지 않을 만큼 대단하니?

아이들은 쉬고 있니?

못난 나라, 못난 사람들을 떠난 그 아이들은?

살 만한 나라

2004.11.17

파월이 물러나면서 미국의 대북한 정책이 강경해질 거라 걱정하는 사람들이 많다. 물론 조금은 달라질 수 있을 것이다. 그러나 그런 시각은 마치 미국이 나름의 어떤 세계관으로 움직이는 나라인 것처럼 생각하는 착각을 기반으로 한다. 미국은 세계관이 아니라 '오로지' 지배 계급의 이윤 가치로 움직이는 나라다. 이윤이 있다면 어떤 국제적 비난도 무릅쓰지만 이윤이 없다면 어떤 명분으로도 움직이지 않는다. 미국의 대북한 정책이 근본적으로 달라지려면 북한의 이윤 가치가 달라져야 한다. 파월과 라이스의 차이, 심지어 부시와 케리의 차이는 자유주의 정치평론가들이 떠들어대는 만큼 큰 게 아니다. 케리가 된다고 해서 미국의 대외 정책이 크게 달라지지 않을 거라는 건, '인권 대통령' 카터 시절을 돌이켜 보면 알 수 있다. 미국의 근본적인 문제는 그 나라가 고작 부시와 케리의 차이에 매달리는 나라라는 점이다. 미국에게 필요한 건 부시와 케리의 차이가 아니라 부시와 케리의 차이를 근본적으로 뛰어넘는 차이다. 그것은 그 나라가 오로지 지배 계급의 이윤 가치로만 움직이지 않게 하는 힘, 바로 좌파 정치 세력이다. 독일이나 프랑스 같은 나라, 혹은 북구 나라들

298

이 그나마 사람 사는 모습을 보이는 가장 큰 이유는 그 나라에 좌파 정치 세력이 강력하게 존재하기 때문이다. 그 세력이 그 나라를 지배 계급의 이윤 가치로만 움직이지 않게 '억지'하기에 그 나라가 살 만한 나라일 수 있다. 한국의 미래 역시 좌파 정치 세력의 성장에 달려 있다. 왜 우리는 제국주의 전쟁 파병을 막지 못했는가? 좌파 정치 세력이 약하기 때문이다. 이른바 조선·동아니, 수구 반동세력이니 하는 것들을 척결할 수 있는 좀더 분명한 방법은 무엇인가? 좌파 정치 세력의 성장이다. 오늘 한국 사회에서 좌파는 거의 순수하게 유익하며 앞으로도 한참은 그렇다. 좌파의 성장을 현실 사회주의의 폐해와 연결시키는 걱정은 좌파가 정치 세력의 절반쯤 될 때 해도 충분하다. 오늘 모니터 앞에 앉아 온밤을 꼬박 새워 한나라당과 열우당의 차이에 집중하는 청년들에게 민노당 정도는 보통이 될 때, 한국은 비로소 살 만한 나라가 된다.

붕어빵

2004.11.20

　　· 　　집 근처에 붕어빵 파는 곳이 네 군데나 생겼다. 제철이라고
는 하지만 한 동네에 네 군데라니 살기 어렵긴 어려운 시절이다. 나
는 '153은어빵'과 '월척붕어빵'을 번갈아 찾는다. 둘 다 부부가 한다.
남편은 굽고 아내는 담고 계산한다. 한눈에 이런 일을 시작한 지 얼
마 되지 않은 사람들이다. 1,000원에 네 개. 미리 많이 구워 놓지 않
기 때문에 먼저 온 손님이 있거나 3,000원어치 이상을 사려면 조금
기다려야 한다. 153은어빵은 기다리는 동안 잘못 구운 빵을 먹으라
고 권한다. "멀쩡한데 그냥 파세요" 하면 "바삭하게 안 구워져서 팔
긴 좀 그래요" 한다. 나는 못 이기는 체 한 개를 먹는다. 갈 때마다
그러는 걸 보면 부러 그러는가 싶기도 하다. 아까는 월척붕어빵 옆을
자전거를 타고 지나는데 붕어빵 굽는 냄새가 솔솔 났다. 어릴 적 집
집마다 피어오르던 저녁밥 짓는 연기가 생각났다.

웬만하면 웃으며 살자

2004.11.23

이따금씩 아이들을 앉혀 놓고 "아빠가 고쳐야 할 게 있으면 이야기해 달라"고 한다. 김단과는 평소보다 진지한 대화 시간이 되기도 하고, 김건은 "마루치아라치 이야기(마루치아라치의 캐릭터를 차용하여 아이들 잠잘 때 들려주다 그 유치함을 견딜 수 없어 57탄인가에서 그만둔, 말도 안 되는 모험담) 다시 해줘" 따위의 요구를 하는 시간이기도 하다. 아직 '고쳐야 할 것' 수준의 요구는 없었는데 처음으로 나왔다. 김단이 제 미간을 가리키며 "아빠 여기에 줄이 잡혔어" 했다. 근래 내 얼굴이 그리 밝지 못했던 게 그에게도 느껴졌던 모양이다. "자기 기분 때문에 다른 사람을 불편하게 하는 건 못난 사람"이라고 가르치는 작자가 잘하는 짓이다. 두말 않고 "알았어. 줄 안 잡히게 할게" 하고 나서 이런저런 노력을 하고 있다. 찬찬히 내 속도 들여다보고 생전 안 보던 웃기는 동영상 따위도 찾아보고. '어디서나 좋은 사람 소리 듣는 사람'이야말로 나쁜 인간이라는 생각은 여전하지만, 그렇다고 내가 무슨 '개 타고 말장수 하는' 만주의 지사도 아니니……. 웬만하면 웃으며 살자, 그게 소결론이다.

반말하지 않는 예수

2004.12.02

　　성서(성경)가 여러 가진데 뭘 읽으면 좋겠느냐, 묻는 이들
이 있다. 개신교 쪽과 천주교 쪽을 합하면 한글 성서가 예닐곱 가지
가 되니 고민스런 일이기도 하다. 게다가 교회에서 흔히 쓰는 '개역
성경'은 워낙 말이 예스러워서 노인이 아니고선 좀처럼 읽기 쉽지 않
다. 설사 읽히더라도 지금 여기와는 상관없는 옛 경전 같은 느낌이라
좋지 않다. 내 생각엔 개신교와 천주교가 함께 번역한 (그러나 대개
의 개신교 교회에서 사용하지 않은) '공동번역성서'나 천주교에서
나온 '200주년 성서'가 제일 낫다. 200주년 성서엔 특별한 장점이 있
다. 200주년 성서에서 예수는 '반말'을 하지 않는다. 2000년 전 예수
와 팔레스타인 인민들이 사용했던 아람어엔 존댓말 반말은 없다. 그
러나 우리처럼 존댓말 반말이 엄격하고 또 섬세한 사회적 맥락을 갖
는 사회에서 예수를 '아무한테나 무턱대고 반말을 하는 사내'로 그리
는 건 대단한 왜곡이 된다. 예수는 '부활 사건'을 통하여 신의 아들이
된 것이지 백인들의 성화에서처럼 늘 머리 뒤에 후광을 달고 다니는
사람은 아니었다. 복음서를 읽는 가장 큰 이유는 예수의 삶을 내 삶
에 반추하는 것, 2000년 전 팔레스타인의 유랑자였던 사나이의 삶을

302

지금 여기의 내 삶에 살아 숨 쉬게 하는 것이다. 그렇게 할 때 복음은
비로소 '복음'(기쁜 소식)이 된다. 유일하게 '반말하지 않는 예수'를
선택한 200주년 성서는 그 점에서 유일한 훌륭함이 있다.

시사와 역사

2004.12.04

역사에 밝고 시사에 어두운 사람은 허화하다.

시사에 밝고 역사에 어두운 사람은 경박하다.

도배장이 부부의 아들

2004.12.09

·   어머니 집 골목 어귀에 사는 도배장이 부부. 그저 몇 번 스쳐 지났을 뿐이지만 드물게 온후한 사람들이라 했다. 얼마 전 나와 두런두런 동네 이야기며 교회 이야기며 나누던 어머니가 그 부부 이야기를 꺼냈다. 볼 때마다 속상한데 어째야 할지 모르겠다고 했다. 아들이 자이툰 부대로 이라크에 갔단다. 부부는 늘 그늘이 드리운 얼굴에 시도 때도 없이 눈물바람을 한다고 했다. 가기 싫으면 안 갈 수도 있지 않냐, 아들에게 애원도 했지만 아들은 동료들을 봐서라도 그럴 수는 없다고 하더란다. 사막복을 입은 노무현 씨가 한 사병과 얼싸안고 있다. 파병 연장이 진행되고 이런저런 정세를 생각할 때 그런 '쇼'가 얼마나 속이 들여다보이는 수작인지 모르는 바 아니지만 그 사진을 보니 가슴이 뭉클했다. 사병은 활짝 웃고 있다. 고단한 사람에겐 쇼도 위로가 되는 법이다. 도배장이 부부의 아들일지도 모를, 아니면 고작해야 다른 '도배장이 부부'의 아들일 그 청년에게 '대통령의 방문'은 얼마나 큰 위로가 되었을까. '나라의 이익'을 위해 목숨을 내놓으러 가면서도 밤도망하듯 떠나야 했던, 더러운 나라 부끄러운 조국을 둔, 죄 많은 청년에게 말이다.

304

망원경

2004.12.14

　　　내 초등학교 4학년 시절, 백과사전이니 명작 전집이니 하
는 것들을 파는 책 장수들이 버젓이 교실에 들어오곤 했다. 그들이
수업 시간에 교실에 들어오기 위해 교사와 어떤 거래를 했는지 알 수
없으나 나도 한 번은 그들의 '어린이 백과사전'을 산 적이 있다. 백과
사전을 읽어 동서고금의 교양을 습득하겠다는 야심 때문이 아니라
그걸 사면 끼워 준다는 물건이 나를 사로잡았기 때문이다. 망원경(쌍
안경)이었다. 가난했고, 어린 아들의 속셈을 모르기야 했겠냐만 내
부모는 선선히 허락했다. 며칠 후 백과사전, 아니 망원경이 도착했
다. 그날부터 망원경은 내 보물이 되었다. 며칠 전 한 아마추어 천문
인 사이트를 구경하다가 "처음엔 쌍안경으로 시작하라"고 적힌 걸
발견했다. 천문 관측에 입문하는 사람들은 무턱대고 천체망원경부터
사야 한다고 생각하고, 망원경 장수들은 그걸 노려서 결국 아무짝에
도 쓸모없어지는 물건을 '초보용 천체망원경'이라는 딱지를 붙여 팔
기도. 하지만, 초보자는 7×50(배율 7배, 구경 50mm) 정도 쌍안경으
로 별을 익히는 게 좋다는 이야기다. 쌍안경으로도 별을 보는구나.
예나 지금이나 망원경은 나를 벅차게 한다. 망원경 구경을 가야겠다.

『오리온 자리에서 왼쪽으로』

2004.12.19

·　　　번역서들을 보면 원래 제목을 바꾸어서 늪에 빠지는 경우
가 많다. 대개 책에 대한 감각이 없는 출판사 식구들(은 그 자체로
거대한 늪이다) 때문이지만 원래 제목을 그대로 옮기면 참으로 졸렬
한, 언어의 보편성을 거스르는 경우도 적지 않다. 『오리온 자리에서
왼쪽으로』(*Turn left at Orion*). 이렇게 어느 나라 말로 옮겨도 훌륭
한 제목을 가진 책을 만나면 반갑다. 제목을 세 번쯤 읽는 것만으로
도 운치를 느끼는 이런 책은 십중팔구 제목만 훌륭한 게 아니다.

생일

2004.12.21

　·　　머리통이 굵어진 이후로 생일이 다가오면 그저 '다들 잊고 지나갔으면' 하곤 했다. 내가 태어났다는 게 과연 다른 사람에게도 좋은 일인지도 확실치 않은 데다 크든 작든 다른 사람에게 내 일로 마음을 쓰게 하는 게 불편해서다. 그러나 올 한 해는 워낙 여러 사람에게 내 일로 마음을 쓰게 해서 그런 불편함을 '뛰어넘어' 버렸다. 그들과 함께 내 생일에 작은 촛불 한 개 켠다. 이름을 일일이 나열하지 않는 건 도리어 욕이 될까 두렵기도 하거니와 '그들'이 내 사적 교우를 넘어서기 때문이다. 어제 받은 참으로 예쁜 편지처럼.

"안녕하세요? 고래를 창간호부터 정기구독해서 읽고 있는 독자입니다. 6살 난 아들내미를 위해 정기구독을 한다지만 사실은 저를 위해서 열심히 보고 있습니다. 얼마나 재미있게 알찬지 신랑과 저는 늘 매달 초를 기다린답니다. 선생님의 블로그에서 고래의 힘든 사정을 읽고 인터넷 서점을 통해 고래 20권을 사들여 크리스마스 카드와 함께 크리스마스 선물로 돌리고 있습니다. 받아 본 사람들이 무척 기뻐해 제 마음이 더 즐겁습니다. 제가 고래를 선물로 준 사람 중 책이 마음에 들어 정기구독을 할 사람들이 많아지길 기원해 봅니다. 선생님,

한 해 동안 고래를 만들어 주셔서 감사합니다. 앞으로도 잘 부탁드리겠습니다. 성탄절 즐겁게 보내시고 새해 복 많이 받으세요. —고래의 왕팬 이○○ 올림"

개인

2004.12.22

    읍사무소에 뭘 떼러 가서 운전면허증을 내밀면 거기 앉은 이가 꼭 한마디씩 한다. 내가 아직 주민등록증을 발급받지 않았다는 걸 두고 잔소리를 하는 것이다. 말투는 상냥하지만 내용은 은근한 훈계다. 그러면 좀더 노골적인 훈계를 늘어놓지 않는 것을 그나마 다행으로 여기며 잠자코 있다. 읍사무소의 말단 공무원과 지문날인 문제를 놓고 논쟁을 벌이는 게 하찮은 일이라서가 아니라 '다른 사람의 삶에 함부로 간섭하는 사람'에 대한 측은함 때문이다. 여전히 우리 주변엔 그런 사람들이 참 많다. 그게 한국인의 특징이라고도 하지만 글쎄 다른 사람의 삶에 함부로 간섭하는 피를 타고난 민족이 어디 있겠는가. 파시즘 치하에서 오래 살다 보니 그렇게 길들여진 것이다. 파시즘이란 개인이 존재하지 않는 사회다. 그러나 개인은 우리가 흔히 파시즘의 요소들이라 여기는 감시, 폭력, 고문, 계엄령 따위의 억압적인 방법으로만 없어지지 않는다. 수면 아래로 숨을 뿐이다. 개인을 없애는 가장 분명한 방법은 개인끼리 서로를 없애게 하는 것이다. 모든 개인들이 다른 개인의 삶에 함부로 간섭하도록 길들이는 것, 그것이야말로 파시즘 집행자들의 숙제며 그것만 되면 사천만이 아니라

309

사십억도 줄에 달린 인형처럼 쉽게 조종할 수 있다. 끔찍한 건 그렇게 길들여진 습성이 집행자들이 물러간 후로도 아주 오랫동안 살아남아 작동한다는 점이다. 지금 우리가 그렇다. 좀 극단적인 예를 들면 '민주주의 수호'를 위해 촛불행진을 벌이는 사람들의 상당수는 지문날인이라는 능욕을 대수롭지 않게 받아들인 사람들이다. 우리는 늘 공동체적 이상을 좇는다. 사회주의적인, 혹은 생태적인, 혹은 또 다른 고귀한 지향을 가진. 공동체적 이상은 인간이 갖는 가장 인간적인 전망이며 세상이 진보한다는 건 결국 공동체적 세상이 된다는 뜻이다. 그러나 공동체적 이상을 좇기 위해 우리에게 꼭 필요한 건 진정한 개인이 되는 것이다. 진정한 개인이 되지 않고는 우리에게 공동체는 없다. 이런저런 집단만이 있을 뿐.

세상에서 가장 좋은 차

2004.12.27

　　성탄절에 부인과 놀러 온 안상수 선생이 내놓은 아기자기
한 선물 꾸러미에 들어 있던 지허 스님의 차. 아침에 먹어 보니 말로
만 듣던 '숭늉 맛'이 난다. 지허 스님은 평생 동안 한국식 차를 가꿔
왔고 차에 대한 고집도 센 분이다. 그만큼 그의 차는 귀하고 비싸다.
귀하면서 비싸지 않은 차가 있을까? 만일 그런 차가 있다면 세상에
서 가장 좋은 차일 것이다.

책

2005.01.05

·   이따금 "김건은 커서 뭐 할래?" 실없이 묻곤 한다. 며칠 전 처음으로 '책 만드는 사람'이라고 대답했다. "로봇 과학자나 화가는 어쩌고?" "그런 건 재미없어졌어." "왜?" "아빠가 『고래가 그랬어』 만드는 게 멋져서 나도 그거 하려고." 속으론 흐뭇했으나 불현듯 제 자식에게 출판사를 물려준 어느 '저명 출판인'이 떠올랐다. "혹시 『고래가 그랬어』 하려고?" "응." "그건 안 되지." "왜? 아빠하고 나는 식구잖아." "『고래가 그랬어』는 아빠 게 아니라 수많은 어린이들 거야. 건이가 아들이라고 해서 물려줄 순 없어." "……." "아빠 말 알 것 같아?" "응." 김건은 실망의 기색이 역력하면서도 애써 수긍하는 얼굴이다. 장래 희망이야 앞으로도 수없이 바뀔 것이고 또 그래야겠지만 어찌 됐건 고맙다. 앞으로 이삼십 년 후까지 『고래가 그랬어』가 존재할 거라 철석같이 믿어 주는 사람이 몇이나 되겠는가. ㅎㅎ

김건이 '꿈꾸는 교실' (교하에 있는 근사한 어린이 도서관)에서 만들어 온 책. 제법 재미있는 데다 희소성의 측면에서(딱 한 권만 만들어진 수제품) 소장 가치가 있다 싶어 '즉시' 구입했다.

312

말꼬리 따기 놀이
글/그림 김건, 야간비행

파주 하면 고래가그랬어
고래가그랬어 하면 책
책은 재미있어
재미있으면 옛날놀이
옛날놀이는 즐거워
즐거우면 얼음땡
어름땡〔얼음땡〕은 손시러워
손시러우면 겨울
겨울은 눈 와
추워. 끝

이 책은 말꼬리 따기 놀이를 글/그림으로 만들었습니다.
각격〔가격〕500원

구름

2005.01.09

　별자리를 잘 아는 사람을 보면 많이 부럽다. 그런 사람들의 눈엔 낱낱의 별들이 선으로 연결되고 살이 붙어 곰으로 여인으로 전갈로 보이고 보통 사람 눈엔 보이지 않는 별도 보인단다. 눈이라고 다 같은 눈은 아닌 셈이다. 그렇게까지 되려면 공부도 해야 하고 시간도 꽤 걸린다는데 나는 다음 겨울이 오기 전까지 밤하늘의 얼개라도 익혀 보겠다고 마음먹고 있다. 대신 구름은 늘 본다. 구름은 애써 공부하지 않아도 누구에게나 곰으로 여인으로 전갈로 보인다. 어제 아침 부여 근처를 지나는데 흰수염고래가 하늘을 가로질렀다. 차를 세우고 한참 봤다. 구름을 보는 건 미룰 수 없다. 어느새 구름처럼 사라져 버린다.

어려운 말

2005.01.14

　김단이 읽을거리를 찾기에 『해저 2만리』를 꺼내 주었다. 작년에 김석희 씨가 옮긴 쥘 베른 선집이 나왔다기에 옛날 생각도 나고 해서(나도 초등학교 때 쥘 베른을 처음 읽었는데 그 음울한 분위기가 무서우면서도 참 좋았다) 몇 권 샀었다. 김단은 요즘 부쩍 과학이나 공상과학 쪽에 관심이 많아지고 있다. 한참 지나 김단이 그랬다. "어려운 말이 많아서 못 읽겠어." "예를 들면 어떤 말이지?" "뭐, 인광이라는 말도 모르겠고 모르는 말이 너무 많아." "인광?" 우선 '인광'이 들어간 문장을 봤다.

　때로는 인광을 발했고 고래보다 훨씬 더 크고 빨랐다.

'인광'(燐光, phosphorescence) 같은 말은 달리 우리말도 없고 알아 두면 나쁠 게 없다 싶었다. "국어사전을 찾아가며 더 읽어 보지그래." "그럴까?" 김단에게 국어사전을 갖고 오게 해서 몇 쪽을 함께 읽어 보기로 했다. 김단이 소리 내어 한 문장을 읽고 잘 모르는 걸 나에게 묻고 하는 식으로. 첫 쪽은 그런대로 넘어간다 싶었는데 두번째 쪽에서 다시 걸렸다.

하지만 그 괴물은 실제로 존재했고, 그것은 부인할 수 없는 엄연한 사실이었다. 환상적인 것을 추구하는 인간심리의 경향을 고려하면…….

김단은 '부인' '엄연한' '경향' 등을 잘 모르거나 불편해했다. '인광' 과는 경우가 다른 것이라 나도 어째야 하나 싶었다. "우리나라 말에 사실은 한자가 참 많아. 그래서 어려운 거야." "우리말로는 없는 말들이야?" "없는 것도 있고 있는 것도 있지. 아빠가 풀어서 읽어 볼까?" 나는 적당히 단어들을 풀어서 다시 읽어 보았다.

하지만 그 괴물이 진짜 있다는 건 누구나 알고 있었다. 사람에겐 환상적인 것을 좋는 마음이 있다는 걸 생각하면…….

"무슨 말인지 알겠지?" "응, 그런데 그렇게 어려운 말을 꼭 써야 하는 거야?" "꼭 써야 하는 건 아니지." "그런데 왜 써?" "글쎄." "내 생각엔 자기가 남보다 많이 안다는 걸 자랑하려고 그러는 거 같아." 김단은 마치 이런 생각을 오래전부터 한 것처럼(실제로 그랬는지도 모르지만) 자못 화가 난 얼굴이다. "그런 것도 있지. 그런데 단이는 어려운 말 쓰는 건 다 나쁘다고 생각해?" "응." "왜 그렇지?" "다른 사람이 못 알아들으니까." "모든 책을 모든 사람이 읽으라고 쓰는 건 아니잖아?" "하지만 글자를 아는 사람이면 다 알아들을 수 있도록 써야 한다고 생각해." 슬그머니 웃음이 나오는 걸 간신히 참으며 나는 이 고지식한 여성에게 다시 물었다. "그래도 아빠 글은 좀 쉬운 편이지?" "잘 모르겠지만 아빠 글도 어려운 말 많지 않아?" "그래 단이 말이 맞다. 아빠도 더 쉽게 쓰도록 노력할게."

종간

2005.01.19

　·　　강준만의 기지 『인물과 사상』이 종간했다. 한 역사가 마감
했다. 그 잡지가 '한국 사회에 미친 영향'은 물론이려니와 나와의 인
연도 적지는 않았다. 『인물과 사상』 초기에 한국 지식사회(여전히,
이런 게 있긴 한가?)에서 강준만을 지지하는 사람은 아주 적었다. 시
간이 흘러 이젠 거의 모든 사람들이 강준만을 칭송한다. 적어도 입으
로는. 강준만을 칭송하는 것은 한 인간을 칭송하는 일을 넘어 자신이
건전한 사회의식을 가졌음을 표현하는 효과적인 수단이 된 듯하다.
그런데 왜, 세상이 다 강준만을 칭송하는 듯한데 강준만의 기지 『인
물과 사상』은 종간하는가? 역사란 그런 것이다. 역사란 늘 '죽 쒀서
개 주는' 방식으로 전진하는 것이다.

소리 밥상

2005.01.20

　·　　　　다시, 국악을 많이 듣고 있다. 20년 전처럼 잠자는 시간 빼고 종일 듣게 될지는 아직 모르겠으나 지난 몇 해 어느 때보다 많이 듣고 있다. 취향은 예나 지금이나 같아서 정악과 민속 실내악 위주다. 처음엔 시디나 파일로 갖고 있는 것들을 듣다가 이것저것 구색을 갖춰 보려는 중이다. 가장 좋아하는 김성진 선생의 연주는 〈상령산〉 파일 한 개밖에 없었는데 '정창관의 국악CD음반 세계'를 통해 '국립문화재연구소'에서 세 장짜리 연주를 찾았다. '희귀국악음반제작'이라는 제목대로 김성진 선생뿐 아니라 여러 희귀한 연주들이 많다. PDF 해설지에 음악 파일은 다운로드가 허락되니 조금만 품을 들이면 누구나 귀한 음반을 소장할 수 있다. 스튜디오 녹음이 아니라 음질이 좀 들쭉날쭉하지만 어떤가, 진짜 음악이란 본디 완벽하지 않은 것이다. ('완벽한 사운드'란 실은 스튜디오에서 수없이 땜질을 한 것이니, 성형수술로 만들어 낸 '완벽한 마스크'와 다를 게 뭔가.) 김성진, 봉해룡, 김천흥, 김명환, 임석윤, 지영희…… 오랜만에 차려진 푸짐한 소리 밥상에 입이 찢어진다.

319

와우산

2005.01.31

·   이놈 저놈 다 떼어 주고 결국 거실 벽이 텅 빈 게 작년 이맘 때다. 특히 최호철의 〈와우산〉과 〈을지로 순환선〉은 두세 번씩은 준 것 같다. 위낙 좋아하는 그림이라 주는 것도 기쁘다. 물론 그 그림들이 '그림의 숙명'을 거스르지 않았다면 애초부터 어려운 일이었겠지만 말이다. 모든 그림은 '사적 소유'라는 숙명을 갖는다. 오로지 한 점뿐이기 때문이다. 그 그림이 제아무리 숭고한 공동체적인 이상을 담았다 해도 결국 경제적 능력을 가진 수집가에 의해 사적 소유되게 마련이다. 최호철은 애초부터 제 그림을 판화처럼 복제해서 보급했다. 몇백 장을 공들여 인쇄해서 일련번호를 매긴 다음, 제작에 들어간 정도의 돈만 받거나 나처럼 허울 좋은 선배에겐 여러 번 거저 나눠 주거나 했다. 며칠 전 〈와우산〉과 〈을지로 순환선〉을 다시 두 벌 표구했다. 한 벌은 고마운 이에게 보내고 한 벌은 거실 벽에 걸었다. 〈와우산〉은 '205/300' 이고 〈을지로 순환선〉은 '277/500' 이다.

예비 노동자

2005.02.01

　·　　교사들은 적어도 수십 명의 학생을 맡고 있습니다. 초등이
건 중등이건 고등이건 아이들의 장래와 관련해서 분명한 것 하나는
그 아이들 대부분이 노동자로 살게 된다는 것입니다. 그런 점에서 교
사들은 모두 현장 활동가들입니다. 예비 노동자의 교육이라는 가장
중요한 임무를 수행하는 현장 활동가들입니다.(전교조 부산지부 강
연)

설

2005.02.08

·   아버지 집에 와 동생 방에서 배 깔고 누워 책을 본다. 방구석에 쌓인 책들 속엔 오래전 내 책들이 간간이 섞여 있다. 평생 간직할 책 몇 권을 빼곤 당장 볼 책이 아니면 치워 버리는 버릇 때문에 오래전 책은 이런 식으로나 만난다. 20여 년 전 책들을 한가롭게 한 권씩 빼 보는데 분홍장미 무늬 포장지로 싼 책이 눈에 들어온다. 내 책이 아닌가? 이런, 『노동해방문학』(9호)이다. 꺼풀은 검문을 피하기 위한 위장이었던 모양이다. '그렇다고 분홍장미 무늬라니!' 혼자 웃으며 목차를 훑어본다. 김우중의 『세계는 넓고 할 일은 많다』를 비판하는 박노해의 글과 조정환의 글이 눈에 들어온다. 박노해야 언급하기 딱한 사람이 되었지만 조정환은 여전하다. 외양은 천생 책상물림이던데 어디서 그런 뚝심이 나오는 걸까? 마루에선 삼대가 텔레비전을 보고 있다. 무슨 설 특집 프로그램에선 20여 년 전 코미디를 재연하고 있다. 네로 최양락이 침묵리우스에게 말한다. "넌 여전히 말이 없구나." 설이다.

못된 아들

선후배, 혹은 동무인 몇몇 여성들과 이메일로 설 인사를 나누면서 '명절과 여성' 문제는 없었느냐, 물었는데 좋은 답이 없다. 딱한 사람 "인생의 봄날이라고나 할까" 했는데 그는 작년에 이혼했다. 달라졌다고들 하지만 명절이 되면 그 습속이 건재를 과시한다. 뼈대가 있다는 집안일수록 더 그렇다. (하여튼 나라고 집안이고 뼈대란 뼈대는 다 무너져야 한다.) 어머니는 설날 세배를 받고는 아내와 김단을 보며 그랬다. "일흔이 되니 인생을 돌아보게 된다. 아버지와 지금까지 정을 나누며 잘 살았지만, 다시 태어난다면 '아무개의 아내'로서가 아니라 '내 이름'으로 살아 보고 싶다. 너희들은 그렇게 살길 바란다." 어머니는 '돈 안 되는' 춤을 하는 아내의 가장 듬직한 후원자다. 아내가 지방에 전수라도 간다 싶으면 달려와서 아이들을 챙긴다. 단지 며느리 대신 아이를 챙기는 게 아니라 며느리를 응원하는 분위기가 역력하다. 어머니가 처음부터 그랬던 건 아니다. 어머니와 아내도 한때 심각한 고부갈등을 겪었고 마음고생도 많이 했다. 중간에 낀 나도 마찬가지였다. 그러나 당시 내가 취한 태도는 '중립'이 아니라 '아내 편'을 드는 것이었다. 여성의식 같은 건 별로 없을 때지만, '아내는 제 식구를 떠나 혼자 남의 집에 들어온 사람이니 약자고 소수자'라는 소박한 정의감 같은 게 있었던 것 같다. 어머니는 당연히 내 태도에 충격을 받았고 나 역시 많이 힘들었다. 지금 생각하면 그게 최선이었다. 결국 그게 어머니가 당신과 아내가 같은 여성이라는 사실을 재발견하고 서서히 변화하기 시작한 동기가 되었다. 상황이 좋아지고 난 어느 날 한 번은 어머니가 나를 보고 웃으며 그랬다.

"못된 아들!" 부디 김단은 나보다 더 못된 아들을 만나고, 김건은 나보다 더 못된 아들이 되길.

평범한 사람

2005.02.17

'평범한 사람'이란 학벌이나 재산, 혹은 사회적 지위 따위가 특별하지 않은 사람이 아니라 '주체적인 가치관을 갖지 못한 사람'이다. 지배자들은 그들이 주체적인 가치관을 갖지 못하게 하는 것만으로 그들을 완전하게 지배한다. 요컨대 평범한 사람들은 늘 입버릇처럼 말하는 것이다. "어차피 자본주의 사회인데……." "세상이란 게 그런 거지……." 물론 그런 생각은 지배자들이 그들에게 오랜 기간 동안 심어 준 것이다. 평범한 사람들은 자본주의 사회가 뭔지 세상이란 게 뭔지 다 안다고 생각하기에 자본주의 사회가 뭔지 세상이란 게 뭔지 영원히 알지 못한다. 결국 그들은 인생의 의미와 목적을 외식, 아파트, 차 같은 것이 두게 되며 완전하게 지배된다.

대열

2005.02.19

·   파시즘의 요체는 억압이 아니라 '대열'이다. 억압은 저항하는 극소수에게만 필요할 뿐 나머지는 대열이면 족하다. 늘 대열을 이루고 대열에서 이탈하는 것을 두려워하는 습성만 길러 놓으면 수천만 명도 줄에 달린 인형처럼 쉽게 조정할 수 있다. 그리고 그 대열의 습성은 파시즘이 세상의 전면에서 물러난 이후에도 오래도록 남는다. 그래서 한국인들은 정치든 사회든 문화든, 혹은 연예든 건강이든 여전히 한 시기에 한 가지 화제와 취향과 기호로 통합되곤 한다. 파시즘이 물러간 후 그 습성은 대개 자본의 차지가 된다. 월드컵의 대열이 삼성전자와 SK의 배를 불렸듯이.

김민기

2005.03.01

　나흘째 김민기를 듣고 있다. 짧게라도 김민기론을 써볼 생각은 오래전부터 했지만 그의 근래 뮤지컬들을 다 보지 못해서 미루어 왔다. 김민기처럼 초기 작품으로 전설적인 명성을 얻은 음악가들은 나중의 작품들(최근의 작품들)이 소홀히 다루어지는 경향이 있다. 전에 한대수의 앨범 재킷에 "귀족의 육체와 평민의 영혼을 가진 주술사의 문명 비판"이라고 적은 적이 있는데 만일 김민기의 앨범에 적는다면 뭐라고 하는 게 좋을까. "세상에서 제일 가슴 아픈 노래를 짓는 사람의 노래"라 적을지도……. 〈기지촌〉이 흘러나오고 있다.

『녹색평론』

2005.03.04

현재 시점에서 내 숙제를 요약한다면 급진성은 유지하면서 미래의 비전을 확보하는 것,이라 할 수 있다. 나는 마르크스주의, 예수, 생태주의라는 세 가지 틀을 사용하여 그 얼개를 잡아 보려는 중이다. 그 가운데 내가 가장 취약한 게 생태주의다. 농촌 출신이긴 하지만 공군 정비사였던 아버지를 따라 도시를 전전하며 자란 탓인지 자연보다는 '기계'에 친근함을 느끼는 정서가 있다. 이를테면 나는 자동차나 최신 기계류 따위는 한 번만 봐도 그 계보를 줄줄 읊으면서 (오래전, 어느 잡지에 '4WD의 역사'를 연재한 적도 있다) 풀이나 나무는 도감을 끼고 다니며 익혀도 잘 안 되는 것이다. 같은 자연을 관찰하더라도 망원경(이라는 기계)을 사용하는 버드워칭이나 천문 관측 쪽에 훨씬 더 재미를 느낀다. 그건 내게 일종의 콤플렉스고 특히 아이들에게 몹시 미안하다. 그러나 생태주의란 단지 '풀이나 나무를 잘 알' 거나 '자연을 사랑하고 아끼는' 게 아니라 지속 불가능한 발전과 개발에 매달려 파국으로 달려가는 오늘 인류 문명에 대한 거시적 조망과 대안을 제시하는 과학적이고 합리적인 사고체계다. 생태주의자들, 혹은 생태주의자를 자처하는 사람들의 행색이나 분위기가 그들이 뭔가 비합리적이며 감성적인 사고체계를 가진 사람들이라는 느낌을 주고, 이른바 과학과 합리적 근거를 내세우는 발전주의 혹은 개발주의자들은 그런 편견을 더욱 강조하려 애쓰지만, 실은 진정한 생태주의자야말로 가장 과학적이고 합리적인 사람이다. 『녹색평론』 은 그런 생태주의의 본령을 보여 주는 잡지다.

차별

2005.03.08

　　아내는 언젠가 "건이한테는 너무 해준 게 없어, 불쌍해"라고 웃으며 말한 적도 있다. 나도 웃으며 동의했었다. 그런데 이젠 좀 심각하지 않은가 생각을 한다. 며칠 전 급식 당번을 하러 학교에 다녀온 아내가 "선생님 말이 건이가 호기심도 많고 질문도 참 많다고 하더라"고 했다. 아내는 또 "건이가 동물 사육사가 되고 싶다고 그러더라" 했다. 동물 사육사라. 확실히 김건의 개성이나 자질을 유심히 살펴보려는 노력이 적었던 것 같다. 적어도 제 누나에 비해서. '여성에게 불리한 세상이니 여성인 김단에게 좀더 각별해야 한다'는, 이 집안에 늘 팽배한 생각이 또 다른 차별을 낳고 있는지도 모르겠다. 차별을 물리치기 위한 차별 또한 차별인 것을.

인터뷰

2005.03.11

　어떤 이가 인터뷰 잡지 구상을 밝히며 참여를 권했다. 인터뷰(라는 노동)는 나 역시 관심이 많고 인터뷰 잡지도 생각해 본 적이 있다. 진행을 포기한 건 '인터뷰이의 부족' 때문이었다. 한국이라는 나라는 워낙 몰려다니는 나라여선지 5년 단위로 사람들이 죽어 나간다. 존중할 만한 인물로 알았는데 더 이상 존중하기 어려운 인물인 경우가 참 많다. 인터뷰를 준비하면서도 그렇지만 하고 난 인터뷰가 그렇게 되기도 한다. 구상을 들어 보니 좀더 아기자기하고 다채로워서 그런 문제를 넘어설 수도 있겠다 싶었다. 그는 아예 '매우 공격적인 인터뷰'를 하나 맡으면 어떠냐고 한다. 웃으며 사양했다. "제가, 싫어하는 사람 만나는 걸 싫어합니다." 지금까지 다섯 사람을 인터뷰했다. 한 사람당 적어도 세 번에서 많게는 다섯 번 이상 인터뷰해서 원고를 만들었다. 물론 그건 인터뷰라는 노동에 대한 한국적 현실에 아랑곳하지 않는 방식이지만 덕분에 시간이 지나고서도 읽을 만한 인터뷰는 되는 것 같다. 다섯 사람 가운데 한 사람은 아직 미완성이다. 이미 돌아가셨으니 서두를 만도 하지만, 길이 남을 분이라 서두르지 않아도 된다고 생각하고 있다. 그는 '물론' 이오덕이다.

아버지의 자서전

2005.03.14

　밤늦게 아버지가 전화를 하셨다. 내가 전에 한 얘기가 생각
나서 그런다고 하기에 무슨 얘기냐 물으니 '자서전'이란다. 기억이
가물가물한데 혹시 무안해하실까 봐 가만 들어 보았다. 어린 시절부
터 당신이 겪은 일들을 죽 한 번 적어 보고 싶으시단다. "그렇게 적
어 놓으면 니가 거기에 살을 붙이고 해서 쓸모있게 만들 수 있을 거
야." 그러고 보니 오래전에 내가 그런 권유를 했던 것도 같다. 그때
아버지는 "싱거운 소리 마라"쯤의 반응을 보였을 것인데 마음에 새
겨 두셨던 모양이다. "잘 생각하셨어요. 아버지 살아 오신 게 우리나
라 역사와 결부된 게 많으니까 자료적인 가치가 있고." 아버지는
1935년에 태어나 일제, 좌우 대립, 6·25전쟁을 비롯한 한국 현대사
의 굵직한 사건들을 다 겪으며 살아왔다. 물론 그 연배의 분들이 다
그걸 겪었지만 '일본에서 태어난 전라도 사람'인 아버지는 그 결이
좀 다르다. 그는 오래전 풋내기 대학생이던 내가 읽으라고 갖다 드린
『태백산맥』 10권을 "다 실제로 본 얘기라 시시하다"며 그대로 돌려
준 일도 있다. (실은 나도 그 책이 '이상하게' 별로라서 두 권도 채
못 읽고 아버지에게 넘긴 거였다. 다들 조정래가 위대하다는데 왜 나

는 별로일까.) 내가 좌익에 대해 단 한번도 부정적이지 않았던 것도 아버지(와 어머니) 덕이다. 오래전에 『뿌리깊은 나무』에서 '민중 자서전'이라는 걸 냈었다. 물론 거기 나오는 '민중'들은 드문 재주를 가졌다든가 하는 이들이었지만 적어도 그 책은, 자서전은 가오다시가 특별한 사람들이나 내는 거라는 편견을 거슬렀다. 아버지는 특별한 사람도 아니고 드문 재주를 가진 사람도 아니다. 그러나 그가 살아 온 70년에 해당하는 한국 역사, 그 특별한 역사를 투영하기엔 적절한 사람일 수도 있다는 생각이 든다. 그러나 아버지의 자서전이 그저 개인적인 의미만 가지면 또 어떤가? 그는 바로 내 아버지인 걸. 그의 인생의 절반은 내 인생이기도 하다.

물건들

2005.03.18

· 현재 내 일상에서 빠뜨릴 수 없는 두 가지 물건. '일수공책'과 '액토 독서대'. 일수공책은 늘 갖고 다니면서 메모할 수 있는 가장 편리한 수첩이다. 프랭클린 다이어리만 빼곤(쓰면 '성공'한다기에) 수첩 종류는 거의 다 써봤는데 이 단순함의 마력을 따라갈 물건은 없다. 중철(게다가 실묶음) 제본이라 좍좍 벌어져서 쓰기 편하고, 고전적인 디자인은 언제 봐도 푸근하다. 교보나 알파 같은 큰 문구점에서 구하려다 실패한 걸 안상수 선생이 세 권을 부쳐 주었다. (없는 게 없는 대형 문구점에는 없고 동네 문방구에만 있는 이상한 물건.) 그후로도 떨어질 만하면 세 권씩 배달된다. 메이커는 불확실한데 한 권에 300원인가 한다. 액토 독서대는 지난 몇 해 동안 몇몇 독서대들을 전전한 끝에 만난 것이다. 액토라는 회사는 컴퓨터 액세서리를 만드는 곳으로 아직은 펠로우나 엘레콤에 비해 많이 떨어지는데 이건 참 물건이다. 카피가 아니라면,이라는 전제가 붙어야겠지만. 모든 독서대(관광 토산품점에서 파는 것부터 시스맥스의 것까지)의 문제는 '책을 압도한다는 것'이다. 오로지 '철사'로만 이루어진 이 물건은 철저하게 책을 모시는 태도가 되어 있다. 앞에서 보면

구부러진 철사만 살짝 보이지만 뒤에선 자못 역학적인 구조로 열심히 책을 받치고 있다. 교보에서 5,500원인가 주고 샀다. 아, 일수공책 옆에 놓인 펜은 5년째 쓰고 있는 파버카스텔 수성볼. 볼펜을 싫어해서 만년필 아니면 수성볼인데 만년필은 마음에 든다 싶으면 고가품이라 데리고 살기가 불편하다. (비싼 물건은 '누구나 선택할 수 없다'는 점에서 악하다.) 윗부분이 단풍나무로 되어 있는데 내가 알기로 '비싸지 않은' 모든 펜 가운데 가장 품위 있는 물건이다. 검정 리필을 구하지 못해 파랑을 쓰고 있는데 파랑 글자, 나쁘지 않더라.

그 섬의 진실

2005.04.10

　　독도 문제의 가장 중요한 진실은 그 배후에 미국이 있다는
것이다. 오늘 미국은 빠르게 팽창하는 중국과 러시아를 견제하는, 일
본, 한반도, 대만, 필리핀을 잇는 제국의 방어선을 구축하려 한다. 그
전선의 핵심은 미일 군사동맹이며 일본의 우경화와 무장화는 미국의
지원하에 진행되는 것이다. 근래 독도 관련 발언으로 말썽을 빚은 인
물들 가운데 조영남 씨처럼 그저 생각 없이 오버한 경우도 있지만 한
승조 씨 같은 인사들의 경우는 미국의 그런 전략과 관련이 있다. 말
하자면 미국, 일본과 공동 전선을 형성해 중국, 러시아와 맞서야 한
다는 생각에서 그런 말을 하는 것이다. 보수 신문들이 미일 군사동맹
보다 더 공고한 한미 군사동맹을 이루어야 한다고 공공연하게 주장
하는 것 역시 같은 맥락이다. 독도의 진실이 이런데 "독도는 우리땅,
대마도는 조선땅" 고함이나 지르는 건 그저 현재 한국 사회의 모순과
갈등을 값싼 애국심으로 통합해 버리려는 지배 세력의 속셈에 놀아
나는 것이다. 중요한 건 어느 나라의 영토인가가 아니라, 어떤 나라
인가다.

김준평 비

2005.05.09

·　　　〈피와 뼈〉에서 '나쁜 남자' 김준평을 연기한 기타노 다케
시는 어느 인터뷰에서 "김준평의 천분의 일이면 내 아버지가 된다"
고 했다. 모든 남자는 조금씩 김준평이라는 말인데, 이쯤 되면 그에
게서 지적 매력을 느끼는 것도 괜한 건 아니다. 그의 말을 조금 발전
시켜서 (자동차 엔진의 힘을 '마력'으로 나타내듯) 남자라는 동물의
인간적 성능을 '김준평 비(比)'로 표기할 수 있겠다는 생각을 했다.
나의 김준평 비는?

대단한 꼴값

2005.05.11

·   김경이 『한겨레21』에 연재하던 칼럼 '스타일 앤 더 시티' 를 마치면서 "대단한 꼴값이었다"는 내 소감을 인용했다. 『한겨레 21』을 챙겨 보는 편이 아니라(내가 챙겨 보는 잡지는 고래뿐이다) 많 이 보지 못했지만 개성 있는(유행하는 말로 '쉬크'한) 칼럼이었다. 그러나 "대단한 꼴값"이라는 말은 그의 칼럼에 대한 소감이기 전에 늘 내 '글쓰기 활동'에 하는 말이기도 하다. 그날 나는 소감도 소감이 지만 「관능을 깨우는 나의 자전거」라는 칼럼("왜 자전거 좀 탄다는 남자들은 하나같이 엉덩이가 적나라하게 드러나는 스판덱스 운동복 차림이냐는 거다. 솔직히 꼴보기 싫다"고 적혀 있던)에 대해 반박했 었다. "모든 운동엔 그 운동에 맞는 복장이 있는 거야. 자전거인으로 서 말하는데, 스판덱스 바지는 엉덩이 선을 드러내려는 게 아니라 자 전거의 복장이란 말야. 스판덱스 바지 안에 뭐가 들었는지나 알아?" "뭐가 들었는데요?" "패드가 들었지. 엠티비든 사이클이든 패드를 대지 않고 장거리를 타면 엉덩이가 다 나간단 말야." 김경은 킬킬 웃 으며 제 오류를 인정했다. 그리고 다시 내게 물었다. "선배도 그럼 자전거 탈 때 그런 바지 입어요?" "당연히…… 안 입지." 스판덱스

반바지가 두 개나 있지만 그걸 입고 나간 적은 없다. 탈 때야 문제가 없지만 타러 나갈 때, 이를테면 엘리베이터에서 아는 아주머니를 만나는 상황을 생각하면 참으로 심란하다. 그래서 그냥 나풀대지 않는, 스프라킷에 바지가 끼어들지 않을 정도의 복장만으로 버텨서 엉덩이 자체에 패드가 생기는 방식을 택했다. 물론 그런 '생체 패드'는 반나절 라이딩 정도가 한계다. 언젠가 결행할 속초행 라이딩(자전거인들의 성스러운 제례. 서울 동쪽에서 새벽에 떠나 해가 저물 무렵 만신창이가 된 몸으로 속초에 닿는다)에선 나도 스판덱스 바지를 입을 것이다. 동해(!)를 향해 달리는데 그깟 엘리베이터 안의 심란함이 대수일까.

10년

2005.05.13

·　　　『씨네21』이 10년이란다. '10년 사건과 실화'에 피의자로 언급되었다기에 홈페이지에 들어가 둘러 봤다. 좋은 쪽이든 나쁜 쪽이든 그 잡지 덕에 인생이 바뀐 셈이라 나름의 감회가 있다. 그 잡지 맨 뒤, '유토피아 디스토피아'는 원래 문화평론 코너에 가까웠는데 내가 들어가면서 자의식이 흘러넘치는 칼럼 코너가 되어 버렸다. 6년 동안 썼는데 편집장이 네 번인가 바뀌었다. 그 6년 동안 『씨네21』은 '독보적인 문화잡지'에서 '영화잡지 가운데 하나'로 점점 변해 갔다. 지금 『씨네21』에 대해선 잘 모른다. 고향 떠나온 지 참 오래다.

주기도

2005.05.16

KNCC 주기도 새 번역문

하늘에 계신 우리 아버지,

아버지의 이름을 거룩하게 하시며

아버지의 나라가 오게 하시며,

아버지의 뜻이 하늘에서와 같이 땅에서도 이루어지게 하소
서.

오늘 우리에게 일용할 양식을 주시고,

우리가 우리에게 잘못한 사람을 용서하여 준 것같이 우리

죄를 용서하여 주시고,

우리를 시험에 빠지지 않게 하시고 악에서 구하소서.

나라와 권능과 영광이 영원히 아버지의 것입니다.

아멘.

341

KNCC(한국기독교교회협의회)에서 새로 번역해 내놓은 주기도문에
서 '아버지'라는 말이 "하나님을 제한한다"는 비판을 듣고 빙그레 웃

음이 나왔다. '성차별적이다'가 아니라 '제한한다……' 쾌감이 느껴질 만큼 예리한 논리다. 주기도는 예수가 제자들에게 "이렇게 기도하면 된다" 일러 준 기도문(『마태복음』 6장)이다. 당시 여자는 사람이 아니었다. 그러나 예수는 달랐다. 예수의 일행 가운데 늘 여자들이 있었고 예수가 죽는 순간까지 함께한 것도 여자들이었고 예수가 부활했다는 걸 처음 알린 것도 여자들이었다. 그런데 왜 예수는 '아버지'라는 말을 썼을까? 예수는 하느님을 "압바"라고 부르곤 했다. '압바'는 우리말로 '아빠'다. 자, 가만히 눈을 감고 어떤 절대적인 존재를 떠올리며 '아빠' 하고 불러 보자. 어린아이가 된 것 같은 느낌이 들고 무한히 기댈 수 있는 어떤 품에 안긴 듯한 느낌이 드는가? (전혀 그런 느낌이 들지 않는다면 감성이 파탄 난 것이니 삶을 되돌아보길) '아빠'는 어린아이의 말이다. 어린아이는 '아버지'라는 말을 사용하지 않는다. 아버지라는 말은 남자, 여자를 분별하는 의식이 생긴(주입된) 다음에 사용하기 시작하는 말이다. 어린아이에게 '아빠'란 '남성'이 아니며 권위적인 존재도 아니다. 어린아이에게 '아빠'란 '무한히 기댈 수 있는 품'이다. 예수에게 하느님은 그런 존재였다.

주기도문은 그런 뜻을 잘 드러내야 한다. '아버지'가 남성적이고 권위적인 뜻이 담긴, 혹은 남성적이고 권위적인 뜻이 담겨 있다는 게 파악된 시절에 하느님을 '아버지'라 부르는 건 적절하지 않다. 물론 당장 하느님을 아빠라 부른다면 정서적 충격이 있을 테니, '아버지'는 그냥 '하느님', 반복될 경우엔 '당신'이라고 하면 좋을 것이다. 그런 맥락에서 내 나름의 주기도문을 정리해 보았다. 주기도문 맨 끝의 "나라와 권능과 영광이……" 부분은 나중에 첨가된 것인데 일단 빼 보았다. 만족스럽진 않지만 조금씩 더 다듬어 볼 생각이다. 누구나 나름의 주기도문을 정리해 보고 또 조금씩 다듬어 본다면 좋을 것이다.

주기도

하느님,
당신의 이름을 거룩하게 드러내시고
당신의 나라가 오게 하시고
당신의 뜻이 하늘에서처럼 땅에서도 이루어지게 하시고

우리에게 먹을 것을 주시고

우리가 잘못한 이를 용서했듯 우리 죄를 용서하시고

유혹에 빠지지 않게 하시고 악에서 구하십시오.

아멘.